외과의사
비긴즈

본격 3D 하드코어 '칼잡이' 외과의사가 되는 길

외과의사 비긴즈

ⓒ장항석, 2018

초　판 1쇄 2018년 12월 27일
초　판 3쇄 2023년　2월　1일
개정판 1쇄 2024년　2월 19일

지은이 장항석
펴낸이 김성실
책임편집 박성훈
교정교열 배소라
표지 디자인 형태와내용사이
제작처 한영문화사

펴낸곳 시대의창　　**등록** 제10 - 1756호(1999. 5. 11)
주소 03985 서울시 마포구 연희로 19 - 1
전화 02)335 - 6121　**팩스** 02)325 - 5607
전자우편 sidaebooks@daum.net
페이스북 www.facebook.com/sidaebooks
트위터 @sidaebooks

ISBN 978 - 89 - 5940 - 834 - 4 (03810)

* 이 도서는 한국출판문화산업진흥원 2018년 우수출판콘텐츠 제작 지원 사업 선정작입니다.
* 잘못된 책은 구입하신 곳에서 바꾸어드립니다.

본격 3D 하드코어 '칼잡이' 외과의사가 되는 길

외과의사
비긴즈

장항석 지음

매의 눈

사자의
심장

강철
체력

그리고
빵빵 근육

SURGEON
BEGINS

시대의창

무림입문武林入門: 외과의사가 되는 길

무림의 길은 멀고도 험하다. 소위 칼잡이(외과의사)가 되겠다고 마음을 먹은 자는 해야 할 것도 많고 요구되는 것도 많은 이 직업을 사랑하지 않고는 근본적으로 불행한 삶을 살 수밖에 없다. 다른 사람들이 편하게 사는 것을 부러워하는 순간 우리의 삶이 힘들어질 것은 너무나 뻔하다.

외과의사는 속칭 3D 업종의 대표적인 직업 중 하나다. 힘들고, 돈도 그다지 잘 벌지 못하고, 그러면서도 개인적인 여유도 없는, 한마디로 '딱한 직업'이라 하겠다. 학문적인 깊이나 성취도와 보람 같은 면을 생각하면 아주 매력적인 분야다. 하지만 세상 일이 다 그렇듯이 매력으로 모든 결점을 다 커버할 수는 없다. 그렇기 때문에 외과는 처음 배우는 학생들에게는 상당히 인기가 있지만 뭔가 깨닫게 되는 나이가 되면 선호도가 최하위 그룹으로 전락하고, 한때나마 순수한 꿈을 간직했던 젊은 의학도들은 더 이상 이쪽을 바라보지 않는다. 아무리 학문적인 매력이 있어도 성취감이 있어도 그런 것들은 중요하지 않게 된다는 말이다.

내가 아는 사람은 종종 이렇게 말하곤 한다.

"한때는 나도 정말 외과처럼 사람을 살리는 일을 하고 싶었어. 그런 멋진 메이저(major; 내과, 외과, 산부인과, 소아과를 일컫는 말)를 말이야. 하지만 난 체력에 자신이 없더라고…."

그럴 때면 나는 그저 가벼운 응대로 피해 나가지만 마음속으로는 늘 이렇게 말해 주고 싶다. "너는 애초에 외과의사가 될 자격이 없다. 너 같은 생각이라면 결코 할 수 없는 일이 바로 외과의사다."

미치지 않으면 안 된다. 미친 듯이 사랑하지 않고는 이 미친 것 같은 직업을 지탱할 수조차 없다는 말이다. 나는 외과를 선택한 순간부터 잘 놀고 화려하게 지내던 시절과는 영원히 작별을 하고, 주변 사람들에게 '재미없는', '단순한' 사람이란 말까지 들어가며 살아가게 되었다. 그렇게 한참을 걸어오다 보니 어느새 젊다고 할 수도, 아주 원로라고 할 수도 없는 어정쩡한 세대가 되었다. 그래서 이즈음 너무 시간이 흐르기 전에, 그 많았던 일들이 잊히기 전에 한 번 돌아보고 싶어진 것이다.

이 이야기의 92퍼센트는 진실이다. 자신의 경험을 리얼하게 그려 낸 소설이 영화로 만들어져 유명해진 『악마는 프라다를 입는다』를 쓴 로렌 와이스버거는 자신의 글이 99.7퍼센트의 진실이라고 말했다. 그러나 나는 기억력도 그다지 좋지 못하고 또 피해야 할 것들도 많아서 그렇게까지 진실되긴 힘들다.

　이 이야기에는 아직도 주변에서 활약하는 많은 이들이 등장한다. 그리고 내게 자신의 건강을 의탁하고 미력이나마 보탤 수 있도록 허락해 주셨던 분들의 안타깝고 힘겨운 이야기도 포함될 것이다. 내가 생각하는 8퍼센트의 간극이란 바로 그들을 보호하기 위한 것이고, 그러면서도 진실에 가까움을 유지하기 위한 안전지대인 셈이다. 그리고 더 솔직하게 말하자면, 내게도 도망갈 구멍이 하나쯤은 있어야겠다는 생각이다. 이 글을 쓴 다음에 다른 나라에서 살고 싶은 생각은 없기 때문이다.

　이 글은 나의 기록이며, 시간을 같이 공유한 사람들의 기록일 수도 있다. 이 글을 읽고 외과의사를 이해하고 친밀감을 가지는 데 도움이 된다면, 그리고 혹시나 외과의사를 꿈꾸는 사람들에게 조금이나마 도움이 된다면 그것이 나의 보람이 될 것이다.

　　　　　　　　　　　　　　　　　　도곡동 연구실에서

첫 해부학 실습날

해부학은 의과대학에 들어와서 배우는 가장 중요한 과목이자 가장 어려운 과목이기도 하다. 대학마다 과정이나 시기의 차이가 조금씩 있지만 거의 다 비슷한 기간과 비슷한 교육방식을 채택하고 있어서, 학생들은 1년 동안 꼬박 온갖 기발한 방법으로 고안된 '학대'를 경험하게 된다. 강의와 실습, 과제, 시도 때도 없는 쪽지 시험과 정규 시험으로 학생들을 들볶아서 예과 과정에서 여유롭게 공부하던 '느슨한' 사고방식을 철저히 바꿔 놓고 의사가 되는 과정이 만만치 않다는 것을 뼈저리게 느끼게 해 주는 아주 '중요한' 과목이다.

　이 과목이 어려운 이유는 또 있다. 심리적인 충격이 크다는 것이다. 중·고등학교 때 했던 생물 공부와는 차원이 다르다. 실습에 앞서 많은 정신 교육을 받지만, 인체해부라고 하는 것은 교육이나 엄숙한 분위기로 어찌하지 못하는 무언가가 있다. 바로 '죽음'을 느끼는 일이다. 바로 눈앞에, 바로 손이 닿는 거리에 죽음이 있는 것이다. 그리고 무엇보다 숨막힐 듯한 음습한 분위기와 밀폐된 공간 내 특유의 방부제 냄새가 더욱 상황을 힘들게 한다. 첫 시간에는 압박과 충격에서 헤어나지 못하고 울음을 터뜨리거나 심한 경우 기절하는 학생들이 나타나기도 한다.

과연 이 공부를 무사히 마칠 수 있을까 걱정도 되고 내가 정말 의대를 잘 선택한 것인지 의구심이 들기도 한다. 하지만 사람이란 적응의 동물이라 좀 지나고 나면 그런대로 견딜 만해지는데, 감각이 무뎌지는 이유도 있고 거의 매일 밤 12시가 넘도록 긴긴 시간 해부학 실습실에 잡혀 있기 때문에 '정(?)'이 들어서 그런 것이라 할 수도 있겠다.

시간이 길 뿐 아니라 수업과 실습 과정이 무척 험난하다는 문제점도 있다. 만약 해부 중에 실수를 하게 되면 엄청나게 혼이 나고, 심할 경우 실습실에서 쫓겨나며, 다시 실습에 복귀하기 위해서는 빠진 시간당 최소 20장의 보고서를 작성해야 했다. 또한 해부학 실습을 제대로 못했다간 자칫 낙제를 할 가능성이 있기 때문에 다들 언제나 조심하고 '찍히지' 않으려 노력했다. 물론 이 내용은 80년대 초반의 일이라 지금과 차이가 있을 수도 있다. 그리고 요즘 학생들에게 리포트 20장 정도는 문제도 아니라는 것을 잘 알고 있다. 문서 '복사하기'와 '붙이기'라는 놀라운 기능이 발명된 이후 리포트 작성은 껌 값 수준으로 전락했다. 하지만 당시에는 모든 리포트 작성이 수기로 이루어졌고, 이런 일을 대리해 주는 아르바이트도 없었다는 점을 염두에 두시라.

분위기가 이렇다 보니 학기초 해부학 초기단계에는 혼이 나면 바들바들 떨며 잘못을 반성하고 용서를 빈다. 질문에 대한 올바른 답을 알지 못할 때도 일종의 공황 상태에 빠진다. 하지만 시간이 지남에 따라 교수나 조교의 지적이나 꾸중에 대해 반응하는 학생들의 태도가 달라진다. 소위 '맷집' 혹은 '깡다구'가 느는 것이다.

학기초

조교: 너! 이게 뭐야? facial nerve(안면신경) 어디 갔어? dissection(해부)을 어떻게 하는 거야? 도대체 공부를 하고 온 거야 뭐야!

학생: 헉! 죄, 죄송합니다. 그, 그게… 잘… 모르겠습니다.

6월경

조교: 너! 이게 뭐야? facial nerve 어디 갔어? dissection을 어떻게 하는 거야? 도대체 공부를 하고 온 거야 뭐야!

학생: 글쎄요…. 잘 안 보이던데요. 다시 한 번 찾아볼까요?

가을 무렵

조교: 너! 이게 뭐야? facial nerve 어디 갔어? dissection을
어떻게 하는 거야? 도대체 공부를 하고 온 거야 뭐야!

학생: 아, 그거요? 없었습니다. 이미 제가 다 찾아 봤는데요,
없더라고요. (뻔뻔하게) 아마도 congenital anomaly(선천적인
기형)의 일종인 것 같습니다.

(풀이: 안면신경이 없는 기형은 존재하지 않는다.)

이때쯤이면 해부학 교실 교수와 조교들의 악몽이 시작되는 전조
인데, 학년말이 되면 절정에 다다르게 된다. 매운바람이 불기 시작
하고 겨울이 다가오면, 이제 학교생활과 해부학에 시달릴 대로 시
달리고 닳아빠진 녀석들의 반응은 아주 쉽게 도를 넘어 버린다.

학기말

조교: 너! 이게 뭐야? facial nerve 어디 갔어? dissection을
어떻게 하는 거야? 도대체 공부를 하고 온 거야 뭐야!

학생: 그게요, 제 의견으로는 그것이 바로 이분의 cause of
death(사망원인)라는 생각이 듭니다만…. 선생님 의견은
어떠신가요?

(풀이: 안면신경이 없는 것은 절대로 사망원인이 될 수 없다.)

이것은 시간에 따른 학생들의 태도 변화와 나름의 적응 과정을 나타낸 것이다. 그렇다면 학년말이 되면 정말 적응이 돼서 해부학이 편안하고 좋아지기라도 하는 것인가? 하지만 그건 아닌 것 같다. 적어도 내 경우에는 그렇다. 군대에 오래 있었다고 군대를 사랑하게 되지는 않는 것과 같다고 생각한다. 수술을 하는 외과의사가 되었음에도 다시는 공부하고 싶지 않은 과목이 바로 해부학이다. 혹시나 믿지 못하시는 분들을 위해 말씀드린다. 이것은 92퍼센트의 진실임을 다시 한 번 상기하시길.

우리 대학에는 첫 해부학 실습날 하는 특별한 행사가 있었다. 본과 3학년 선배들이 충격 받은 햇병아리들을 위로하고 자신들의 경험을 이야기해 주면서 도움을 주는 행사로, 선배들과 한자리에서 허심탄회하게 이야기하면서 관계를 돈독히 하는 꽤 훌륭한 전통이다. 이날은 일종의 동네 파티처럼 근처 대학가가 다 떠들썩해지는 날이다. 본과 1, 3학년 전체 약 350명 이상이 한꺼번에 쏟아져 나온다고 생각을 해보시라!

그러나 후배들에게는 더 힘든 시간이었다. 이미 해부학 실습실에서 큰 충격을 받은 상황에서 선배들이 사주는 '삼겹살'이나 '돼지갈비'를 마주하는 심정은 무척 곤혹스럽다(설익은 그 '음식'의 색은 해부학 실습에서 봤던 색깔과 놀라울 만큼 유사하다). 하지만 무서운 선배들 앞에서 안 먹는다고 할 수도 없고…. 깡소주를 마시거나 억지로 한두 점 고깃덩이를 씹어 삼키고 나면 문제가 생기기 마련이다. 소리 없이 사라졌다 다시 나타난 후배들의 얼굴은 식은땀 범벅이 된 채 유령처럼 창백했다.

나는 지금도 돼지갈비를 좋아하지 않는다. 그때 받은 충격에서 아직도 헤어나지 못한 것 같다. 그날 나를 사망시킨 소주 역시 잘 못 마신다. 물론 지금도 단체 회식을 하면 그런 곳 외에는 가기 힘들다는 것을 이해하지만, 일부러 그런 음식을 선택한다는 의혹을 떨쳐 버릴 수가 없다. 후배들의 상태는 어떻든지 "어? 너네 배부르냐? 왜 잘 안 먹어?" 해 가면서 신나게 자기들끼리만 잘 먹고 마시는 것을 보면서 그런 생각이 더욱 굳어졌다. 나쁜 인간들!

하지만 오늘 이렇게 글을 쓰면서 생각해 보니 그날 신촌 거리에서 방황하던 젊은 영혼들이 그립기도 하다. 뜨겁고도 파릇파릇한 시간들이었다.

커닝 열전

의대에 오는 사람들은 기본적으로 왕년에 공부를 좀 했다고 자부한다. 그래서 자기가 왕년에 어쨌다는 투의 이야기를 잘못 꺼내면 한참 덜떨어진 사람으로 취급되기 십상이다. 하지만 이렇게 날고 기던 사람들이 모여도 꼴찌는 생기기 마련이다. 바로 이 지점에서 의대 사회의 심각한 경쟁과 보이지 않는 치열한 승부가 벌어진다. 솔직히 말하자면 눈에 바로 보이는 장면들도 무시하기 힘든 빈도로 발생한다.

"공부쯤이야" 하고 대수롭지 않게 생각하던 사람도, 소위 정정당당함을 강조하던 강직한 사람도 앗 하는 사이에 낭떠러지 아래로 추락하는 성적을 본 뒤에는 정의고 나발이고 다 쓸데없다는 성적 지상주의에 몰입하게 된다. 일부 양심이 남아 있는 사람들도 남들이 수단과 방법을 가리지 않는 것을 보면서 자신의 고리타분한 '개똥철학'의 한계를 절감하고는 다들 몰려가는 대열에 동참하게 된다. 이런 '변절'은 아주 쉽다. 일말의 꺼림칙함? 그딴 것은 시간이 조금만 지나면 거의 느껴지지 않는다.

이러한 이유로 발생한 범죄의 일부를 공개하고자 한다. 이것은 범죄가 맞다. 하지만 나는 공소시효가 지나기 전까지는 어떤 것도 잘 말하지 않는 경향이 있으며, 웬만해서는 그런 원칙을 어기지 않는다. 적어도 30년은 더 지난 일이다. 독자 여러분의 깊은 양해를 부탁드린다.

땡 시험

의대에만 있는 독특한 시험이 하나 있는데, 바로 '땡 시험'이라는 것이다. 이 시험은 주로 해부학이나 조직학, 병리학 등 실습 내용을 다룬다. 예를 들어 조직학 시험의 경우 한 학년의 모든 학생이 한 방에 들어가서 치르는데, 각 자리에는 현미경이 한 대씩 놓여 있다. 그리고 현미경 안에 그날의 문제가 들어 있다.

시작종이 울리면 답안지를 손에 든 학생들이 현미경을 들여다보고 그 모양이 무엇을 의미하는지 답을 적는다. 각 문제마다 20초를 준다. "땡" 하고 종이 울리면 학생들은 정해진 방향으로 후다닥 옮겨가서 그 자리의 현미경 앞에 서고 또 20초가 주어진다. 이렇게 학생들이 약 60~100문제를 다 풀고 나면 시험이 종료된다.

시간이 그리 오래 걸리지는 않지만 시험을 마치고 나면 학생들은 그야말로 초주검이 된다. 이렇게 무지막지하고 살인적인 시험이 다 있나 원망도 많이 했다. 하지만 이제와 생각해 보니 우리 학생들도 힘들었지만 그 시험을 출제한 선생님들은 또 얼마나 고생했을까 싶다. 물론 당시에는 이런 생각이 전혀 들지 않았지만….

이렇게 급박한 속도로 진행되는 시험인데 주변을 돌아볼 여유가 어디 있냐고? 하지만 세상에 불가능한 일은 없다. 그리고 땡 시험이란 것은 딱 봤을 때 바로 답을 알아내야지, 그렇지 않으면 아무리 들여다봐도 모르기 때문에 딱 봐서 모르면 바로 딴생각을 하게 되기 마련이다. 그리고 땡 시험 특유의 속도감 때문에 다른 시험에서보다 더 극적인 장면이 많이 탄생했다.

때는 바야흐로 1983년, 사상 초유의 응시 미달 사태가 일어나서 입학성적 커트라인이 상식 밖이라 감히 밖에 공개하기도 어렵다던 81학번 선배들이 본과 1학년 때의 일이다. 의대 사회에서 워낙 빈축과 구박을 많이 받아오던 학년인지라 자기들 사이에서는 아주 화기애애하던 선배들은 학문적인 것들도 많이 '공유'했다고 한다. 여러 시험에서 '공동작업'이 횡행했는데, 그 덕분에 1983년 학년말 해부학 땡 시험에서 전대미문의 전설을 탄생시켰다.

시험 중에 허리 부분의 척수에서 다리로 내려가는 신경들이 갈라져 나오는 신경총神經叢 구조를 가리키며 이것이 무엇이지 기술하라는 문제가 나왔다. 답은 'cauda equina'인데 라틴어인 이 단어의 뜻은 '말의 꼬리'라는 의미로, 여러 갈래로 갈라져 나오는 모습이 마치 말총처럼 보이기 때문에 붙은 이름이다. 그래서 한자어로 마미馬尾, 즉 말의 꼬리라고 부르기도 한다. 그들 중에 뛰어난 한 학생이 정답을 적었다. '마미'.

(의대 학생들은 어떻게든 짧은 단어로 외워야 승산이 있기 때문에 'cauda equina'라는 등의 현학적인 답은 대부분 쓰지 않는다. 그리고 웬만해서는 획수가 많은 한자 따위도 사용하지 않는다.)

이것을 커닝한 옆 학생이 그나마 일말의 양심은 있어서 그대로 쓰기가 켕겼던지 영어로 '번역'해서 적었다. 'Mami'.

그런데 이것을 커닝한 그 옆의 녀석은 또 그 알량한 양심 때문에 다시 한 번 독창성을 발휘해서 답을 적었다. '매미'.

시험을 마치고 답안지를 걷은 조교는 일련의 학생군이 창작해낸 독창적인 작품을 발견하고는, 자신이 이것을 그대로 무시하고 놔둔다면 역사에 길이 남을 뛰어난 작품을 매장시키는 무도한 일이 될 것이란 사명감으로 이 일을 널리 알리게 되었다. 그 결과 이 전대미문의 사건은 연세의대 사회의 전설로 남게 되었다. 위대한 81학번의 유산이 된 것이다.

외과학 시험

이건 내 이야기다. 역시 공소시효가 지났음을 분명히 밝힌다.

우리는 본과 3학년 때 외과를 배우고 본과 4학년 때 외과 실습을 돌았다. 외과는 예나 지금이나 배울 것, 외울 것이 많은 분야다. 당시에는 시험 시간도 두 시간 동안 200문제 정도가 나왔다. 객관식 160~180문제, 주관식 20~40문제. 답을 정신없이 적고 나면 나중에는 팔이 다 뻣뻣해졌던 기억이 난다.

당시에도 나는 외과를 지망하려는 생각을 하고 있었기 때문에 이 시험만큼은 잘 치고 싶었고 준비도 많이 했다. 그런데 한참 시험을 치고 있는데 누가 내 머리를 툭툭 치는 게 아닌가.

'내가 뭘 잘못한 게 있나? 그냥 시험 치고 있었는데?'

고개를 들어 보니 당시 레지던트 1년차이던 C 선배가 옆에 서 있었다. 지금은 어엿한 교수인 그도 당시는 꾀죄죄한 1년차 나부랭이였다. 그 모습으로 시험 감독을 들어왔던 것이다. 아마도 누군가의 땜빵이었을 것이었다.

(숨죽인 목소리로) "아, 형 안녕하세요?"

(역시 속삭이는 소리로) "잘 되니? 공부 많이 했어?"

"아, 네···. 뭐 그렇죠···."

옆에서 내가 문제를 푸는 것을 유심히 보던 C 선배가 아까와는 사뭇 다른 강도로 머리를 쿡 쥐어박았다.

"아, 왜 그래요? 시험 치는데!"

"임마, 공부 좀 해라. 그게 아니잖아? 이게 답이야, 이게."

그런데 그가 짚어 주는 답 1번은 아무리 봐도 답 같지 않았다.

"형, 근데 이건 아닌 것 같아요."

"이 짜슥이? 얌마, 이거라니까!"

"진짜 아닌 것 같아요…."

"흠… 그래? 그럼 너희 반 1등 하는 애 누구야?"

"조오기, 쟤요."

여태 내 옆에서 온갖 액션을 취하며 주변의 눈길을 다 끌어 버린 주제에 아무렇지도 않게 슬그머니 1등 학생의 답안지를 엿본 그는 다시 내게 (일부러 먼 길을 돌아) 다가왔다.

"흠… 쟤는 3번이라고 적었네."

"그러니까요. 그게 내 답이잖아요…." (아, 도움 안 돼!!)

어디로 좀 가 주면 좋으련만 그는 다른 사람들은 안중에도 없고 오로지 나만 집중적으로 감독하고 있었다. 그런 기이한 상황을 의심스럽게 바라보던 주변의 학생들도 대충 일어난 일을 짐작한 듯 안도하는 모습이었고, 아주 편안하게 자신들이 '할 일'을 '과감하게' 하고 있었다. 당시 내 한 몸 희생한 덕분에 반 전체의 성적이 향상되는 '선한 결과'를 낳게 되었던 것이다.

거기까지는 그런 대로 좋았다. 그런데 지금도 좀 집요한 구석이 있는 C 선배는 포기하지 않았다. 계속 나를 툭툭 쥐어박아 가며 아예 대놓고 답을 손가락으로 짚고 있었다. 하지만 그의 진심이 무엇이든 간에, 정답률이 동전 던지기 확률보다 낮아 보이는 그의 도움

⑺이 내겐 너무나 버거웠다.

"형, 그냥 좀 딴 데 가 계시면 안 돼요?"

"뭐야? 이 짜슥이, 형님이 도와주시는 은혜도 모르고?"

"형, 정말 제가 혼자 할게요. 제발 절루 좀 가세요."

"얌마, 다 형님께 감사하다 생각하고…."

"아, 형, 진짜 형이 찍어 준 걸로 답 쓰면 저 낙제할 거예요. 제발…."

시험을 대체 어떻게 쳤는지 모를 정도로 정신 사납게 내게 집착하던 C 선배의 방해를 막아 가며 어찌어찌 그 시험을 무사히 마쳤다. 웬만해서는 시험을 마친 후 다시 검토하는 짓으로 시간을 허비하지 않는 편이지만 하도 어이가 없어서 그가 찍어 주었던 문항들을 일일이 다 찾아서 조사해 본 결과, 아니나 다를까 그의 정답률은 국보급 투수 선동렬 선수의 전성기 시절 방어율과 거의 유사한 수준이었다. 정말 일생에 도움이 안 되는 것이었다. 하지만 일이 이렇게 끝난 것에 대해 우리 학년의 많은 사람들이 내게 감사했음은 밝히고 싶다. 의도했건 아니건 그도 나름 누군가에게는 도움이 되는 짓을 했다는 말이다.

이렇게 우리 학년에 유명해진 그가 학기말 외과 시험에 또 감독으로 들어왔다. 빙글빙글 웃으며 나를 쳐다보는 그를 보며 나는 소름이 쫙 끼쳤고, 그와 나 사이의 기묘한 기류를 감지한 학우들(이란 것들) 역시 C 선배와 비슷한 미소로 나를 쳐다보고 있는 것이 느껴졌다. 하지만 이번에는 나도 호락호락 당하지만은 않았다. 일명 '크라우칭 스타일(웅크린 자세)'로 초지일관 '각을 잡고' 시험을 쳤기 때문에 그가 내 답을 볼 틈을 주지 않았던 것이다. 여러 번 나를 집적거리다 소기의 목적을 얻지 못한 그는 그렇게 집요한 성격임에도 불구하고 할 수 없이 나를 포기했다.

하지만 역시 C 선배는 보통 사람은 아니었다. 여기저기 굶주린 하이에나처럼 두리번거리던 그는 결국에는 적당한 다른 희생자를 찾아냈다. 결국 그 불쌍한 친구는 나처럼 제대로 반항도 하지 못한 채 그날의 시험을 제대로 망쳤다고 알려져 있다. 오늘 이 기억을 떠올리며 비록 정확하게 그게 누구였는지 잘 기억이 나지는 않지만 나를 대신해 희생되었던 그에게 심심한 애도의 마음을 전하고 싶다.

공포의 유기화학

유기화학은 우리 학교에서 가장 어려운 과목이었다. 실제 난이도는 어떨지 몰라도 나같이 아주 많은 평범한 사람들이 예과에서 판판이 놀다가 가장 위기의식을 느끼고 잠시나마 공부라는 것을 제대로 하게 만드는 과목이다. 예과 2학년 때 1년간 배우는 과목이었는데, 교수님의 모습은 첫 등장부터 충격적이었다. 미라를 연상케하는 창백하고 무표정한 얼굴의 교수님은 주의를 집중하지 않으면 잘 들리지도 않을 작은 목소리에 나이가 많은 신파극의 연사가 말할 법한 촌스럽고 우스꽝스러운 말투로, 하지만 전혀 웃을 수 없는 소름 끼치는 내용의 일장 연설로 첫 시간을 시작했다.

"윤○○도 내가 짜알랐구요, 이○○도 내가 짤랐구요, 여어러

분들 절빈도 내가 찌아를 것이구요⋯."

　우리는 이미 무시무시한 전설을 잘 알고 있던 터라, 교수님이 이런 말을 하면서 짓는 차가운 미소가 저승사자의 그것과 비슷하다고 느꼈다. 실제 교수님의 낯빛은 헤모글로빈 수치가 절대로 8.0g/dL(정상은 12~16g/dL)을 넘지 않을 것 같은 창백한 납빛, 조금 심하게 말하면 회색빛으로 느껴질 정도여서 노약자나 임산부 등을 포함해서 심약한 사람은 관람이 불가할 수준이었다.

　그런데 막상 유기화학 공부를 하게 되자 우리는 선배들이 그게 왜 그렇게 어렵다고 벌벌 떨었는지 잘 이해할 수 없었다. 심지어 그 과목에 대한 공포를 심어 준 우리의 1년 선배인 81학번들의 기초 학력이 부족해서 그런 것이라고 비웃기까지 했다. 그렇게 시간이 흘러 우리의 실력을 발휘할 1학기 중간고사 시간이 되었다.

　나름대로 공부를 한다고 한 우리들이었지만, 시험지를 받아 든 순간 선배들의 말이 과장이거나 그들의 실력이 부족했기 때문이 아니라는 것을 확실히 깨닫게 되었다. 자신만만하던 우리는 순식간에 얼어붙었다. 나도 고등학교 때는 화학 좀 한다는 소리를 들었었는데 시험지에 나온 문제를 거의 이해조차 하지 못했다.

　시험 기간이 끝난 뒤 바로 첫 시간에 교수님은 온통 시뻘겋게 빗살무늬로 칠해진 시험답안지를 손수 들고 오셨다. 그리고는 200명이 넘는 수강생들을 한 명씩 불러내서 아주 만족스러운 미소와 평소 듣기 힘든 큰 목소리로 점수를 '정성껏' 부르며 답안지를 나누어 주셨다. 우리 학년 평균 점수는 12점이었다. 최고 높은 성적도 22점이었고, 최저 점수는 6점이 있었다. (심지어 이 시험은 120점 만점짜리였다!!!) 대만족을 하신 교수님은 열정적인 퍼포먼스를 마친 후, 우리 가슴에 대못을 박는 것으로 행사를 마무리했다.

"어어러분은 어쩔 수 없는 거구요, 주욱었다 깨어나도 다아운 down(낙제)을 면치 못할 것이거니, 다아 끝난 것이구요…."

화들짝 놀란 우리들은 그제야 허겁지겁 시중(?)에 떠돌던 족보집이란 것을 구하려고 애썼다. 하지만 유 교수의 시험 문제는 너무나 다양하고 신기한 것이 많아서, 허다한 선배들이 많은 노력을 기울였을 것이 분명함에도 제대로 된 족보풀이가 없었다. (그의 본명은 밝히기 곤란하다. 유기화학 교수이니 그냥 유 교수라 칭하기로 하자.) 다들 겨우 낙제를 모면한 뒤에는 그걸 없애 버리는 것으로 기억에서 지우려 한 까닭일까? 아니면 빡센 군대에 다녀온 사람이 군대 기강이 흐려지는 것이나 복무 기간이 줄어드는 것을 결사반대하는 심정으로 자료를 남기지 않았기 때문일까? 아무튼 우리가 쓸 만한 족보는 거의 없었다.

단 하나, 예과에서 두 번 다운한 뒤 그 원흉이었던 유 교수에게 복수하는 심정으로 이를 갈며 족보를 정리했다는 J 선배의 족보집이 있었는데, 그나마 그 족보집은 선배의 집념이 느껴지는 내실이 있었다. 하지만 이전에 나왔던 모든 문제를 다 모아 엮은 것은 분명했지만 내용이 그 집념만큼 충실하지는 못했던 그 족보집은 많은 문제의 답이 아래와 같이 되어 있었다.

> 문제 2612) 어쩌구 저쩌구해서 어쩌구한⋯⋯⋯를 푸시오. (물론 다
> 화학식으로 이루어져 있는 문장이다.)
>
> 답) 내가 신이냐? 이걸 알게?

이러니 우리가 이 족보집을 믿어야 할지 말아야 할지 참 난감한 수준이었다. 결국 많은 애들이 커닝 페이퍼로 승부를 걸기로 작정했다. 하지만 나는 어떻게 해야 할지 길을 찾지 못하고 있었다. 내 글씨는 악필 수준이어서 내 글씨를 내가 못 알아보는 경우가 많다. 소위 커닝 페이퍼가 갖추어야 할 기본 덕목에서 상당한 거리가 있는 것이다. 그럼에도 불구하고 나도 대열에 동참하는 것이 유일한 길이란 것을 잘 알고 있었다. 그래서 내가 좋아하던 커다랗고 줄이 쳐져 있지 않은 (스케치하기에 좋은), 얇으면서도 매끈매끈한 재질의 비싼 노트를 사서 문제를 정성스럽게 정리하기 시작했다. (이 공책은 이전 시점까지는 그림을 그리는 용도로 주로 사용되고 있었다.)

그런데 이렇게 하면서 발견한 것이 J 선배의 문제풀이에 상당한 문제가 있다는 것이었다. 신 운운한 것은 둘째 치고라도 자신 있게 풀어 놓은 문제도 오답인 경우가 많았다.

"어쩐지, 그렇게 다운이 양산된 이유가 다 있었어! 이따위 것을 믿고 시험을 쳤으니… 쯧쯧."

나중에 알고 보니 약삭빠른 친구들이나 위 학년에서 다운된 선배들은 첫 시험부터 이 족보집으로 공부를 했다는 것이다. 그럼에도 불구하고 '그 따위로' 성적이 나왔으니 말 다한 것 아니겠는가!

더 이상 믿을 게 없다는 것을 알게 된 나는 아예 이 모든 문제를 다 풀어 보겠다는 이상한 결심을 하게 되었다. 당시 친구들은 내가 과도한 오기로 쓸데없는 짓을 한다고 생각하고 심각하게 말리기도 하고 진심 어린 조언을 하기도 했다.

"야, 네가 무슨 화학과야? 진정 좀 해야겠다."

"그러게, 너 지금 좀 맛이 간 거 알지?"

하지만 나는 진지했다. 평균 60점 이하면 다운이 현실이 되는데 첫 시험에서 17점을 받은 내가 남은 3번의 시험에서 적당히 할 수는 없는 노릇이었다. 유 교수의 말대로 '다 끝난 것'일 테니 말이다. 그래서 시작한 새로운 족보풀이의 세계는 참으로 고행이었다.

J 선배의 답을 믿지 못하고 처음부터 전부 다시 풀어야 했기 때문에 시간이 만만찮게 들었다. 사실 예과에서 한 과목이라도 낙제하면 쪽팔림을 무릅쓰고 후배들과 1년을 다시 공부해야 하는데 유기화학에만 올인하는 것은 어찌 보면 참 무모한 짓이었다. 하지만 달리 방법이 없었던 나는 처음으로 중앙도서관에 자리를 잡고 공부를 하기 시작했다. 나는 주로 단기 기억에 의존해서 시험을 치르는 성의 없는 학생이었기 때문에 도서관에 출몰하는 것은 참 드문 일이었다.

'야, 세상에 다운이 무섭긴 무서운가 보다. 장항석이 도서관에 와서 자리 잡는 것 봐라.'

"지가 뭐 별 수 있겠어? 그래, 항석아, 인간이 되어 가는 거 축하한다."

이런 비아냥거림에도 불구하고 나는 진지하고 착실한 학생 모드로 전환해 열심히 유기화학을 팠다. 처음에는 시간이 많이 걸리고 힘들었는데 어느 정도 지나고 나니 나름 재미가 있었다. 문제를 하나씩 풀어가는 것도 재미있었고, '내가 신이냐?'고 푸념을 단 J 선배의 답을 새로운 정답으로 대치하는 재미도 쏠쏠했다. 결국 학기 말 시험을 치기 직전까지 나는 미완성이었던 족보집을 완벽하게 다 풀 수 있었다.

이윽고 다가온 유기화학 시험은 당시 종합관의 015A, 015B 강의실에서 치르게 되었다. 200명이 넘는 학생을 두 반으로 나누어 시험을 치는데 100명 이상 들어갈 수 있는 방은 몇 개 되지 않았고, 총대단에서(우리 대학은 각 학년 학생 대표를 '총대'라고 부른다) 파악한 정보로는 A반은 015A, B반은 015B에서 친다는 것이었다. (나는 오랫동안 그룹 '015B'가 이 교실 이름에서 유래된 줄 알았다. 하지만 알고 보니 '무한궤도'란 말을 암호처럼 표현한 말이라고 한다.) 우리 학년은 모두 자기가 앉을 책상을 파악하고(선택하고) 미리 그 책상에다 빼곡히 자신의 비장의 '콘텐츠'들을 적어 두었다. 커닝 페이퍼가 아니라 '커닝 책상'이 된 것이었다.

그러나 유 교수는 역시 만만치 않았다. 우리의 행보를 정확하게 파악하고 시험 당일에 갑자기 시험 장소를 바꾸어 버렸다. 지하에서 만반의 준비를 하고 있던 학생들은 일순 혼란에 빠졌다. 준비해 왔던 모든 것이 물거품이 된 것이다. 거의 인생을 포기한 듯 낙담한 학생들은 죄다 도살장 가는 소처럼 3층으로 올라갔다.

절박한 마음에 지하에서 3층까지 책상을 들고 올라오는 녀석들까지 있었다. 물론 그런 상황을 미리 파악한 유 교수의 조교들이 계단과 엘리베이터를 원천 봉쇄하고 있어서 그들의 시도는 물거품으로 돌아가고 말았지만 말이다. 악몽 같은 시험이 끝나고 다들 나와서 유 교수와 조교들을 욕하면서 삼삼오오 흩어져 갔다.

"야. 시험 잘 봤냐?"

"이게 미쳤나, 어디서 그런 걸 물어? 죽을래?"

"나도 마찬가지야."

그런 대화를 나누던 친구들은, 내가 괜한 짓으로 시간을 낭비하고 보람도 없이 시험을 망쳤을 것이라 확신하며 관심을 보이기 시작했다.

"야, 너는 어때?"

"그래, 넌 더 허탈하겠다. 괜히 시간만 버리고….."

"야, 말도 하기 싫은 모양이다. 그냥 놔 둬라."

지치고 힘든 표정을 짓고 있던 내 모습에 그들은 거의 확신을 가졌을 테지만, 사실 내가 그랬던 데는 조금 다른 이유가 있었다. 나는 시험 치기 전에 상당한 자신이 있었다. 내가 못 풀 문제는 없을 것이라고 생각했던 것이다. 하지만 시험지를 받아 보니 모든 문제들이 정말 귀신같이 '내가 신이냐?'던 문제들로만 나온 것을 발견하고는 유 교수를 존경하고 싶은 마음마저 들었다. 이 정도면 '신기神氣'가 있는 게 아닌가 싶었다. 그리고 나름 모든 문제를 다 풀어냈다고 자부하던 내가 모르는 문제까지 있었다.

마침내 성적 발표일이 다가오고 오금이 저린 우리들은 유 교수의 사디스트적인 퍼포먼스를 초조하게 기다리고 있었다. 하지만 이번에는 교수의 표정이 좋지 않았다. 우리도 칼을 갈며 공부를 했기 때문에 설사 커닝을 원천 봉쇄하는 데 성공했다 하더라도 유 교수가 기대하는 판타지적인 점수는 나오지 않았다. 시험의 반 평균은 50점을 넘었다. 하지만 이번에도 유 교수는 꿋꿋하게 모든 시험지를 다 나누어 주셨다. 그런데 이상하게 내 이름이 불리지 않는 것이었다. 뭔가 아주 불길한 예감이 들어 초조해하던 내 이름은 제일 마지막에 불렸다.

"장항석이가 누구야?"

"예? 저, 전데요?"

"자네가 장항석이야? 자, 자네 시험지."

그의 표정이 썩 좋지 않았다. 그의 표정을 살피다가 내 시험지를 본 순간, 나는 손이 부들부들 떨리는 것을 감출 수 없었다. 나는 2문제를 틀렸고, 일부 점수에서는 가산점을 받아 115점을 받았던 것이다. 유 교수는 아무런 말도 없이 강의실을 나갔고, 친구들은 무슨 일인가 하고 나를 쳐다보았다. 이윽고 몰려든 친구들은 내 성적을 보고 경악했다. 비웃던 모습은 싹 사라지고 이게 무슨 일인가 궁금해했다. 나중에 듣기로는 내 시험 성적이 나오고 난 뒤 교수님의 심기가 무척 불편하셔서 조교들이 한동안 고생했다고 한다.

어쨌든 한동안 고생했던 덕분에 나는 이후에 있던 두 번의 시험에서도 한 번은 120점, 나머지 한 번은 118점을 받고 본과로 올라오게 되었다. 나쁜 글씨 때문에 시작했던 일이 '엉뚱한' 좋은 결과를 낳았던 것이다.

내가 정리한 유기화학 족보는 상당한 반향을 일으켰다. 악필에도 불구하고 이것을 받고 싶어 하는 후배들이 많았다. 나는 동문이 없는(연세의대에 가뭄에 콩 나는 정도의 빈도로 들어오는) 고등학교 출신이라 적당한 후배도 없었고, 그냥 미술반 동아리 후배들에게 물려줄까 아니면 부산 후배들에게 물려줄까 하고 있던 차에 한 후배가 찾아와서 그 족보를 달라고 했다. 그녀는 부산 후배 중 한 명이었다.

"오빠, 제게 그 족보를 주시면 안 될까요?"

평소에 오빠는 무슨, 선배 알기를 뭣처럼 알던 애가 이런 말을 하는 것을 보고 적잖이 놀랐다. 그녀의 '4가지 부족한' 성격을 너무나 잘 아는 나는 그녀에게 족보를 주기가 싫었다.

"제가 부산 후배들하고 미술반 후배들에게 책임지고 잘 전할게요. 걱정하지 마세요. 절대로 외부에 알리지 않고 소중하게 전달할게요."

적극적으로 요청하면서 책임지고 전달하겠다고 하니 차마 냉정하게 거절하기가 어려웠다.

"나 지금 안 가지고 있어. 그리고 난 내일 부산 내려가."

"그럼 오빠 집에 있어요? 제가 가서 가져올게요. 지금 가실까요?"

집까지 찾아오겠다고 막무가내이니 거절하기가 어려웠다. 그래서 그냥 그녀의 말을 믿고 족보집을 전달했다.

"오빠, 고마워요. 꼭 장항석 족보라고 전할게요."

어쨌든 당시에 나는 좀 뿌듯했다. 내 후배들이 그 족보로 인해 조금이나마 도움을 받을 수 있기를 바랐다. 하지만 한 3년쯤 지났나, 후배들에게 "너희들 유기화학 족보집 있지? 내가 만든 거 말이야" 하고 물었더니 아무도 아는 사람이 없었다.

"J 족보 말씀이세요? 그건 JSJ 선배가 만드신 것으로 아는데요. 형 것은 본 적이 없는데요?"

나중에야 알게 되었다. 오빠 어쩌고 하며 책임지고 전달하겠다고 하던 4가지 부족한 후배가 내 족보를 독식하고 심지어 자기가 본과에 올라온 뒤에도 그 족보를 물려주지 않고 없애 버렸다는 것을. 결국 내 정성이 깃든 유기화학 족보는 흔적도 없이 사라지고 말았다.

미팅 열전

까까머리, 검정교복 차림의 고등학생 신분을 벗어나 대학에 오면서 가장 기대되었던 것이 여학생과의 '미팅'이었다. 80년대에는 대학을 입학하고 나서야 미팅이다 뭐다 해서 여자를 만나고 이야기도 하는 등 자유가 주어지지, 중고교시절에 이성 친구를 사귄다는 것은 어불성설이었다. 요새처럼 남녀공학도 없고. 가끔 그런 운 좋은 녀석들이 있기는 했지만 그 운만큼 학업이며 시간을 까먹다 보면 결국은 양가 부모의 '미쳤다'는 진단을 받고 바로 '감금, 협박, 린치' 등등의 치료를 받게 된다. 축복 속에 출발 어쩌구는 아예 물 건너가고 학대와 반항, 그리고 이어지는 긴급조치(시국이 불안할 때 내려지는 이 조치는 오랜 세월 우리가 이미 사무치도록 경험한 바 있다)로

한 세월을 보낸다. 뭔가 시들해질 때까지 말이다.

그런데, 대학에 들어오면, 세상에, 그 모든 것이 자유라니! 단지 머리가 조금 길어진 것뿐인데 말이다. 더구나 소위 잘 논다는 연대, 게다가 신촌, 이대, 홍대로 이어지는 황금지역의 소속이란 사실만으로도 가슴 벅찼던 그 시절, 우리에게는 참 많은 이야깃거리가 있었다.

첫 미팅

대학교에 들어와 머리카락이 좀 자라서(당시 고등학교 남학생은 스포츠형보다 머리를 기르는 것은 불법으로 간주되었다) '고삐리'티를 벗어났을 무렵, 과 총대가 이대 모과와 단체 미팅을 주선했다. 요즘 같으면 이 무슨 야만적인 행사냐 하겠지만 그때는 그것도 감지덕지, 과 총대는 가히 영웅이 되었다.

처음 미팅을 하는 남학생들이 대부분이었던 관계로 나름 멋을 냈다고는 하지만 어정쩡한 촌놈들이 떼거지로 이대 앞으로 향하는 모습을 상상해 보라! 당시 이대 앞은 우리 학교 앞보다 세련되고 멋있는 곳이 많아서 안 그래도 어색했던 우리들을 완전히 주눅 들게 만들었다. 여자애들은 정말 세련되고 말도 잘하는 반면에 우리는 꿔다 놓은 보릿자루, 혹은 말 좀 잘한다는 축도 꺼벙한 녀석 정도로나 보이는 한심한 수준이었다.

그래도 얼마나 재미있었는지 정신없이 시간이 지나가고 소위

'애프터'라는 것을 챙기는 시간이 되었다. 나는 사실 별 뜻이 없었지만 옆에 앉은 녀석이 강하게 밀어붙여서 한 테이블 단위로 네 명이 다시 만나기로 했다. 그 약삭빠른 녀석은 내 파트너가 마음에 들었던 것인데 나는 그런 줄도 몰랐다. 그런데 이 녀석이 약속 당일 내게 뭔가 큰일을 하나 만들 것을 요구해 왔다. 스스로 중대한 사고를 당하거나 친척 중 한 분을 사고 혹은 사망에 이르게 하라는 것이다. 그래, 친구 소원 하나 못 들어주겠냐며 맥주 1500cc와 노가리 안주 한 접시에 내가 걷지 못할 정도로 다리를 접질린 것으로 합의를 보았다.

그 이후 한동안 잘 만나고 있다는 이야기를 들었는데, 어느 날 이 친구가 나와 술을 한잔 하자고 했다. 아니나 다를까 '채였다'는 것이 아닌가. 약삭빠르지만 나름 순정파였던 이 친구는 눈물을 뚝뚝 흘리면서 자신의 비통한 심경을 토로했다. 그날을 꼴딱 새도록 나는 친구의 실패에 대해 위로하면서 '이렇게 촌스럽게 굴면 절대 안 되겠구나!' 하는 산 교훈을 얻을 수 있었다.

기숙사 단체 미팅

나는 본과 4년 내내 의대 기숙사에서 생활했다. 그렇게 4학년이 되고 나니 발언권도 강해지고 층 대표란 직책을 맡게 되었다. 말 그대로 한 층의 대장인데, 별로 할 일은 없어도 따르는 후배들을 거두어야 하는 제법 막중한 책임을 진 선배가 된 것이다. 때마침 기숙사 가을 오픈 하우스의 계절이 되었는데, 내가 있던 층 사람들은 왜 이렇게 능력이 없는 건지 여자친구를 데려올 가능성이 없는 애들이 수두룩했다. 나름 책임감이 있었던 나는 이 불쌍한 애들을 어떻게든 도와야겠다는 생각이 들었다. 기숙사 운영위원들에게 자금을 얻어 이 한심한 청춘들을 위한 행사를 준비했다. 마침 모 여대에 다니던 내 동생이 함께 교생실습을 나간 22명의 여학생을 섭외했고 나도 22명을 선별했다.

문제는 이렇게 많은 남녀가 만날 장소인데, 내가 선택한 장소는 우리 학교의 명소 청송대였다. 도시락과 음료수를 준비하고 한두 번 축제 사회를 보았던 경험을 살려 프로그램도 준비했다. 마침내 들뜬 녀석들을 이끌고 청송대로 가서 꽤 눈이 높은 내 동생이 선발한 세련되고 수준 높은 여학생들을 만나게 했다.

남녀를 만나게 했으면 자연스럽게 어울리게 만들어야 하지 않겠는가. 나는 미리 준비한 대로 청송대 넓은 바닥에 22인분의 사다리를 그렸다. 약 10미터짜리 사다리 끝에 남학생들이 서 있으면 여학생들이 반대편에서 자리를 선택하고, 남학생들이 사회자인 내 감시 하에 이리저리 사다리를 타고 파트너 여학생을 찾아가는 것이다. 다들 재미있어 하면서 일시에 경계심이 허물어지고 친숙하게 이야기를 나누기 시작했다.

이 행사는 한동안 인구에 회자될 정도로 유명한 미팅이 되었다. 모든 커플이 2차로 준비한 호프집에서 신나게 한판 잘 놀았고, 그해 오픈 하우스 축제는 대성공을 이루었다. 그 일로 결혼까지 하게 된 커플이 둘이나 된다.

비밀 작전 소개팅

마침내 졸업반이 되었다. 긴 본과 시절을 보내면서도 여전히 우아한 솔로이자 마지막 킹카였던(혹은 그렇게 불리고 싶어 했던) 나는 그날도 역시 기숙사에서 빨래와 씨름하고 있었다. 그런데 후배 한 명이 갑자기 술 한잔 하자는 것이다. 이게 웬 떡이냐 싶어 얼른 나가려는데, 이 친구가 강남으로 가면 어떻겠냐고 했다. 웬 강남? 기숙사에서 강남까지 가려면 족히 두 시간 가까이 걸리는데 하는 생각에 별로 내키지가 않았다.

그러자 이 친구가 "형, 강남에 정말 좋은 집이 있어요. 형이 정말 좋아할 분위기예요. 제가 운전해서 모시고 갈게요"라며 강력하게 권하는 것이 아닌가. 뭐 그렇다면 가 보자는 심정으로 따라 나섰다. 이 친구는 현재 내가 근무하는 강남 세브란스 병원 앞에 있던 지금은 없어진 채플린이란 작은 카페로 나를 이끌었다. 예약까지 해 두었다는데, 정말 그 카페는 이미 꽉 차 있어서 예약을 안 했다면 자리가 없었을 것처럼 보였다.

그 친구랑 맥주를 마시면서 이런저런 이야기를 하고 있는데 난데없이 어느 만화에나 나올 법한 공주 차림을 한 여학생이 나타났다. 약속에 늦어 죄송하다고 하는 그녀를 보면서 내 눈은 후배에게 '이게 무슨 일?'이라는 질문을 던지고 있었다.

"형, 내가 미처 말을 못했어요. 내 후배인데 형 소개시켜 주려고 자리를 마련했어요. 처음부터 소개팅이라고 했으면 형 분명히 안 나올 거잖아."

순간 당황했지만 여자를 만나본 지도 너무 오래되었고 술도 좀 들어갔겠다, 후배도 같이 있으니 이야기나 하면서 재미있게 보내자는 생각으로 맥주를 마시면서 세 명이 잘 놀았다. 그런데 뭔가 이상한 느낌을 지울 수가 없었다. 카페에 사람들이 가득한데, 어째 우리 이야기만 들리는 것 같았다. 게다가 뭔가 사람들의 시선이 우리만 바라보고 있다는 느낌이 계속 들었다. 화장실을 가면서 유심히 카페의 손님들을 '스캔'해 보았다. 모두 비슷한 차나 주스를 시켜 놓고 있었고, 담배 피는 사람도 하나 없고, 별로 대화도 없고, 복장이나 분위기가 다 비슷하다는 생각이 들었다. 계속되는 이상한 느낌에 고개를 갸우뚱하면서도 어쨌든 그날의 소개팅은 그렇게 마무리를 지었다.

다음 날 나는 후배를 추궁했다. "어제 무슨 일이 있었던 거야? 너 도대체 무슨 수작을 꾸미고 있는 거야?"내가 낌새를 채면 독하고 집요하게 물고 늘어지는 것을 너무나 잘 아는 후배는 결국 실토를 했다. 어제 만난 그녀는 모 그룹 딸인데 자기가 부탁을 받아 소개를 시켜 준 것이고, 그 카페 안에 있던 사람들은 모두 친척이거나 비서실 직원들로, 나를 모니터 한 것이라고. 그리고 그녀는 나를 마음에 들어 하고 나에 대한 평가가 좋게 나왔다나 어쨌다나.

근처에 사람들만 없었으면 그 자식을 끌고 나와 한 대 쥐어박고 싶은 생각이 울컥 올라왔다. 내가 그런 것을 정말 싫어한다는 것을 너무 잘 아는 녀석이 이 따위 일을 벌이다니! 그 인간들이 뭔데 나를 평가한다는 말인가? 더구나 취중에 지껄이는 이야기로 나를 판단한다고? 참 어이가 없어서! 그래서 나는 그 모 그룹의 사위가 되지 못했고, 오늘날 별 볼 일이 없기는 하지만 전혀 후회하지 않는다.

그건 사랑이었을까?

세상에서 가장 성공 가능성이 낮은 일은 무엇일까? 그건 바로 첫사랑에 성공하는 일이라고 한다. 첫사랑이 어려운 이유는 경험이 없고 기술이 부족한 까닭이라고 한다. 상대방에 대한 배려 전에 자신의 방어벽을 벗어나기 힘들고, 쓸데없는 자존심으로 일을 그르치기 때문이다. 사실 사랑을 시작도 못하고 끝나 버린 경우가 더 많다고 해도 무리가 없을 것 같다.

그럼에도 불구하고 거의 모든 사람들이 첫사랑을 잊지 못하고 아름답게 기억한다. 세월이 지나면서 자신의 편리에 따라 불리한 기억은 죄다 잊고 애틋함만 남아서 그렇기도 하고, 흘러가 버린 청춘에 대한 아련한 미련 때문이기도 하다. 모든 남자의 기억에는 긴 생머리의 아가위 꽃 같은 흰 얼굴, 봄바람에 살랑거릴 것만 같은 가냘픈 그녀가 있지만 사실 '기억 속의 그녀'는 실재하지 않았는지도 모른다. 그래서 나온 명언이 "첫사랑은 절대로 다시 만나지 말라"는 것이다.

첫사랑 오로라 공주

넘쳐나는 테스토스테론(남성호르몬)을 감당하기 힘들었던 빡빡머리 고등학교 시절, 다들 한가락씩 하던 중학교 시절을 이야기하다 보면 주로 17대 1 정도의 싸움 이야기가 많지만 가끔은 여자친구 이야기가 나올 때도 있었다.

그런 이야기가 한창 오가던 중에 내게 순번이 돌아왔다. 정말 '꿀리기' 싫어서 초등학교 동창 중 이름이 예쁜 애를 골라 여자친구로 등장시켰다. 이 심정, 잘 알지 않는가? 이맘때는 하나라도 지기 싫어한다는 것을…. 경황 중에 급조하느라 당시 인기 만화영화의 주인공이었던 '오로라 공주'급으로 만들었는데, 주변 친구들에게 강한 임팩트를 줬던 모양이었다. 그중 한 친구가 심각한 상사병에 시달리게 되었다. (심지어 보지도 못한 여학생을 말이다!)

어느 날엔가 그 녀석이 퀭한 얼굴로 양보해 달라고 애원하는 것이 아닌가? 하지만 나도 이미 상황에 도취되어 있어서 양보할 수 없다고 했다. 정말 오랫동안 그 녀석과 실랑이를 벌였는데, 나름 재미있기도 하고 환상을 자극하는 것이어서 내 기억에서조차 그 여자애는 환상적인 모습으로 거듭나게 되었다.

그리고 고등학교를 졸업하고 나서 그 '순정남'은 우연히 '오로라 공주'와 같은 대학에 갔다. 방학 때나 되어야 가끔 그 친구를 만날 수 있었는데, 그녀와 사귀고 있다는 것이 아닌가! 아, 이 의지의 한국인! 그러나 녀석의 반응이 썩 좋지는 않았다. 요지는 나(나의 사기성) 때문에 그렇게 된 것이라고 책임을 져야 한다며 지금이라도 자기는 양보할 수 있다는 것이었다. 그러나 나는 친구의 순정을 짓밟을 만큼 나쁜 놈은 아니니 눈물을 머금고 둘을 인정하겠노라 했다. "너희 자손은 저 해운대 백사장 모래알처럼 융성하리라!"덕분에 나는 고교 동창들 사이에는 친구를 위해 첫사랑도 과감히 포기한 의리파로 알려져 있다.

그러나 과연 그건 사랑이었을까?

전설로 남은 순애보?

의과대학은 수업 구성이 거의 고등학교 수준이다. 대학생의 특권인 강의 스케줄 조정 등 개인의 자유의지는 전혀 필요하지 않고, 하루 9~10교시의 '번듯한 시간표'가 바로 나온다. 학생들의 피부 미용을 위해 햇빛에 노출될 가능성을 최소화한 '치료 목적'의 시간표인 것이다. 아마도 '감금과 린치'에 해당한다 할 수 있겠다. 그러다 보니 타과 사람들을 만나는 것은 매우 힘든 일이다. 작정을 하고 뭔가 기획을 하지 않고는 미션 임파서블이다.

이런 상황에선 좁은 세계에서라도 나름의 돌파구를 찾게 되는 법. 동기나 선후배들끼리 만나는 것이다. 당시 우리 학과는 한 학년이 200명이나 되는 거대 규모의 인간 집단이었다. 처음엔 꽤 많은 CCcampus couple(여기선 과커플)가 발생한다. 그러나 인적 자원은 한정되어 있고, 첫사랑은 언제나 성공적이지 않은 특성을 갖고 있기에, 한 주기周期가 끝나면 '재활용'의 단계로 접어들게 된다.

나는 늘 변두리형 인간이었는데 어느 순간 갑자기 이상한 상황에 휩쓸려 세인의 부러움을 받는 처지가 되었다. 그리 좋은 일은 아니고 복잡 미묘하게 꼬인 화학 공식의 중간 단계에 처한 라디칼radical(화학 반응을 하는 기를 말함)처럼 꼼짝달싹 할 수 없는 곤란한 처지에 빠진 것이다. 뭔 소리냐고? 쉽게 말해 삼각관계가 된 것이다. 사실 알고 보니 한 8각쯤 되었는데, 끈기 없는 나는 제일 처음으로 그 도형을 7각으로 만들었다. 그리고는 프리 라디칼free radical로 소위 '자유로운 영혼'이 되었다. 가끔 그 7각에 있는 꼭짓점들의 카운슬러 노릇을 하는 고마운 선지자가 된 것이다.

그 7각은 그해 가을을 넘기지 못하고 와해되었다. 얽매인 사슬을 풀고 떨어져 나온 프리 라디칼들은 또 다른 화학 반응을 하기 시작하였다. 드디어 '재활용'의 시기가 온 것이다. 여러 가지 다양한 조합을 보이던 그들은 메달 수를 늘려 가더니 3관왕은 기본이고 7관왕에 이른 사람들까지 생겨났다. 사실 이렇게 메달 수가 쌓여 가는 일은 올림픽의 그것과는 달라서 솔직히 창피한 일이기도 한 것이다. 그래서 보통 남학생들은 의대 내에서 한 번 이상 놀지 않는다. 하지만 세상에는 비상한 사람도 있는 법이어서 남학생 중에도 4관왕까지 본 적이 있다.

한 번으로 끝낸 나 같은 인간군에서는 그 한 번이 의대에 전설처럼 남는 경우도 있다. 그 사건을 기억하는 친구들이 수시로 확인을 하는 것이다. "너 김○○ 소식 들었어?"로 시작하는 하염없는 이야기들. 어찌 보면 참 시답지 않은 수작인데, 그걸 또 너무 밟아 버리면 재미가 없단 말이지. 안주거리로 들고 나와서 대접한다는데 못 이기는 척 한두 번 말려들어 주는 것도 미덕에 속한다.

이상한 것은 이렇게 말을 하다 보면 실제 현상과는 다른 엉뚱한 사건이 되어 버리곤 하는 것이다. 그리고 더 이상한 일은 이렇게 하다 보면 관성이 생기는지 "그땐 그랬지" 하는 기억이 형성된다. 사실에 근거하지 않은 기억조차 말이다.

어느 날 내가 수술한 환자에게서 그 소식을 들었다. 묘한 웃음을 짓는 환자의 모습을 보면서, 내가 너무 과했나 하는 생각을 하게 되었다. 어느새 나는 과감히 7각을 만든 선구자가 아니라 의대 바깥 사람들에게까지 알려진 '순애보'의 주인공이 되어 있었다. 그가 전한 것은 그 친구의 늦은 결혼 소식이었다.

"아, 이제 결혼 하나요?"

"예, 많이 늦었지요. 남편 될 사람은 아주 유명한 학자래요."

"축하할 일이네요."

"몇 월 며칠인데, 오실 거죠?"

"그럼요! 꼭 가야죠!"

하지만 그날 나는 가지 못했다. 아니, 적당한 핑계를 만들어 가용 시간을 없애 버렸다는 것이 옳겠다. 사실이건 아니건 첫사랑을 20년이 지나 다시 보는 무모한 짓을 하는 것은 '자유로운 영혼'이 할 짓은 아니란 생각을 한 것이다.

그런데 그건 정말 사랑이었을까?

처음이자 마지막 고백

가끔 TV에 나온 연예인들이 자신의 첫사랑이 선생님이라고 말하는 것을 본다. 그 이후로 이성은 얼굴조차 본 적 없다는 그들. 선생님을 존경하지 않고 '사랑'하는 것이 연예인이 될 수 있는 중요한 자질인가 보다. 그리고 또 하나 '가증스러운' 멘트 중 하나는 "전 일과 사랑에 빠졌어요" 하는 것이다. 콱 한 대 패 주고 싶은 생각이 드는데, 의외로 이런 인간들이 많다. 주위를 한번 둘러보시라!

의과대학을 졸업할 무렵, 후배들이 환송회다 뭐다 다양한 행사를 많이 해 주었다. 맛있는 것도 많이 사 주고. (물론 계산은 우리 돈으로 했지만….) 그런 행사에서 빠질 수 없는 것이 졸업을 앞둔 소회와 미래의 희망 등을 한마디씩 하는 것이다. 적당히 술이 들어가고 감정은 예리한 칼날처럼 곤두서서 조그만 감동에도 눈물을 글썽이고, 심지어 말을 잇지 못할 정도로 감정에 복받친 이들도 있게 마련이다.

당시 나는 첫사랑에 대한 이야기를 처음이자 마지막으로 하겠다고 말했다. 순식간에 집중되는 시선을 즐기면서 나는 입학한 그 날부터 내 마음을 차지했고 많은 시련을 내게 안겼고 아픔을 주기도 했던 그 사랑을 이야기했다. 그리고 말미엔 명언 한마디를 덧붙였다.

"사랑하는 자에겐 수만 가지 고통이 따를 것이나 사랑하지 않는 자에겐 단 한 가지 기쁨도 없으리라."

발언을 마치자, 오오, 넘쳐흐르는 감탄과 찬사의 물결! 잠시 여운이 흐른 뒤 동기와 후배들의 빗발치는 질문 공세가 시작되었다.

"근데 그게 누군데요? 왜 중요한 걸 말 안 해 줘요?"

"그러게! 이건 반칙이야!"

"야, 빨리 자백해! 너 오늘 살아서 집에 가고 싶으면 똑바로 해!"

이 인기를 한참 즐기던 나는 못 이기는 척 핵심을 이야기했다.

"그건 바로…."

"아, 빨리 말해요! 뜸들이지 말고!"

(최대한 심각한 표정으로, 최대한 느릿느릿하게) "그건 바로… 그건 바로… 세브란스입니다."

여기저기서 안주며 맥주병이 날아오고 구타를 위해 준비운동을 하는 친구도 있었으며, 어디론가 끌고 가서 끝장을 내야 한다는 과격파도 있었고, 그럴 것 없이 바로 여기서 확 파묻어 버리자는 의

건까지 있었다. 하지만 어쩔 것인가? 내가 그렇다는데. 한 대 콱 패주고 싶으시더라도 참으시라! 나는 사정권 내에서는 이런 소리 하는 것이 위험천만한 일이란 것을 그때 철저하게 교육받았다. 그래서 이렇게 멀찍이 떨어진 상태에서 글을 쓰는 것이다.

하지만 그것은 졸업하던 날 난생 처음 세상으로 나가는 길목에서 내가 느낀 솔직한 단상이었고, 그리 말을 하면서 스스로 그것이 진실이란 것을 깨닫게 되었다. 평소에는 이 답답하고 좀스러운 의대를 혐오하던 내가 얼마나 이 한심한 대상을 사랑했는지, 그리고 평생을 몸에 지니게 될 내 특성이 이곳에서 얼마나 많이 형성되었는지…. 졸업을 하면서 그때 했던 말은 정말 처음이자 마지막 고백이었다.

혹시 모르겠다. 언젠가 내가 외과를 떠나는 날 이 고백을 한 번 더 할 수 있을까?

그럼 그건 정말 사랑일 수 있을까?

그리고 그때에는 비로소 사랑에 참될 수 있을까?

KBS의 100분 쇼

내가 대학을 다닐 때는 아주 유명한 교수님들이 많았다. 특히 강의에서는 명강의로 소문난 분들부터 불면증에 특효인 수업으로 유명한 분들도 계셨으며, 잠시도 숨 돌릴 틈이 없는 완벽을 추구하는 교수님도 계셨다. 이제 와 생각해 보니 우리가 상상하거나 평가할 수 있는 수준을 훨씬 뛰어넘는 어마어마한 분들이었는데 우리는 외람되게도 그분들을 아주 손쉽게 평가했고, 심지어는 이상한 별명을 지어 부르기도 했다. (이 자리를 빌려 저희의 몰상식함으로 알게 모르게 상처받으셨을 수도 있는 수많은 교수님들께 심심한 사죄의 말씀을 드립니다.)

오늘은 그분들 중에 가장 유명했던 한 분에 대해 이야기하려 한다. 이분의 이니셜은 KBS였기에 별명도 그랬다. 이 교수님은 학생들에게 사명감을 고취시키는 것이 가장 중요하다는 신념을 가지고 계셨다. 역사와 전통을 꼭 알아야 한다고도 하셨다. 그래서 수업 중에 이런 질문과 대답이 오갔다.

> 질문 1: 얼마야?
>
> 정답: 네! 2억 원입니다!
>
> 질문 2: 그리고?
>
> 정답: 네! 9천만 원입니다!

이게 뭔 소리냐고? 내용은 이러하다. 질문 1은 의사 한 명을 길러내기 위해 사회에서 투자하는 비용이 얼마냐는 질문이고, 질문 2는 그 비용 외에 학교에서 너희에게 쓰는 비용은 얼마냐는 질문이다. 이때가 1984년이었으니 돈 가치의 변화에 맞추어 생각하면 되겠다. 너희가 그만큼 혜택을 입고 성장해서 의사가 되는 것이니 나중에는 사회에 공헌해야 함을 잊으면 안 된다는 뜻이다.

그리고 시험에는 이런 문제가 나왔다.

> 문제 1. 의과대학의 닥터 알렌 동상 위치를 도해하시오.
>
> 문제 2. 연세대학 교정에 있는 선교사 동상들의 위치를 도해하고 각 선교사의 풀 네임을 기술하시오.

문제 3. 세브란스 병원 설립에 기초가 된 세브란스의 기부 금액과 기부 연도를 쓰시오.

이 과목은 심지어 '종양학Oncology'이었다. 이처럼 교수님은 종양학 내용을 좀 더 배우는 것보다 자세가 제대로 갖추어져야 한다는 신념을 가지고 계셨다. 그리고 시건방진 녀석이나 예의 없는 녀석, 성실하지 않은 녀석은 '즉결 처분'하는 것을 즐겨 하셨다. 복도나 학교 외부에서도 복장 불량이나 껄렁한 태도는 바로 한 대씩 쥐어박히기 일쑤고, 담배라도 피우다가 들킨 날에는 바로 정학을 당했다. 우리 학교는 예로부터 지금까지 학교 내에서는 물론이고 반경 2km 내에서 담배 피우다 걸린 학생들은 즉결 처분된다. 그중에서도 특히 KBS 교수님은 강력한 징벌을 고수하신 강직한 분이었다.

교수님은 "학생느무 자식들이 공부는 안 하고 무슨 밥을 한 시간씩 먹느냐?"는 의견을 가지고 계셨다. 그래서 그분의 강의는 늘 점심시간 직전에 시작해서 꼬박 100분을 하는 특징이 있었다. 소위 〈KBS의 100분 쇼〉이다.

하지만 아무리 시간이 100분이라고 해도 강의가 얼마나 재미있기에 '쇼'라는 거창한 이름이 붙었을까? 이해가 안 될 것이다. 나 역시 처음 이런 말을 들었을 때는 선배들의 호들갑이 지나치다고 생각했으니까. 하지만 수업을 듣는 순간 바로, 아주 정확하게 이해할 수 있었다. 그분의 수업은 무시무시하기로 정평이 나 있었다. 수업시간에 잠시라도 딴짓을 하다 걸리면 바로 끌려 나가서 쥐어박히거나 그게 아니면 '고향 생각'이 날 정도로 심각한 내상을 입게 된다는 소문이 파다했다.

그래서 그분의 수업이 있는 날에는 거의 모든 학생들이 평소보다 일찍 나와서 가장 앞줄 자리를 잡으려고 치열한 경쟁을 벌였다. 뒷줄에 앉았다 찍히기라도 하는 날에는 두고두고 후회가 따를 테니 말이다. 그리고 아주 말똥말똥한 눈으로 뚫어져라 교수님 얼굴을 바라보며 100분을 소비해야 했다.

하지만 교수님은 정확하게 '덜떨어진' 녀석들을 솎아내는, 귀신같다고밖에 할 수 없는 통찰력을 가지고 계셨다. 예를 들어 이런 식이었다.

"너 말이야."

"네, 저… 저요?"

"그래 너 말이야! 너 내가 지난 시간에 이야기한 것 말해 봐!"

"네??"

"말해 봐!"

"그니까…. 그게 2억 원…?"

"이런 멍청한 놈!! 니네 아버지 뭐 하시나?"

"네, 제 부친은 초등학교 평교사이십니다."

(교수님이 선생님을 좋아한다는 내용을 잘 파악하고 있는 것이다. 알고 보

면 이 학생은 정말 우수한 학생이지도 모른다.)

"하아…."

이렇게 긴 탄식을 하신 우리의 KBS 교수님.

"그런 훌륭한 아버님이 너 같은 자식을 두었으니 그분이 얼마나 불쌍하시냐! 너 이느무 자식! 정신 안 차릴래?"

이렇게 그날의 '덜떨어진 녀석'으로 선정된 그는 정녕 지옥이 무엇인지 확실하게 알게 되었다.

한 번은 이런 일도 있었다.

"거기 세 번째 줄 파란색 옷 입은 여학생!"

"네, 네?"

"자네 말이야, 옆에 있는 그 멍청한 녀석하고는 차도 마시지 마! 저런 녀석은 상대하면 자네만 손해야!"

(이 부분은 해설이 필요하지만 잠시 후에 설명하겠다.)

다른 장면 하나 더. 이건 우리 한 학번 위인 81학번의 수업 중에 일어난 이야기다. 여느 때처럼 매의 눈으로 학생들의 전 좌석을 스캔하던 교수님은 적당한 먹잇감을 발견하셨다.

"너!"

"네에? 저, 저 말씀…?"

(그게 누굴 가리킨 것이건 대답을 한 녀석이 멍청한 것이므로, 아주 제대로 걸렸다는 흡족한 표정으로)

"그래, 너 말이야! 너 나한테 한 번 걸린 적 있지?"

"아, 아닙니다…. 저는 정말…."

"아니야, 너 분명 낯이 익어. 너 분명히 내게 걸렸을 거야!"

지목 당한 학생은 극도로 긴장해서 혈압이 200mmHg, 맥박이 분당 170회 정도로 상승하여 경련을 일으키기 직전 상태에 이르렀다.

"아, 아, 아닙니니…다…. 저저저, 저는 정말…."

(말까지 더듬는 것을 보고는 더 확신을 갖게 되어)

"이느무 자식! 감히 선생님을 속이려고! 너 분명 잘못한 게 있었을 것이야!"

"저저저 정말 저저저 저는…."

"이놈이 그래도! 어서 자백하지 못해!!"

손수 그 학생의 자리까지 왕림하신 교수님은 평소 좋아하시는 초식을 이용해 학생을 쥐어박기 시작했다.

"이느무 자식, 이느무 자식!!"

그렇게 맞으며 말도 못하던 학생이 급기야 벌떡 일어나서 이렇게 외쳤다.

"저 선생님 담임반인데요!!"

순식간에 찬물을 끼얹은 것처럼 고요해진 강의실 분위기와 들어올린 팔을 어찌할 줄 몰라 하시던 교수님이 물었다.

"네가 내 담임반이야?"

"그렇다니까요…."

"……."

"……."

"그럼 그렇다고 말을 해야 할 것 아니냐? 이느무 자식, 선생님께 사실대로 말해야지, 어디서 배워먹은 행실이야!"

그러고는 몇 대 더 쥐어박아 더 진행하지 못한 아쉬움을 달래셨다고 한다.

이렇게 글을 쓰고 보니 마치 폭행처럼 느껴지지만 사실 그의 초식은 조금 코믹한 편이랄까, 아프기보다는 보는 사람들이 재미있는 수준이었다. 물론 그날의 희생자는 그렇게 생각하지 않았겠지만. 그래서 KBS 교수님의 시간은 '나만 아니면' 아주 재미있는 시간이 되었다. 비록 점심시간을 거의 다 잡아먹어 우리의 유일한 휴식을 앗아가기는 했지만 그 100분 동안 걸리지만 않으면 아주 배꼽 잡는 시간이 되었다. 가히 당대의 명 쇼인 '100분 쇼'에 버금가는 수준이었다.

하지만 그분이 언제나 옳은 것은 아니었다. 우선 파란색 옷을 입은 여학생 옆에 있다 의문의 일패를 당한 남학생은 그 여학생과 과 커플이었으며, 입학할 때 1등으로 들어왔던 우수한 학생이었다. 당연히 상위권 성적을 유지하고 있었지만 그 이후 1등을 한 적이 없었기 때문에, KBS 교수님이 그걸 지적했던 것이라면 그는 정말 '귀신'이다.

다음은 담임반 학생이다. KBS 교수님은 말이 엄청나게 빠른 데다 판단력 또한 눈부신 수준이고 자신의 판단에 대한 신앙과 유사한 수준의 믿음이 있었던 관계로, 그리고 자신의 눈썰미에 대한 자신감으로 인해 지금까지 인구에 회자되는 '명장면'을 연출한 것이다.

담임반 하니, 그분이 담임반 모임을 하면서 남겼다는 명언이 하나 떠오른다. KBS 교수님은 당신의 말로는 '청요리'를 좋아하신다. 그래서 그 반은 늘 중국집에 가곤 했다.

"자, 자, 다 자기가 시키고 싶은 것으로 하나씩 시켜. 자, 자 망설이지 말고."

이렇게 한껏 고무된 분위기에서 순진한 신입생들은 메뉴를 펼쳐 들고 고민을 하고 있는데 정작 선배들은 아무런 동작을 하지 않고 있었다고 한다. 운수 나쁘게도 그날 쥐어박혔던 학생이 눈치 빠르게 이러한 분위기를 감지하고 가만히 있자 KBS 교수님이 말씀하셨다.

"자, 자 망설이지 말고 다 시키라니까. 난 짜장면!"

(이런 것을 분위기로 간파할 능력이 있는 그 담임반 학생도 사실은 아주 우수한 학생이었던 것이다.)

사실 이 이야기는 직장 내 문제를 거론할 때 자주 등장하는 에피소드로 유명하지만, 내가 아는 범위에서는 1980년대 초에 나온 KBS 교수님의 이 대사가 원조다.

지금 교수님은 거의 85세가 넘으신 것으로 알고 있다. 그러나 여전히 꼬장꼬장 하신 데다 말솜씨는 전혀 변화가 없고, 아니 오히려 더 발전해서 건배사 제의를 드리면 정말 한 시간은 꼬박 말씀하신다. 그래서 교수님이 나오시는 모임에는 건배사가 없는 경우가 많다고 한다.

하지만 우리의 KBS 교수님이 어디 예사로운 분인가? 그런 일을 획책하는 듯한 낌새를 채시면 그날 모임의 주관자는 바로 불려가 혼쭐이 난 후 결국에는 교수님 특유의 쇼를 제대로 보게 된다. 요즘은 100분 쇼가 아니라 60분 쇼로 바뀌기는 했지만 말이다.

블랙잭

내가 말하고자 하는 블랙잭은 카드게임이나 도박 같은 나쁜 것이 아니다. (그러나 공부 외의 것을 다 나쁘다고 칭하는 사람들에게는… 음, 사악할 수는 있겠다.) 이것은 일본의 만화가 데즈카 오사무의 걸작이다. 일본 만화의 아버지라 불리는 이 작가는 불세출의 걸작 〈우주소년 아톰〉, 〈밀림의 왕자 레오〉, 〈리본의 기사〉 등 수많은 만화로 우리의 어린 시절을 풍미했다. 그가 그린 여러 걸작 중에서 가장 아이들의 동심에 적합하지 않은 만화 〈블랙잭〉은 의학을 만화의 소재로 채택한 최초의 작품이다.

실제로 일본에서는 이 만화가 발표된 70년대 중반에 이를 읽고 의학의 길로 나서게 되었다는 사람들이 많을 정도로 강한 인상을 남긴 작품이다. 그리고 이후 이어지는 수많은 과학, 혹은 의학을 소재로 한 만화들이 이 작품을 오마주hommage하고 있는 것이 사실이다.

이 만화는 상당히 사악한 분위기가 넘쳐흐른다. 일반적으로 '의학'이란 이름이 제목에 붙거나 의학을 소재로 한 작품들에서 대부분의 사람들이 기대하는 스토리는 휴머니즘이나 감동적인 결말, 아니면 역경을 이기고 병을 극복하는 이야기다. 그러나 이 작품은 이런 환상을 비웃으며 여지없이 무너뜨려 버린다.

〈블랙잭〉의 줄거리는 이렇다. 어린 시절 큰 사고로 얼굴의 반을 잃게 된 아이가 있었다. 아무도 피부를 기증하려 하지 않는 상황에서 한 흑인 소년이 자신의 피부를 제공한다. 사고를 당한 아이는 여러 번의 수술과 긴 치료 과정을 거쳐 겨우 나았지만, 검은 피부를 한쪽 얼굴에 이식 받은 결과 얼굴색이 반반 짝짝이가 되어 세인의 놀림감이 된다. 그러나 아이는 고독하고 힘겨운 시간을 거쳐 마침내 훌륭한 외과의사로 성장했다. 평범한 외과의사가 아니라 기존의 학설을 뛰어넘는 비상한 기술과 기상천외한 아이디어로 수많은 난치성 질환을 치료하는 탁월한 실력자가 된 것이다. 하지만 기성의학계는 그를 받아들이지 않았고 그의 의술을 파문하고 철저히 탄압했다.

그 결과 그는 의사 자격증을 박탈당하고 떠도는 낭인이 되었다. 그러나 그의 의술을 아는 사람들은 무슨 수를 쓰더라도 그에게 수술을 받고 치료를 받고자 하였기에, 결국 그는 요샛말로 '야매' 혹은 무자격 시술자가 되어 기존의 제도권에서는 늘 쫓기는 수배자요, 어둠의 세계에서 암약하는 '사악한 자'가 되었다. 그는 자신의 시술에 엄청난 돈을 대가로 요구하고, 수틀리면 어떤 일이 있더라도 수술해 주지 않는 것은 물론 기존의 사회 가치관에 얽매이지 않고 철저하게 자기 이익만을 위해 살아가는 전형적인 악당이다.

물론 그런 그의 활약상에는 또 다른 이면이 존재한다. 이 어둠의 의사는 단신으로 세상을 떠돌며 부패한 사회를 강도 높게 비판하고 비웃으며 진정 인간적인 것이 무엇인지 망각해 가는 사회의 아둔하고 어둡기까지 한 약점을 신랄하게 폭로한다. 가려운 부분을 통쾌하게 긁어 주는가 하면, 숨기고 싶은 깊은 일면까지 가차없이 찔러 대는 것이다. 그러는 한편 정작 약자와 정의가 필요한 곳에는 언제나 목숨을 걸고 뛰어드는 영웅적인 면모까지 갖추고 있다. 참으로 이중적인 매력을 지닌 주인공이 아닐 수 없다. 그의 얼굴이 상징하는 복선적 의미, 바로 야누스적인 매력 말이다.

만화에서는 어둠 속에서 수술을 해서 죽어가는 사람들을 살리기도 하고, 죽은 자의 조직을 새로운 방법으로 되살려 내기도 하는 등 비과학적인 면이 없다고는 말하지 않겠다. 그러나 실제로 의사였던 데즈카 오사무는 많은 부분에서 의학적인 내용을 사실적으로 다루었고, 상상이나 만화적인 특징을 제거하면 상당히 수준 높은 의학의 면모를 보여 주고 있다.

내가 처음으로 이 만화를 접하게 된 것은 우리 과에 다니던 재일 교포 학생들이 방학이 지나 기숙사로 복귀하면서 가져다놓은 일본 만화잡지를 통해서였다. 일본말을 알지 못해 그림만 보다 이해가 안 되면 해석을 들어 가며 본 것인데, 깜짝 놀란 대목이 있었다.

본과 3학년 당시 그들이 가져온 잡지에서 우리의 블랙잭은 'graves disease'(그레이브스병, 갑상선 기능항진증의 대표적인 질환)의 부작용 중 인체에 치명적인 'thyroid storm'이란 질환을 치료했다. 이 병은 '폭풍'이라는 이름처럼 갑상선 기능과 온몸의 내분비 신경계의 기능이 순식간에 폭발하듯이 증가해서 사망에 이르는 위험한 상태를 말한다.

이 만화에서 우리의 주인공은 여러 약을 순서대로 써 가며 적절한 조치로 환자를 회생시켰다. 정말 기가 막힌 내용이었다. 인상 깊은 이 장면이 늘 내 머릿속을 떠나지 않았는데, 더 놀라운 일이 그해 학년말 고사에서 일어났다.

한 달 넘게 계속되는 시험 일정에 치어 거의 죽어가던 나는 준비가 무척 미비했던 어떤 시험에서(아마도 내과학 시험이었던 것 같다) 문제를 풀다가 "thyroid storm의 치료법을 기술하시오"라는 아주 비중이 큰 서술형 문제를 발견했다. 하늘이 보우하사, 아니 데즈카 오사무가 보우하사 나는 시험 준비가 미비했음에도 완벽한 답안을 기술했고 상당히 괜찮은 성적을 거둘 수 있었다. 만화가 의학 공부에 도움이 될 수도 있다는 새로운 발견을 한 순간이었다.

이 만화가 의학적으로 탁월한 것은 이 뿐만이 아니었다. 아직 제대로 아는 것이 없던 학생시절에 보았던 만화 속 수술 장면을, 외과 레지던트가 되고 난 후 기억해 내서 위기를 모면한 경우까지 있었으니 말이다. 당시 1년차였던 내가 참가한 수술은 장 중첩증이란 응급수술이었다. 장 중첩증이란 장이 꼬이면서 말려드는 병으로 빨리 풀어 주지 않으면 장이 괴사하고 결국 장을 잘라 내야 하는 위급한 수술이다. 수술을 하고 나서도 다시 꼬이는 경우가 있기 때문에 장을 풀어 주는 것만으로는 부족하고 다시 말려들지 않게 조치를 하는 방법이 여러 가지 있다. 대학병원에서는 주로 암 위주로 진료가 이루어지기 때문에 1년차 레지던트가 이런 수술에 참여하는 것은 좀처럼 드문 일이었다.

수술을 하게 된 교수님은 이 수술을 어떻게 해야 하는 것인지 교육하고자 학생, 인턴, 레지던트들에게 골고루 질문을 던지셨다. 의대의 악질적인 특징 중 하나는 어떠한 것도 절대 곱게 가르쳐 주지 않는다는 것이다. 질문을 수도 없이 던지고 야단치고 실컷 괴롭힌 다음에야 답을 말해 주는 것이다. 한술 더 떠서 실컷 야단치고 답을 말해 주지 않는 더 나쁜 인간들도 있다. 왜 있지 않은가? 지도편달 指導鞭撻을 해야 함에도 지도는 없고 편달만 하는 그런 나쁜…. (아, 말이 잠시 샜는데 원래 논지로 복귀하자.)

당시 내 기억 속에 선명하던 만화 속의 블랙잭처럼, 청산유수로 장을 고정하는 방법이며 추가 조치들을 읊어 댄 덕에 상당히 수준

높은 레지던트, 공부하는 레지던트로 잠시 '떴던' 일이 있었다. 역시 데즈카 오사무 선생님 만세다!

그런데 이 만화가 지금 갑자기 생각난 것은 무엇 때문일까? 지금까지 열거했던 참신했던 느낌이나 그 만화를 보고 경험했던 학문적인 도움이나 뭐 그런 것을 말하고자 하는 것은 아니란 것을 이미 눈치 챘을지도 모르겠다.

나는 이 만화에 흐르는 음습한 분위기나 어두우면서도 날카로운 매력을 좋아하는 편이다. 이 만화의 주인공, 아마도 데즈카 오사무란 작가 자신이 투영되었으리라 여겨지는 바로 그 모습에서 나는 처음부터 '부조리'란 것을 읽어 낼 수 있었다. 부조리한 사회의 흐름과 정의의 실종, 그리고 인간적인 연민이 결여된 경직된 의사 사회를 읽은 것이다. 그 만화의 세계가 비록 한국은 아닐지라도, 작가가 말하고자 하는 것은 앞으로 내가 몸담고자 하는 사회의 고질적인 병폐요, 권위적인 모든 사회가 공히 안고 있는 문제라고 생각한 것이다. 그런 사회의 이면에서 생명을 지키고자 암약하는 블랙잭의 모습은 바로 우리 '철없는' 자들의 우상이 되기에 적절한 것이었고, 그래서 우리는 그 시절 이에 열광했던 것 같다.

벌써 그로부터 스물 몇 해가 훌쩍 지나 버렸다. 이미 중견이란 너울을 쓴 지 오래고 속된 말로 '연식을 따져도' 누구에게도 그다지 뒤지지 않는 나이가 되고 말았다. 그러나 나는 지금 어디에서 서성이고 있는가? 그 많은 시간 동안 방황하고 길을 찾고자 했던, 만화 하나에서도 의미를 벼려 내고자 했던 젊고 감수성 깊던 자아는 어디에서 질식해 가고 있는가? 그리고 오랜 길을 지나오면서 만약 그 그리운 것들을 잃고 말았다면, 이 부조리를 이겨내거나 타파할 어떤 실마리를 다시 찾을 수는 있는 것일까?

내 마음속의 블랙잭, 그 이중적인 매력과 사악하면서도 강력한 힘, 그의 차갑고도 날카로운 칼날이 그리워지는 시간이다.

마魔 씨의 추억

우리 학교는 전통적으로 누군가를 지칭하거나 사물을 부르는 독특한 명칭이 몇 가지 있다. 그중 가장 특이한 것은 '마구리'라는 말이다. 사전적인 의미로는 무언가 길쭉하게 생긴 물건의 양쪽 끝을 일컫는다고 한다.

그러나 우리가 이 말을 사용할 때 그 의미는 그런 첨단尖端을 의미하는 것이 아니다. 어원을 밝히길 좋아하는 어느 선배는 '악마구리'라는 말에서 세 박자의 묘미를 살리기 위해 '음운 탈락'된 현상이라고 하나 확인된 바는 없다. (헛된 썰의 유포에 대해서는 무식한 선배를 대신하여 국어학자들의 용서를 비는 바이다.)

어쨌든 이 말은 무협지에 등장하는 마성과 사악한 기운을 지닌

자를 일컫는 말임을 짐작할 수 있으리라. 사실 그렇다. 대부분을 차지하는 '정파'의 선량한 학생, 전공의 등은 상상할 수 없는 경지에 이른 자들을 지칭하는 말이다. 그들의 특징을 간략하게나마 살펴보자.

1. (죽어라 하고) 공부를 안 한다.

2. (무지하게) 게으르다.

3. 결석을 밥 먹듯이 한다. (하지만 학교 근처에는 늘 있다. 당구장, 만화방, 술집 등등)

4. 잡기에 능하다.(공부 빼고는 다 잘한다.)

5. 눈치가 구단九段 이상이다.

6. 자기가 원하는 분야에서는 (아주 가끔이지만) 무서울 정도로 일 혹은 공부를 잘하기도 한다.

7. 사교술이 좋아서 주변 사람들을 '물들이기' 십상이다.

8. 대체로 머리가 비상해서 남들이 한 달 이상 걸려 준비한 시험도 당일치기로 문제없이 치러 낸다. (단, 성적과는 별개다.)

더 많은 특징들이 있지만 아주 간단하게 이야기하자면, 정파 무림에서 찾아볼 수 없는 온갖 사악하고 마성이 풍기는 모든 요소를 갖추고 있는 인간형을 말한다고 할 수 있겠다.

하지만 모든 무협지에서와 같이 그들은 강하다. 그리고 매력이 있기도 하다. (자신과 직접적인 업무관계가 없다면 말이다.) 실제로 그들은 무슨 조화를 부리는 것인지 여자(혹은 남자) 친구를 사귀는 것도 남들이 놀랄 정도로 멋진 사람들만 사귀고, 하고 다니는 행색도 유행과 우아함을 섞어 놓은 듯 첨단을 달린다.

말 한마디를 해도 번드레한 것이 (공부 이야기만 아니라면) 아는 것도 많고 거의 천재 수준이다. 대부분 한 가지 이상의 잡기(공부를 제외한 모든 것을 이렇게 부르는 데는 문제가 많다는 것을 인정한다)에 능하고 전문가 수준에 이른 경우도 많다. 어떻게 보면 애초에 적성에 맞는 분야를 찾았으면 더 빨리 성공할 가능성이 높은 사람들이 괜히 의대에 와서 고생하고 있다는 생각이 들기도 한다.

그러나 이 모든 사실을 다 인정한다 할지라도, 그들과 함께하는 생활은 협동이 절대적으로 필요한 의대 과정이나 전공의 시절에는 정말 부담스럽고 어려운 일이다. 극히 드문 경우를 제외하면 그들과 함께 지내는 세월은 가시밭길의 연속이다. 수업이야 개인적인 문제지만 단체로 행동하는 임상실습에 결석을 하면 우선 분위기가 최악으로 치닫고, 원칙대로 출석하고 규칙을 준수한 '선량한' 학생들에게까지 불똥이 튀어 온갖 다듬이질을 당하기 때문이다.

학교를 졸업한 후에도 해야 할 일이 산더미 같은데 누군가 빠져 버린다거나 태업을 하면 나머지 일은 고스란히 '선량한' 동료에게 돌아간다. 아주 사악한 자들인 것이다. 따라서 그들과 같은 소속이 되고 싶어 하는 사람은 아무도 없다. 회피의 대상은 물론이고 선후배를 막론하고 경멸의 대상이 되기도 한다. 그들은 별종일 뿐만 아니라 알 필요도 없는 낙오자인 것이다.

우리 학교에서는 누군가가 '마구리'로 불린다면 모욕적이기도 하지만 치명적인 일이 될 수 있다. 늘 한정된 세계에서만 생활해서인지 다른 학과보다 폭도 속도 좁은 의대 사회에서는 한 번의 '찍힘'이 일생을 두고 지워지지 않는 꼬리표로 남는 경우가 많다. 실제로 그리 나쁜 녀석은 아닌데, 혹은 무슨 문제가 있어 잠시 그렇게 보였을지라도 세상은 무섭고 냉혹한 것이다.

자신이 실제로 그러하거나 아니거나 한번 찍힌 자는 다른 길을 찾아야 한다. 더 이상 정파에 몸담을 수 없다는 것이다. 오대문파의 정파무림 동맹이 그를 파문하고 오갈 데 없는 그는 이제 새로운 세계, 즉 흑도무림에서 자신을 일으킬 수밖에 없다. 이런 경우 무협지에서는 오랜 세월이 지난 후 끝도 없는 은원의 인연으로 인해 피바람이 몰아친다. 하지만 현실은 그렇지 않다. 한번 '찍힌' 자가 권토중래하는 경우를 아직 보지 못했다. 대부분 (겨우겨우) 졸업을 하고 (그럭저럭) 수련을 쌓고는 세상으로 나간다. 냉대와 수모를 뼈저리게 새기고 말없이 떠나게 된다.

그들은 돌아오지 않는다. 학과에서 원대한 꿈을 가진다거나 학문이 어떻고 하는 이야기는 그들의 눈에는 멀고도 먼 딴 세상의 것이다. 애초에 그들에게 내재되어 있던 엄청난 능력을 발휘할 기회를 얻지 못하고 세상으로 스며들었지만 드넓은 세상에는 많은 기회가 있고 그들을 알아보는 사람들도 있다. 그래서 대다수의 소위 '마구리'들은 엄청난 성공을 거두는 경우가 많다. 좁디좁은 의대 울타리 안에서 쪼잔하게 살고 있는 '쫌팽이들'과 비교하기 힘들 정도로 그들의 세계는 차원이 다르다.

과연 주류 사회란 무엇인가? 소위 주류 사회라는 정파무림, 오대 문파가 생각하는 좁은 중원中原인가 아니면 천외천天外天이라는 세계의 광활함인가? 과연 정正은 무엇이고 사邪는 무어며, 또 무엇이 마魔인가? 적절한 규범 내의 현존만이 최선의 가치인가? 나는 오늘 이 질문을 다시 던지고 싶다. 우리는 왜 스스로를 한정 지은 틀에서 벗어나 넓은 세계의 많은 인재와 능력을 흡수하는 데 인색한 것인가?

나는 그 답을 알지 못한다. 다만 오늘 문득 사악한 기운이 충만하고 검은 마성이 번득이던, 그럼에도 멋있던, 과거 그 세월의 수많은 마 씨들이 그립다. 그들은 지금 어디에 있을까?

어렴풋이나마 짐작은 할 수 있을 것 같다. 그들에게 붙여졌던 그 이름대로, 마치 예언 같은 그 이름의 사전적인 의미처럼 어느 곳에서건 첨단을 걷고 있으리라는 것을. 그것이 어느 쪽 끝이건 간에 말이다.

인턴이 살아남는 법

미국의 육군사관학교(웨스트포인트라는 애칭으로 불린다)는 우수한 인재들의 산실이자 현재 미국의 국방과 정치를 이끌고 있는 많은 유력 인사들의 출신 학교이기도 하다. 이 웨스트포인트의 입학시험 문제 중 다음과 같은 것이 있었다고 한다.

〈질문〉 당신에게 10, 30, 50피트의 밧줄이 하나씩 있다. 이를 이용해서 국기봉을 세울 방법을 서술하시오.

수많은 우수한 인재들이 모여들었으니 여러 가지 과학적인 답이 나왔으리라. 나는 그 정확한 방법이나 답을 알지는 못하지만 만점을 받은 답안은 알고 있다. 유일한 만점 답안은 바로 "상사! 국기봉 세워!"였다고 한다.

이 말을 들었을 때 문득 과거 우리나라에서 유행하던 코끼리 시리즈가 떠올랐다.

〈질문 1〉 코끼리를 냉장고에 넣는 방법은?
〈질문 2〉 코끼리를 바늘로 죽이는 방법은?

역시 여러 가지 재치 있는 대답이 있었지만 의대에서의 정답은 "인턴을 시킨다"였다.

의대 사회에서 가장 지위가 낮은 계급은 바로 인턴이다. 나름대로 의대를 우수한 성적으로 졸업하고 의사 면허증을 따고 집안과 주위의 기대를 한몸에 받으며 사회로 나섰으나 현실은 냉정하고 무서운 것임을 알게 된다.

수련을 받으며 지식이나 경험을 쌓는 과정이기 때문에 실수도 있을 수 있고 어설픈 점이 있어 눈치를 받는 것은 차치하고라도, 어느 누구도 심지어 후배인 학생들조차 자신을 우습게 보는 것에 비애마저 느끼게 된다. 교수들마저도 전공의와 학생들만 챙길 뿐 인턴은 거들떠보지도 않는다. 따라서 의대 사회의 계급 체계는 늘 'dent' 밑에 'intern'이 존재한다.

staff(교수) > resident(전공의) > student(학생) > intern(인턴)

호칭도 언제나 '어이', 혹은 '야'가 아니면 그냥 '인턴'이다. "야, 인턴!" 이런 식인데, 어쩌다 대접해 준답시고 부르는 말이 "인턴 선생!"이다. 사실 이게 훨씬 더 기분 나쁘다. 전체 수련 과정 중에서 인턴을 1년만 하게 되어 있으니 망정이지 그 과정을 오래해야 하는 나라에서는 전문의 숫자보다 일반의(졸업 후 의사 면허를 따고 수련 과정을 거치지 않고 바로 개업하거나 진료, 근무하기 시작하는 의사) 숫자가 훨씬 많으리라는 것이 내 개인적인 견해다.

하지만 이런 인턴 수련 기간 동안 그나마 나은 대접을 받고 의사 취급을 받을 수 있는 과들이 있다. 인력이 절대적으로 부족한 과에서는 이들이 원활히 움직여 줘야 일이 돌아가기 때문에 아주 잘 대해 준다 하기는 뭣하지만 그래도 좀 더 다정한 척이라도 한다. 대표적으로 흉부외과나 일반외과 같은 곳으로, 한참 수술이 벌어지는 낮 시간 동안은 병동에서 활동할 수 있는 전공의가 남아 있을 만한 인력 여유가 없기 때문에 간혹 '무의촌 상태'라고 불리기도 한다. 이러한 때에 밖에서 버텨 주는 인턴의 존재는 정말 고마운 것이다. 몸은 고달플지라도 간호사들의 처치나 투약이, 환자들의 치료가 자신의 결정에 따라 이루어지는 것은 인턴 세계에서는 그야말로 꿈과 같은 일이다. 비로소 자신이 의사라는 것을 느끼게 된다.

그러나 그 하는 일을 자세히 따져 보면 과연 그것이 인턴, 아니 의사가 할 일인지 의문이 들 때가 많다. 입원 푸시push('재촉한다'는 뜻이지만 엄밀히 말하면 '사정사정해서 좀 빨리 진행되도록 한다'는 뜻), 방사선 검사 푸시, 병리 검사 푸시, 수술 전 검사 챙기기, 마취과 의뢰 확인하고 푸시, 수술 스케줄 올리기 등등이다.

온종일 발바닥이 다 닳도록 뛰어다녀도 일이 끝나질 않는다. 하지만 몸이 힘든 것은 아무것도 아니다. 만약 해결이 되지 않아 수술 전 검사가 미비해지거나 아니면 깜빡 수술 스케줄이 올라가지 않으면 그야말로 대형사고로 분류되는 사태가 초래된다. 과가 한번 발칵 뒤집히는데 제자리로 돌아오는 데에도 시간이 꽤 걸린다. 그 동안은 죽을 맛이란 게 무슨 의미인지 뼈저린 경험을 하게 된다.

처음에 어리바리하던 상태에서는 아무것도 못하고 여기저기서 핀잔이나 들으면서 다니지만, 사람이란 언제나 적응하고 발전하게 되어 있는 법. 인턴들을 골려먹는 쏠쏠한 재미에 맛들인 사람들이 하는 행동의 패턴을 파악하고 난 후부터는 그걸 역이용하는 노련함을 보이는 친구들도 생긴다.

장소: CT scan(전산화 단층 촬영)실, 등장인물: 인턴, 방사선과 기사

인턴: 저, CT 좀 부탁하러 왔는데요.

방사선과 기사: (손톱 깎으면서) 바빠서 안 되겠는데요.

인턴: 바쁘신 것은 잘 압니다만, 이 환자분 너무 급해서요. 출혈이 있는 것 같아요.

방사선과 기사: (여전히 손톱 깎으면서) "병원에는 다 급한 사람들이죠, 뭐…."

순간 머릿속의 모든 혈관이 죄다 중력과 자연 법칙을 거슬러 흐르는 느낌을 받는다. 하지만 일은 되게 해야 하는 것. 이때 반응하는 방법에 따라 신참과 노련한 인턴의 차이가 생긴다.

신참 인턴의 경우

인턴: 그래도 어떻게 좀 안될까요? 제발⋯. 부탁 드려요⋯.

방사선과 기사: (여전히 변함없는 동작으로) 아니, 이 사람 왜 이래? 귀찮게!

인턴: 선생님, 제발⋯.

방사선과 기사: 안 돼요! 나가요! 방해하지 말고.

그렇게 허망하게 끝나 버린다. 물론 성과도 없고 자존심은 구겨진 휴지처럼 바닥을 구른다. 하지만 전혀 다른 장면도 있을 수 있다. 좀 더 노련해진 후라면 말이다.

노련한 인턴의 경우

인턴: 그래도 어떻게 좀 안 될까요? 환자가 급한데⋯.

방사선과 기사: (여전히 변함없는 동작으로,) 아니, 이 사람 왜 이래? 귀찮게!

인턴: 영⋯ 어려운가 보죠? 예, 알겠습니다.

(뒤로 돌아서 나가다 잠시 멈칫하며 이렇게 말한다.)

인턴: 아, 참! 의료원장님 삼촌이시라고 꼭 부탁한다는 말씀을
　　　전해 드리라고 우리 선생님께서 그러셨는데…. 역시 안
　　　되겠죠?
　　　(그러고는 그냥 나가 버린다.)

　문밖으로 나서서 될 수 있으면 천천히 15초 정도만 복도를 걸어
가다 보면(신발 신을 시간은 줘야 하니까), 뒤에서 헐레벌떡 뛰어오는 인기
척을 느낄 것이다.

　　　방사선과 기사: 선생님, 선생님! 잠깐만요!
　　　인턴: 예? 저요?
　　　방사선과 기사: 아니, 그냥 가시면 어떻게 해요? 환자분이 몇
　　　　　　병동 몇 호에 계신지 말씀해 주셔야지…."
　　　(그러고는 일사천리로 일이 해결된다.)

　이래서 인턴 말년쯤 되면 누구도 함부로 하지 못하는 존재로 성
장하게 된다. 그래서 병원 사회의 격언 중에 "말턴(intern末)만큼 무
서운 것은 없다"는 말이 있다. 당시에 나는 정말 이해할 수가 없었
다. 해결해 줄 수 있는 일이면 왜 이렇게 사람을 실컷 괴롭힌 후에
야 해 주는 것인지. 그리고 이런 일을 시키는 선생님들이나 선배들
도 너무나 이해가 가지 않았다.

그러나 현실은 냉정한 것. 지금은 나 역시 푸시를 시키고, 후배들의 자존심으로 바꾼 방사선 사진과 피 검사 결과로 환자들을 진료하고 있다. 하지만 여기서 한 가지 변명은 꼭 하고 싶다. 만약 우리나라의 의료 환경이 지금보다 훨씬 나아져서 이렇게 구차한 짓을 하지 않아도 검사나 진료가 원활하게 이루어질 수 있는 날이 온다면 이런 일은 결코 없을 것이다. 어떤 응급 상황이든 원활하게 대처할 수 있고, 늘 여유가 있는 수술실이 있어서 원하는 시간에 수술을 할 수 있고 또 여러 과의 협력이 원활하게 이루어질 수 있는 그날이 온다면 말이다.

여기에서 방사선과 기사가 말했듯이 병원에는 늘 급한 사람들뿐이다. 의학적으로 급하건 사회적으로 급하건 말이다. 위에서 노련한 인턴이 이용한 방법이 '사회적 응급' 상황을 연출한 사례가 되겠다. 그러나 잊지 말아야 할 것은 그런 귀찮고 구차한 일이 사진을 좀 빨리 보거나, 아니면 '의료원장님 삼촌'에게 잘 보이려고 하는 것은 아니라는 사실이다. 환자들이나 가족의 입장이 되어 보라. 암이란 진단을 받은 후 검사를 하느라 보내는 하루하루가 다 지옥 같지 않겠는가?

나는 후배들이 오면 늘 이런 이야기를 한다. 지금 우리가 하는 일이 환자를 좀 더 잘 낫게 하거나, 그들이 좀 더 빠른 치료를 받을 수 있게 하기 위한 것이라고 생각하면 우리는 무엇이든 할 수 있다고 말이다. 자존심 상할 일도 기분 나쁠 일도 없다. 사실 교수가 된 지금도 나는 입원, CT 푸시의 70퍼센트 정도는 직접하고 있다. 믿으시라! 서두에서 말한 바와 같이 이것은 92퍼센트 진실이다.

내 말을 후배들이 새겨들어 준다면 정말 고마울 것이다. 그리고 처음 시작하면서 의사란 직업이 권위를 갖고 대접 받아야 한다고 생각하는 사람이 혹시 있다면, 아예 머릿속을 완전하게 청소하고 새로운 철학을 채워 넣든지, 아니면 처음부터 자신이 길을 잘못 택한 것은 아닌지 다시 한 번 심각하게 짚어 볼 일이다.

마지막으로 우리 병원 의료원장님은 삼촌이 몇 명이나 있는지 궁금하지 않으신가? 내 경우에는… 음… 아마도 역대 의료원장님과 각종 질환을 총망라해서 한 40명 정도? 그리고 그 외 병원장님, 각 과 주임 교수님 등등해서 삼촌으로는 한 150명 정도를 잘 알고 지내는 편이다.

용 비늘 이야기

'용 문신' 하면 무엇이 떠오르는지? 그렇다. 바로 조폭이다. 우리나라도 언젠가부터 소설이건 영화건 조폭이 빠지는 경우가 없고 그들이 배제된 것을 볼 때면 무언가 양념이 빠진 듯한 느낌마저 든다. 본격적으로 조폭을 다룬 영화들이 성공을 거두는 이유 중 가장 중요한 것은 우리나라의 조폭 인구 증가로 인해 웬만하면 조폭들만 봐도 관객 몇 백만 명은 쉽게 넘길 수 있는 상황이 되었기 때문이라는 전문가의 분석도 있었다. 나도 혹시나 인기에 도움이 될까하여 조폭과 관련된 이야기 세 가지를 해 보려고 한다.

하나, 잘 알려진 이야기

이미 '광수생각'이란 만화의 소재가 되어 유명해진 이야기다.

어느 날 조폭 한 명이 심하게 다쳐 수술을 받게 되었다. 워낙 상처가 심했던 터라 대수술이 벌어졌고, 생명이 위험한 지경으로 판단되었다. 그런데 수술이 너무 길어지는 것이 아닌가? 10시간이 넘고 12시간이 지났는데도 도무지 끝날 기미가 보이지 않았다. 불안한 마음에 수술실 밖을 가득 메우고 있던 조폭들이 동요하기 시작했다. 웅성거리고 뭔가 잘못된 것이라는 불안한 추측이 들면서 거의 난동 수준에 이르게 되었다. 짐작이 가지 않는가? 아무도 말리지 못하고 속수무책으로 지켜보고 있는데 이윽고 파김치가 된 수술 집도의가 나타났다. 성질머리 더러운 녀석들이 달려가 의사의 멱살을 잡고 행패를 부렸다.

"우리 형님 어떻게 된 거야! 너, 우리 형님 잘못되면 죽는 줄 알아!"

"우이~씨! 당장 이것 못 놔? 너 임마, 네가 용 비늘 맞춰 꿰매 봐! 얼마나 힘든지 알아?"

사실 이 이야기는 E병원에서 실제 있었던 이야기라 한다.

둘, 조금 덜 알려진 이야기

사실 이건 내 경험이다. 공중보건의가 되어 남부지방의 한 국립병원에 근무하던 때인데, 근처 소도시의 한 종합병원에서 아르바이트로 야간 당직의사를 잠깐 한 적이 있다.(물론 불법이지만 공소시효가 지난 이야기다.)

당시는 나라의 정책으로 강력한 '마약과의 전쟁'을 벌이고 있을 때였다. 때문에 병원에서도 마약류의 관리는 매우 철저하게 이루어졌고, 타당한 이유가 없으면 마약류 처방이 절대 금지되었으며, 어길 시에는 의사 면허도 취소될 수 있는 서슬 퍼런 상황이었다. 병원이 이런 상황이니 병원 외에서 마약을 구한다는 것은 거의 불가능한 상태였을 것이다.

어느 날 당직을 서는 중에 갑자기 응급실 앞이 환해지더니 흰색 그랜저 대여섯 대가 응급실 입구를 에워싸고 급정차를 했다. 무슨 급한 일이 벌어졌나 하고 밖으로 뛰어나가 보니, 〈영웅본색〉의 주윤발처럼 차려 입은 덩치 큰 남자 한 사람이 덩치가 더 좋은 몇몇 사람들에게 부축되어 들어오고 있었다. 몹시 취한 상태였고 무언가 불편한 듯 보이는 사람이었다. 우선 침대에 눕히라고 했지만 그 남자는 이도 저도 다 뿌리치더니 진찰 책상 옆에 걸터앉았다.

"어이, 의사 양반, 나 말이야, 지병이 있거든. 만성췌장염. 그래서 페치딘pethicidine을 맞으러 왔어."

그러자 옆에서 한 녀석이 말을 받았다.

"형님, 힘드신데 말씀은 그만 하십시오. 야, 뭐 해? 빨리 주사 안 가져오고!"

하지만 그때는 나도 젊었고 자존심이 두려움보다 좀 더 셌다.

"우선 환자를 침대에 눕히세요."

"무슨 잔말이 많아! 형님이 주사 맞으시겠다는데!"

"당신은 뭐요? 환자 아니지요? 그럼 잠자코 있어요! 내가 의사요. 환자를 진찰하고 상태를 봐야 약을 처방할 것 아닙니까?"

"뭐야? 이게 죽으려고!"

"야! 야! 그만해라. 내가 진찰 받지 뭐…. 의사 양반, 빨리 보쇼."

옆에서 간호사들이 하얗다 못해 파랗게 질려 가는 것이 보였다. 아마도 내 얼굴색도 별반 다르지 않았을 것이다. 머릿속에서 온갖 생각이 다 떠올랐다.

'이자가 아주 정확하게 만성췌장염, 페치딘이란 용어를 구사하는 것을 보면 이런 일을 한두 번 한 놈이 아니다. 보통은 데메롤이라는 상품명을 말하는 것이 일반적인데…. 마약과 뿌리 깊은 연관이 있는 놈이야…. 어쩌지? 그냥 약 주고 말 것을….'

하지만 어쩌겠는가, 이미 말을 뱉은 것을. 나는 식은땀을 삐질삐질 흘리며 환자에게 다가갔다. 환자의 복부를 진찰하기 위해 옷을 걷어올리는 순간, 내 눈앞에 용이 한 마리 휘익 하고 날아오르는 것이 아니겠는가? 정교하고 화려하게 비늘까지 채색이 들어간, 정말 잘 새겨진 용 문신이었다. 나는 빙글빙글 웃고 있는 그자의 시선을 외면한 채 적당히 청진하는 시늉만 하고는 바로 돌아서서 간호사에게 외쳤다.

"뭐 해요! 빨리 환자분 약 드리세요!"

그리고 다음 날 나는 야간 병원당직 아르바이트를 관뒀다.

셋, 거의 알려지지 않은 이야기

용 문신에도 등급이 있다는 이야기를 들어 본 적이 있는가? 요새는 기계가 개발되어 쉽게 색깔도 넣고 복잡한 문신을 제작할 수 있지만 예전에는 하나하나 다 바늘로 찔러 무늬를 넣었기 때문에 여간 어려운 일이 아니었다고 한다. 내가 절친하게 지내는 W대학의 B 교수에게 들은 이야기다. 성격도 괄괄하고 씩씩한 B 교수는 군복무를 할 당시 동료들 사이에서도 어려운 일이 있으면 잘 해결해 주는 맏형 같은 존재였다고 한다. 어느 날 동료 군의관들이 그에게 달려와 도움을 청했다.

"B 대위, 좀 와 봐요. 골치 아픈 녀석이 하나 있어요."

"뭔데요?"

"아 글쎄, 웬 조폭 같은 녀석이 신검을 받으러 와서 행패를 부리고 있잖아요."

"그런 걸 왜 가만뒀어요? 다른 병사들은 다 뭐 하고?"

"몸에 온통 문신투성이고 험악하기가 장난이 아니라니까요. 웬만한 애들은 죄다 꽁무니를 빼고 있어요."

"근데 나더러 어떡하라고요?"

"그래도 B 대위는 우리랑 차원이 다르잖아. 한번 가 봐 줘요."

당시 B 대위의 '심정'이 어떠했을지는 짐작이 간다. 앞의 이야기에서 내가 조폭 두목에게 진찰을 하러 다가가던 심정과 비슷하지 않았을까?

복잡한 심정으로 신체검사장에 들어선 B 대위는 잠시 그 녀석을 바라보다가 한껏 거드름을 피우며 웃통을 벗어젖힌 채 담배까지 꼬나문 녀석에게 다가가 갑자기 뒤통수를 '따악!' 소리 나게 갈겼다.

"뭐야! 이 ××가? 죽고 싶어?"

난데없는 기습을 당한 놈은 바싹 독이 올라 당장이라도 덤벼들 기세였다. 그러나 B 대위는 말소리조차 높이지 않고 낮고도 단호한 목소리로 말했다.

"이 ××야, 비늘 어디 갔어?"

"뭐, 뭐라고?"

"비늘 어디 갔냐고 임마?"

"이게 미쳤나? 무슨 소리를 하는 거야?"

"너 이 ××, 내가 누군 줄 알아? 너 임마, 용 비늘 어디 갔냐고? 이 양아치 ××야!"

당시 그 모습을 바라보던 동료들 중 몇몇 이들은 도움을 청하러 달려나갔고, B 대위가 봉변을 당하게 될 것이라 생각했다고 한다.

그런데 웬걸, 갑자기 그 조폭 녀석이 앞으로 꽉 고꾸라지더니 무릎을 꿇는 것이 아닌가.

"제가 몰라 뵈어서 죄송합니다, 형님! 죽을죄를 지었습니다."

"조심해, 임마!"

"그런데 형님, 어디 식구이신지 존함이라도 알려 주시면…."

"너 같은 양아치 ××는 알 필요도 없어! 야! 뭣들 해? 이 ×× 끌어 내!"

상황은 그렇게 종료되었다. 무슨 마술을 본 것인지 아니면 홀린 것인지 의아해하던 동료들과 다른 병사들이 죄다 B 대위를 에워싸고 질문을 퍼부어 댔다고 한다. 도대체 무슨 일인지? 어떻게 된 것인지? 당신 정말 조폭이냐? 등등….

우리 B 대위의 말씀은 이랬다.

"자고로 문신에 비늘 없는 것들은 죄다 양아치다. 문신을 제대로 하려면 무지하게 아프고 힘들기 때문에 저렇게 제대로 안 한 놈들은 말짱 아무것도 아니다."

그럼 이 대목에서 다들 궁금해하실 것이다. 그럼 B 교수는 정말 조폭인가?

세상에! 의대 교수하는 조폭 본 적 있나요? 다들 우리를 뭘로 보시나, 참나….

Non-Kim's 어록

'김 씨가 아닌 자의 어록'이라고? 무슨 뚱딴지 같은 말인가 의아해 할 사람들이 많을 것이다. 'Non-Kim's'란 의대에만 있는 다소 특별한 제도로 인해 생겨난 용어다.

1950년대 후반 당시 군의관 인력 수급 및 조절에 대한 업무를 담당했던 '김 장군'(이름은 잘 모른다. 널리 양해를 부탁드린다)은 공부 기간이 길고 수련 기간까지 있어서 군대에 입대할 적정연령이 훨씬 넘게 되는 의대의 특수성을 고려해, 갓 의대를 졸업한 신출내기보다는 수련을 쌓은 전문 인력을 배치하기 위해 군 복무 시점에 일부 유예를 두는 제도를 마련했다. 보통 만 20세에 징집명령을 받는 것은 동일하나 각 개인의 희망에 따라 학교 졸업 후, 아니면 전문 과목 수련 기간이 끝난 후로 군 복무 시기를 늦춰 잡을 수 있는 제도다. 이 제도는 공식적으로 'Kim's plan'이라 불린다. 그리고 군 복무 시기를 수련 기간 후로 유예를 받는 사람들을 'Kim's plan에 포함되었다'고 부른다. 간단하게 'Kim's'라고 부르는 것이 일반적이다.

그렇다면 'Non-Kim's'는 어떤 사람들인가? Kim's와 반대로 학생일 때 군대를 다녀왔거나 졸업 직후, 혹은 인턴을 마치고 군대를 미리 다녀온 사람들을 일컫는 말이다. 말하자면 일반 대학에서 복학생이라 불리는 사람들과 비슷하다고 보면 되겠다.

이 제도는 군의관 인력을 수급하는 측면에서는 아주 원활한 제도이지만 의대 사회의 핵심적인 위계질서가 통째로 흔들리는 원인이 되기도 한다. 의대 사회는 오뉴월 하룻볕이 무섭다고 할 정도로 선후배의 위계질서가 중요하다. 그런데 누구는 군대를 다녀오고, 누구는 바로 레지던트를 시작하는 와중에 선후배가 뒤바뀌는 경우가 생기기 때문에 갈등의 요인이 되기도 한다.

보통 한국의 대다수 남성들은 다 거치는 일이기 때문에 결국에는 질서가 회복되기 마련이다. 그러나 가끔 태생적으로 군대를 갈 수 없는 사람들이나 위대한 조상을 둔 경우(국가 유공자), 아니면 그보다 더 우월한 '신의 자손(공익)' 등인 경우가 있어서 질서의 원상 복귀가 어려운 일이 생긴다. 대하기 난감해서 서로 피하다 보면 친해지기 힘들게 되는 경우가 많다. 여기에서 Non-Kim's의 애환이 생기는 것이다.

Kim's에 비해 나이가 들고 동작이 굼떠지는 것은 물론, 반짝이던 재치나 나름대로 명석하던 두뇌 회전 속도가 세파에 시달리며 (주로 알코올과 니코틴에 기인하는 경우가 많다) 현저히 감소한 시점에서 인턴, 레지던트를 하는 것은 정말 힘든 일이기 때문이다. 업무 수행 능력이 현저하게 차이 나다 보니 여기저기서 구박도 심하게 받고, 심지어 분명히 학교는 후배인 위 연차에게도 '홀대'를 받는 일이 생긴다.

사실 홀대 정도면 양호한 편이다. 별의별 일이 다 있는 것이 세상사이다 보니 자기도 그런 처지가 될 가능성이 조금이라도 있다면 조심을 하게 마련이다. 그러나 앞서 말한 대로 군대를 갈 가능성이 현재나 미래에 전무한 사람들은 거리낄 것이 없다는 게 문제다. 이런 상대를 만나면 단순히 홀대나 애환 수준에 그치지 않는다. 하지만 어쩔 것인가? 다 자기 처지가 그런 까닭이고 자기가 '늙은' 까닭인 것을.

의대 사회에는 이런 말이 있다. "Kim's는 꿈을 먹고 살고, Non-Kim's는 추억을 먹고 산다"고. 이것은 일반 사회와 다를 것 없으리라고 생각한다. 사실 한국의 정상적인 남자들 치고 군대시절 '한 가락'하지 않은 자가 어디 있겠는가? 나는 새가 꽁꽁 얼어서 수직 낙하하는 한탄강변에서 '수십 미터' 두께의 얼음을 깨고 침투 작전을 수행하고, 특수한 훈련의 결과 17대1의 결투를 한두 번 치른 것이 아닌 용사들 말이다.(물론 17대1의 결투에서 그자가 과연 1이었나 아니면 17에 속했나 하는 것은 확인하기 힘들다는 문제가 있기는 하다.)

의대생들의 군 복무 형태는 두 가지가 있다. 군의관으로 임명되어 군 병원이나 작은 단위의 부대에서 근무하거나 무의촌이나 국립병원에서 공중보건의로 근무하는 것이다. 군의관으로 근무하는 것보다는 통제를 좀 덜 받기 때문에 다들 공중보건의를 선호하지만, 그래도 나름 군 복무라고 군의관 못지않게 추억도 많고 소위 삶의 애환도 많다고들 한다.

여기서는 추억을 먹고 사는 이 특수한 환경에 있는 이들의 대표적인 어록들을 한번 모아 보고자 한다.

어록1

내가 말이야, 동해안 ○○○ 사단에 근무할 때, 아 글쎄, 공비가 넘어오지 않았겠어? 다 알지? 그 사건…. 그때 내가 바로 그 옆에서 놈들이 쏘는 빗발치는 총탄을 무릅쓰고 다친 병사를 끌고 나왔잖아. 처참하더군…. 난 피가 그렇게 나는 건 본 적이 없어! 그래서 내가 잽싸게 지혈을 하고 걔를 살렸잖아. 야, 그때 그 솜씨는 아마 아무도 상상도 못 할 거야!

(풀이: 그 부대에 복무한 사실은 있다. 총탄이 빗발치는 장면에 등장하는 군의관이란 설정은 불가능하다. 확인한 바에 따르면 시기를 정확하게 파악하

기는 힘들지만 아무튼 다친 병사를 호송하느라 헬기를 타 본 적은 있다고 한다.)

어록2

내가 근무하던 부대의 연대장이 완전히 이상한 인간이었지. 글쎄 그 인간은 날이면 날마다 눈비 가리지 않고 새벽에 웃통 벗고 구보하는 걸 그렇게 좋아하는 거야. 내가 있던 곳은 겨울이면 영하 40도는 기본이거든. 그런데도 맨날 그 짓을 하는 거야. 그리고 꼭 나만 찍어서 감시하는 것 있지. 아침에 웃통 벗고 나오면서 이러는 거야. "어~ 시원하다! 어이, 군의관 나왔나?" "예! 중위 ○○○, 여기 있습니다!" "그래? 그럼 다 나왔군. 그럼 뛰지." 그러니 내가 얼마나 고생을 했는지 말이야…."

   (풀이: 지금은 우즈베키스탄에서 의료선교를 하는 유명한 선배의 이야기다. 역시 종교인답게 '진실성'이 '엿보이기는' 한다. 그러나 어느 나라에서 군의관을 했는지 의심스럽다. 우리나라 어느 지역이 기본 영하 40도인지?)

어록3

내가 남극 세종기지에 파견을 갔었잖아…. 처음 딱 도착하니까, 사람들이 정말 반가워하더군. 안 그래도 꼭 필요한 인력이었는데 보강이 되어 너무 좋다고. 내가 무슨 일을 했는지 알아? 그곳에서는 낚시를 할 수 있도록 허락된 날이 있는데, 그동안 칼잡이가 없어서 회를 못 떠 먹었대요. 드디어 회를 먹게 됐다고 어찌나 반가워들 하는지….

(풀이: 가끔은 공중보건의도 '쓸모 있는 경우'가 있다.)

어록4

내가 ○○군에서 공중보건의를 했는데, 왜 알잖아, 지역에서는 공보의가 유지 중의 유지란 거. 하루는 말이야 지역 유지들하고 거하게 한잔 하고 집에 가려고 차에 타고 후진을 하는데, 글쎄 경찰차가 와서 내 차 뒤꽁무니에 쾅하고 박히는 거야. 황당했지. 경찰차 옆구리가 쑥 들어갔다고 경찰들이 난리를 치는 거야. 나는 물론 처음에는 뭔 일인지 잘 몰랐어. 그냥 술이 취해서 '얘들이 왜 이러나….' 그러고 있었지. 그런데 나랑 같이 있던 높으신 양반이 파출소 가서 잘 고치라고 걔들을 타일러 보냈어. 이런 게 다 유지의 힘 아니겠어?

(풀이: 과연 그런 만행을 저지르고도 살아남는 게 가능할까? 사실은 내 이야기고 92퍼센트 진실이다. 이제 공소시효가 지나서 밝히는 바이다.)

기타 어록: 짧은 이야기

내가 국가 기밀을 주로 다뤄 봐서 아는데….

(풀이: 정보통신 장교와 친했다고 한다.)

눈보라 휘몰아치는 화산 유격장에서 절벽을 타고….

(풀이: 그걸 안 한 사람도 있는가?)

"내가 전투방위를 할 적에….""너 취사병이었다면서?""아니, 무슨 말씀이세요? 내가 이래 봬도 계란프라이 2만 개를…."

(풀이: 그럼 그렇지.)

공보의를 명의로 만드는 약이 있거든. 아스피린 주사액은 말야, 근육주사로 놓으면 엉덩이가 떨어져 나갈 정도로 아프거든? 그래서 다른 곳의 통증이 싹 사라진단 말이지.

(풀이: 이 나쁜 인간!)

내가 애들 풀어서 근처 바다를 싹쓸이 했잖아…. 죄다 전복으로만. 역시 UDT 애들은 다르더구만.

(풀이: 언제부터 UDT의 임무가 해상침투가 아닌 군의관 보좌가 됐는지?)

해병대에서 낙하를 하도 많이 해서 내가 그 부대의 역사에 길이 남고….

(풀이: 물론 그런 사람도 있었겠지.)

"그럼, 자넨 어땠는데?"

"저요? 저야 뭐, 아시다시피 FM대로 착실한 훈련과 복무를 거치고, 단 한 번도 업무 외적인 것에는 눈길을 돌린 적이 없으며, 하늘을 우러러 한 점 부끄럼이 없는…."

(풀이: 그래, 계속 해 봐라…. 어디까지 가나 한번 보자….)

외과의사의 필요조건

어디서든 삶은 힘겹기 마련이다. 현대를 살아가는 이들의 애환은 어떤 분야에 종사하건 크게 다르지는 않다. 그래서 사람들은 동류를 만들고 자신의 영역과 타인을 구별하는 성향을 갖는 것이리라. 우리 모두 느끼는 것이지만 동질성이란 친근함을 넘어서는 끈끈한 유대감을 만들어 낸다. 서로 모여 이야기하며 위안 받던 어려움과 서글픔이 전해지고 모이면서 동류들만의 이야기가 형성된다. 비록 냉소적이고 비아냥거림이 농후한 것들이지만, 자신들의 영역에 대한 강한 자부심을 드러내는 이중적인 특성을 갖는다.

의사들도 다들 자신의 분야가 가장 힘들다고 생각하기 때문에 각 분야마다 대를 이어 내려오는 이런 종류의 이야기들이 하나씩은 있게 마련이다. 자조적이면서도 자긍적인 이야기들, 마치 불과 얼음의 조화를 이룬다는 칵테일 한 잔 같은 것이다. 이 칵테일로 이야기를 시작해 보려 한다. 이 이야기는 '외과의사가 필요로 하는 조건'이란 것으로 의과대학에서 들은 외과학 강의 첫 시간에 포함되었던 내용을 바탕으로 한다.

외과 의사가 되려면 다음의 네 가지 조건을 갖추어야 한다.
첫째, '매의 눈'을 가져야 한다.
거의 모든 직업에서 세심한 관찰력은 매우 중요한 덕목이다. 의사 사회에서도 역시 마찬가지인데, 순간적인 판단으로 성패가 갈릴 수 있는 수술에서는 날카로운 관찰력이 절대적으로 필요하다.
수술팀은 수술을 주도하는 집도의operator와 보조 역할을 하는 보조의assistant, 수술 간호사scrub nurse, 마취과 의사anesthesiologist로 구성되는데, 어느 누구라도 수술에서 이상스러운 점이나 꼭 인지해야 할 문제점이 보이면 수술 과정을 잠시 중지시키고 지적해야 할 의무를 가진다. 우수한 수술팀이란 집도의가 뛰어난 팀만을 의미하는 것이 아니라, 이런 안전장치가 잘 가동되는 실력 있는 팀을 말한다. 모든 사람들의 주의 깊은 관찰과 지식이 총동원되어 중요한 고비에 적절하고 유연하게 대처할 수 있는 팀이어야 하는 것이다. 모든 구성원이 '매의 눈'을 가지게 되면 그야말로 천하무적 '드림팀'이 된다.

이러한 관찰력은 천성적으로 세심한 성격을 타고났다면 더욱 뛰어날 수 있다. 그러나 아무리 재능이 있다고 해도 지식이 없다면 그것이 무엇을 의미하는지 알지 못하기 때문에 많은 경험과 지식이 필요하다. 결국은 많은 시간과 훈련이 실력을 만들어 내는 근본이 된다. 오랜 경험과 지식, 세심한 주의력을 통해 뛰어난 관찰력을 갖추게 되었을 때, 비로소 외과의사로 떳떳하게 자신을 드러낼 준비가 되었다 할 수 있다. 즉, '무림에 나설 때'가 된 것이다.

그러나 어디든 순기능과 역기능이 있게 마련이다. 많은 수련과 시간에 의해 '매의 눈'을 갖게 된다면, 자신이 너무나 강박적이고 소위 '쪼잔'해져 있지는 않은지 주의해야 한다. 지나친 관찰력과 세심함은 수술방을 벗어나서도 자신의 행동을 지배하기 때문에 자칫 사회생활에 심각한 영향을 끼칠 수도 있다.

한 가지 예로 어릴 적 외과의사인 부친이 오래간만에 일찍 집에 오신 날에는 나와 동생들이 심부름하느라 정신이 없었던 기억이 난다. 뭘 가져와라 이런 게 아니라 저쪽 벽에 걸린 거울이 좌측으로 1mm 기울었네, 탁자가 각이 안 맞네, 책상 구석에 먼지가 있네 등등으로 들볶였다. 나름 섬세하신 어머니 눈에는 전혀 보이지도 않던 것들이 어쩌면 그렇게 다 보이는 것인지. 마치 그동안 억압받던 질서가 구세주(아버지)를 만나 "저 여기 있어요! 구제해 주세요!" 하고 아우성이라도 치듯이 말이다.

더 무서운 일은 요새 내가 부친을 꼭 닮아 간다는 것이다. 내 동생들이 진저리를 친다.

"오빠, 정말 아버지랑 똑같은 거 알지?"

둘째는 '사자의 심장'이다.

사람들은 가끔 "그 징그러운 수술을 어떻게 매일 해요?" 하고 묻는다. 그 말에 대답을 하자면, 처음에는 어떨지 몰라도 그게 생활이 되면 전혀 그렇지 않다. 그리고 드라마나 영화에서 묘사되는 것같이 유혈이 낭자한 장면은 사고에 의한 손상으로 출혈이 과다한 경우를 제외하면 그다지 많지 않다. 그럼 도대체 용기는 언제 필요한 걸까?

수술을 하다 보면 어려운 고비가 생길 수 있다. 정말 포기해야 하는 것인지 회의가 생기는 시점이 오기도 하고, 그러다 정말 불가항력적으로 포기를 하는 경우도 생긴다. 그것은 환자에게나 의사에게 매우 불행한 일이다. 관련된 모든 이들에게 두고두고 상처로 남는다. 바로 이때 '사자의 심장'이 필요하다. 단순히 용기만을 의미하는 것이 아니다. 그것은 바로 굳은 심지와 신념으로 끝까지 최선을 다하는 것, 불굴의 투지, 그리고 무엇보다 그것들을 기초로 한 포기하지 않는 판단을 말한다.

많은 사람들이 외과의사에 대해 갖고 있는 인상은 아마도 사내답고 강인할 거라는 선입견이다. 하지만 사람들이 예상하는 것과 달리 그들은 일상생활에서는 대부분 나약하고 우유부단하고 게으르고 그다지 끈기 있어 보이지 않는다. 그것은 아마도 자신이 가진 능력 범위는 이미 수술실에서 소진해 버렸기 때문일 것이다. '매의 눈'과 달리 인내는 쉽게 흐트러지기 마련이다. 사실 무언가 행동하고 견뎌 내는 것이 보고 느끼는 것보다 훨씬 힘든 게 사실이지 않은가?

그러니 주변에 외과의사를 알고 있는 사람들이나 가족, 특히 배우자들께서는 이점을 너그러이 이해해 주실 것을 꼭 부탁드리는 바이다.

셋째, '강철 체력'이다.

늘 체력이 문제로 떠오른다. 그런데 세상에 체력 없이 할 수 있는 일이 있을까?

외과의사들 중에 체력이 뛰어나거나 운동을 잘하고 활력이 넘치는 사람들도 있기는 하다. 그러나 많은 사람들이 생각하는 것처럼 그 비율이 다른 직업군에 비해 높지 않다는 게 정답이다. 외과의사의 업무란 가장 중요한 부분이 수술이고, 많은 시간을 수술실에서 보내기 때문에 체력적인 면이 우선 강조될 수밖에 없다고 생각하기 쉽지만 실제로 버티는 것은 체력과는 그다지 연관이 있다고 여겨지지 않는다. 오래 서 있을 수 있는 이유도 수술 중 집중하는 동안은 아무것도 느끼기 어려울 때가 많기 때문이다.

실제로 한자리에 그냥 서 있으라면 4시간 5시간은 무척 길고도 어려운 시간일 테지만, 수술에 참여하다 보면 언제 그렇게 시간이 지났는지도 모른다. 그래서 버틸 수 있는 것이겠지만…. 가끔 경험하는 것이지만 수술을 할 때보다 남의 수술을 견학하는 것이 몇 배는 더 힘들다. 수술에 참여하고 있을 때와는 달리 자유롭게 쉬기도 하고 생리적인 현상을 적절히 해결하기도 하는데 말이다.

솔직히 외과의사에게 강철 체력이 정말 필요한지 가끔 스스로 반문하기도 한다. 체력을 그다지 중요하다고 생각하지 않는 이유는, 내가 아는 외과의사들은 늘 바쁘다는 핑계로 체력관리가 엉망인 사람들이 대부분이기 때문이다. 출발 당시에는 어땠을지 모르지만 내가 만난 시점에는 그다지 훌륭해 보이는 사람이 없었기 때문이기도 하다. 또한 나 자신에 대해 생각해 보더라도 절대적으로 그러하기 때문이다.

네 번째, '방광의 용적'이다.

우리는 학교에 다니면서 한 시간에 한 번은 화장실을 다녀오는 것으로 습관이 들어왔다. 그쯤 되면 가야 할 것 같은 생각이 드는 것이다. 하지만 상황이 어려워지면 그 시간이 되어도 방광근육의 긴장도를 높이는 일(방광이 수축하면서 소변을 보게 된다)이나 요로의 괄약근들의 이완에 대해서는 잠시 포기해 두는 게 좋다.

그렇다면 얼마나 버틸 수 있을까? 답은 '모른다'이다. 긴장을 하게 되면 항이뇨호르몬이 나와서 소변 생성을 저하시켜 시간을 지연하기도 하고 의도적으로도 얼마간은 버틸 수 있지만 한계는 있게 마련이다. 그러나 수술 중에는 이런 감각도 잊게 되는 경우가 많다. 경험상 요의를 느끼지 않고 버틸 수 있는 시간이 적어도 7~8시간은 된다고 생각한다. 수술이 끝나고 긴장이 풀리면 그제서야 억압받던 자율신경계가 아우성을 치고, 볼일이 급해지는 것을 느끼게 된다. 하지만 남들보다 방광이 크다면 좀 더 오래 버틸 수 있을 것이라고 쉽게 생각할 수 있다.

우리는 길고 힘든 수술을 마친 날에는 피곤함과 갈증을 날려 줄 시원한 생맥주 한잔을 즐겨한다. 언젠가 외과의 교수와 전공의들 몇 명이 모여 한잔하고 있는데, 이야기에 정신이 팔려 아무도 알지 못하던 중 화장실에 다녀오신 대선배 손○○ 교수께서 말씀하셨다.

"아, 그 자식들 정말 오래 버티네! 내가 자존심 상하지만 참다 참다 할 수 없이 먼저 다녀왔네…."

(이런, 높으신 교수님들도 이런 것으로 경쟁의식을 느끼기도 하는구나!! 죄송합니다, 교수님. 앞으로 조심하겠습니다.)

이상의 네 가지가 전통적으로 외과의사들에게 필요하다고 거론되는 항목들이다. 어떤 그림이 그려지는가? '매의 눈, 사자의 심장, 강철 체력'을 다 갖춘 슈퍼맨부터, '쪼잔하고 우유부단하고, 체력도 그저 그런' 한심한 이들까지 여러 조합이 나올 확률이 있다. 하나 더! 오래 버티는 방광근육과 괄약근은 공통 요건이 되겠다.

콩나물 기르기

콩나물을 어떻게 기르는지 보신 적이 있는지? 콩을 잘 씻어 시루에 넣고 계속 물을 주면 된다. 어느 정도 자랄 때까지 계속 물만 주다가 적당한 시기가 되면 내다팔 수 있는 수준이 된다. 별다른 기교는 필요 없다. 콩나물 가격이 그렇게 싼 이유가 그것 때문이 아닐까. 그저 물만 주면 되니까.

그런데 이상한 점이 한 가지 있다. 물을 주면 그 물의 대부분은, 아니 거의 모두는 시루 밑으로 다 빠져 버린다. 성근 콩나물 사이의 간격은 물을 붙잡아 둘 만한 힘을 갖기에는 너무 부실해 보이는데 이상하게도 콩나물은 자란다. 씻겨 흘러내려 간 물의 작용이라고는 생각되지 않지만, 어쨌든 자라는 것이다.

오래전부터 나는 전공의專攻醫 교육이 이와 같지 않겠나 하는 생각이 들었다. 우리 외과의 근무 환경은 전공의를 붙잡고 같이 책을 읽는다든지 토론식 수업을 할 만한 여유가 없다. 그나마 시간이 있다면 학생들을 먼저 가르쳐야 한다. 또 컨퍼런스 등의 학술적 행사는 너무나 전문적인 부분까지 들어가기 때문에 전공의의 입장에서는 무슨 말인지 모를 때도 많다. 그럼 도대체 전공의는 언제, 무엇으로 자라고 내공(?)을 증진시키는가?

나는 1년차 전공의 시절 무척 신기하게 생각했던 것이 있다. 정말 공부도 안 하고 일도 열심히 하지 않는 선배들을 참 많이 알고 있다는 점이었다. 나는 무엇이든 모르면 찾아보려 애쓰고 공부를 해서 알아내려는 노력을 많이 했다. 그런데 그런 것하고는 너무나 거리가 멀고, 어떤 경우에는 내게 그런 내용을 물어보기까지 했던 선배들이 거의 모든 면에서 나보다 월등한 지식을 갖고 있다는 점이 정말 놀라웠다. 3, 4년차는 소위 '짬밥'이 있어 그렇다 치고, 2년차는 나와 별 다를 것 없는데도 그랬다.

이러한 현상은 객관적인 결과로도 증명이 될 수 있다. 대부분의 수련 기관은 1년에 한 번씩 전공의들에 대한 평가 시험을 치른다. 보통 10월말경 치르는 이 시험의 가장 중요한 목적은 전공의의 학술적 능력을 평가하는 것이고, 두 번째는 다음해 수석 전공의chief resident(전공의를 대표하는 업무를 수행하는 명예로운 자리로 엄격한 선별 과정을 거쳐 1년에 3~4명만 선발한다)를 선발할 자료를 준비하기 위한 것이다.

다들 두 번째 이유가 중요한 줄은 알지만 그 밖의 다른 연차들의 성적은 그다지 중요할 이유가 없다고 생각하기 쉽다. 하지만 나도 몰랐던 일인데, 교수가 되고 나서 외과학 교실에 내가 전공의 시절에 치렀던 모든 시험 성적이 다 기록으로 남아 있는 것을 보고 깜짝 놀랐던 적이 있다. 시험 감독을 하면서 선생님들이 "야, 1, 2년차들은 대충 치고 나가서 일해! 밖에 일이 산더미야, 이 사람들아!" 하고 말씀하셨던 것처럼 장난스럽게 건성건성 칠 것이 아니었다. 더욱 중요한 것은 수석 전공의 선발 과정에서는 1년차 성적부터 4년차까지의 성적이 다 공개되고 평가된다는 점이다. 단순히 마지막 시험을 잘 보기만 해서는 안 되는 것이다.

그런데 이 전공의 시험 성적을 보면 참 재미있는 현상을 발견할 수 있다. 연차별로 성적군이 아주 판이하게 분포한다는 것이다. 1년차의 1등이 2년차 꼴찌를 능가하는 경우가 거의 없다. 이런 현상은 다른 연차들 사이에서도 공히 존재하는 특징이다.

물론 예비 4년차들(11월이면 진급을 한다)은 혹시나 시험 성적이 나쁘면 수석 전공의가 될 수 없다는 점과 더욱 중요하게는 아래 연차들 앞에서 개망신 당할 우려가 있는 까닭에 미리 공부를 좀 하기는 한다. 그렇다고 그게 성적 평균이 확연하게 차이 나는 현상에 대한 적절한 설명이 되기는 힘들다. 시험 성적뿐만 아니라 실제 실력도 느는 것이 거의 확실하다.(아주 드문 몇몇 경우를 제외하면 말이다.) 정말 한심해 보이던 너석들도 3, 4년차만 되면 상당히 익젓해지고 믿음이 가는 것을 보면 오뉴월 하룻볕이 무섭다는 말을 실감할 수 있다. 즉, 아무것도 안 하는 것 같고 공부도 안 하는 너석들도, 콩나물 시루의 콩나물이 자라듯이 시간이 지남에 따라 성장한다는 것이다.

물론 가끔 예외도 생기게 마련이다. 1년차나 2년차가 월등한 성적으로 1등을 해 버리는 만행(?)을 저지르는 일이 가끔 있다. 이런 경우는 교수진에서 꼭 발표를 한다. "이번 시험에서 1년차 ○○○가 1등을 했어! 아주 굉장한 일이야!" 갑자기 슈퍼스타가 탄생한 것이다. 모든 교수들이 관심을 갖고, 그다지 중요하지 않던 행동거지 하나하나까지 기억해 내서 칭찬을 하며, 심지어 병원 전체에도 널리 알려져서 한동안 세인의 주목을 받는 유명인이 된다.

하지만 실상을 들여다보면 그 친구는 그날부터 의국에서 찬밥이 된다. 위 연차들의 비아냥거림, "1등 전공의가 이런 것도 몰라? 잘난 네가 다 알아서 해라"라는 등 질시와 괴롭힘의 대상이 된다. 실수를 하나만 해도 "얘가 일등 한 애 맞지? 그런데 왜 이래?" 하고 비난을 받는 등 만만치 않은 부작용을 겪게 된다. 괜히 쓸데없는 만용을 부린 값을 톡톡히 치르는 것이다. 이렇게 한번 당하거나 당하는 모습을 보고 나면 그런 괜한 짓을 하고 싶은 생각은 전혀 들지 않게 된다. 그래서 예로부터 1년차나 2년차는 웬만하면 1등은 하지 않으려 한다(?). 설사 실력이 있다손 치더라도 말이다.

이와 비슷한 일은 여러 가지 있다. 그중 대표적인 예를 들자면 이런 것이다. 외과 회진 중에 지켜야 할 철칙이 하나 있다. 비록 명문화되어 있지는 않으나 오랜 전통을 지닌 규범으로, 어길 시에는 역시 위와 같은 경우를 당하는 수가 있어서 아주 주의를 요한다.

회진 중에 환자를 파악한 내용을 담당 교수에게 보고하고 서로 증상이나 병세에 대해 토론을 하게 되는데, 이때 중심 역할을 맡는 사람이 파트의 치프 레지던트인 최고 연차다. 자료들은 물론 아래 연차와 인턴들이 모아서 치프에게 건네준 것이지만, 이것을 소화해서 환자의 증상과 결부시켜 분석하고 일부 판단을 내리는 일을 담당하는 것이 치프의 일이기 때문에 파트의 중심은 언제나 치프 레지던트가 되어야 한다.

담당 교수도 환자에 대해 완벽한 파악을 하고 있고, 고차원적인 지식까지 겸비되어 있으므로 웬만한 검사 결과는 다 꿰고 있으며, 이미 앞으로의 프로그레스progress(병의 진행상태)를 어느 정도는 예상까지 하고 있는 상황이므로 서로 향후 치료에 대한 결정을 토론해 나간다. 이런 자리에 연차가 낮은 레지던트나 인턴이 끼어들 틈은 없다.

그러나 어쩌다가 치프가 깜빡 기억을 못하는 부분이 있을 수 있고, 틀린 보고를 하는 경우도 발생할 수 있다. 이럴 때 교수의 예리한 감각이 비켜나가는 요행을 기대하기는 어렵기 때문에 한순간에 회진 분위기는 엉망이 되고 팀 전체가 '쓸모없는 녀석들', '형편

없는', '머리에 ×만 찬 놈들' 기타 등등 갖은 양념으로 버무린 욕을 한 사발씩 얻어먹게 된다.

하지만 이때 중요한 포인트가 있다. 절대로, 어떠한 이유에서라도 후배 레지던트가 치프를 제치고 아는 척을 해서는 안 된다는 점이다. 아무리 모욕적인 언사로 닦달을 당해도, 내가 밤잠을 안 자고 모아다 준 자료를 일순간에 휴지조각으로 만들고 내 노력마저 도매금으로 넘겨 버린 치프가 야속해도 절대로 아는 척을 해서는 안 된다. 이유가 궁금할 것이다. 아는 척을 하면 무슨 일이 벌어질까? 내가 겪은 이야기로 답을 대신하겠다.

길고도 지루한 1년차 시간이 거의 끝나갈 무렵, 지금 내가 전공하고 있는 내분비외과 파트를 돌고 있을 때의 일이다. 파트의 마지막 날이었다. 토요일 마지막 회진을 돌면 이 파트가 끝나고 다른 파트로 로테이션 되는 시점이었다. 여태껏 그런대로 잘 지내왔고, 마지막 몇십 분만 지나면 된다는 생각에 회진 시간 내내 조마조마한 마음으로 따라 다녔다. 이윽고 마지막 환자를 다 보고 교수님을 교실까지 바래다 드리고 인사만 하면 되는 순간까지 별 문제 없이 잘 진행되었다. '자, 이제 인사만 하면 마무리 되는구나!' 하고 마음을 놓으려는 순간, 갑자기 치프가 다른 환자 한 명을 거론하기 시작했다.

"참, 선생님. 내과에서 환자 의뢰가 있었는데요. 36세 여자 환자인데요. 내과에서 수술 의뢰가 왔습니다."

"그래? 랩lab(혈액 검사나 혈청 검사 등을 지칭하는 총칭)은 어떤가?"

"예, SGOT/SGPT가 어떻고, 뭐가 어떻고 또 뭐는 어떻게 나왔습니다."

일순간 나는 얼어붙었다. 치프는 다른 환자의 랩 결과를 말하고 있었다. '아! 큰일 났다! 교수님이 당장 눈치 챌 텐데….' 아니나 다를까?

"뭔 소리를 하는 거야? 왜 쓸데없는 소리만 잔뜩 하는 거야? 전해질은 어땠는지 이야기해야 할 것 아냐?"

"아, 예, 그게… 그러니까…, 소디움(나트륨)은 어떻고 포타슘(칼륨)은 어떻고 다른 것들도 어땠습니다."

'아아, 이제 아주 끝까지 가겠구나. 완전히 다른 환자가 되어 버렸어.'

"뭐라구? 포타슘이 얼마라구?"

"그러니까… 4.1…. 정상이었습니다."

"뭐야? 그럼 뭐 하러 내과에서 의뢰했단 말이야? 수술하라며? 그럼 primary aldosteronism(부신에 생기는 종양에 의한 병으로 전해질 균형의 이상, 고혈압 등 증상을 나타내는 특징이 있음)이 아니란 거야?"

"그게… 그러니까… 예…."

"똑바로 이야기해! 너 환자 봤어, 안 봤어?"

"……"

"이것들이 말이야, 좀 하는 것 같더니만 그예 본색을 드러내는구만! 이 멍청한 것들! 너희가 그래가지고 의사 자격이나 있겠어? 형편없는…."

끝도 없이 이어질 것만 같은 야단을 듣던 중, 갑자기 나는 더 이상 듣고 있기도 싫고 도매금으로 넘어가기도 싫다는 생각이 들었다. 그날은 마지막이라 더욱 그러했는지 모르겠다. 나는 고개를 푹 숙이고 있던 자세를 바꾸어 고개를 들고 입을 열었다.

"저, 선생님."

갑작스런 반응에 놀란 것은 교수뿐만이 아니었다. 안 그래도 붉은 얼굴이 붉어지다 못해 시커멓게 달아올라 있던 치프는 말도 못하고 눈이 거의 튀어나올 지경이 되어 나를 바라보고 있었다.

"뭐야?"

"아마, 약간 혼란이 있는 것 같은데요. 이 환자는 현재 spinololactone을 복용한 지 2주가 되었습니다. 그래서 그런 결과가 나왔을 것 같습니다. 그리고 다른 검사 소견은 어쩌고저쩌고해서 primary aldosteronism에 합당합니다."

"음, 그래? 그럼, 다른 문제는 없나? 수술을 언제 할 수 있지?"

교수는 치프에게는 시선도 주지 않고 나를 바라보며 물었다. 나는 교수의 시선을 애써 외면하면서 치프를 바라보았다. 그는 이미 체념한 듯 아예 먼 산을 바라보고 있었다.

"예, 마취과 협진이 아직 해결되진 않았지만, 다음 주 수술하시는 데는 문제없습니다."

"그래, 알았어. 이렇게 마무리가 돼야지. 안 그래? 실컷 고생하고 마지막까지 욕이나 먹고 끝나면 어떡하나? 난들 좋을 것 같아? 그래, 아무튼 아주 수고들 많았어. 다들 잘 가게."

어쨌든 잘 마무리가 되었다. 우리 팀은 적어도 '멍청하고 쓸모없는 한심한 놈들'은 아니란 것을 보여 준 셈이었다. 그러나 아무 말없이 의국으로 돌아오던 그 시간, 우리 팀원 모두는 이후 어떤 일이 우리를 기다리고 있을지 잘 알고 있었다. 나는 단지 욕을 먹기 싫다는 이유 때문에 치프를 바보로 만들고, 겁 없이 치프를 제치고 나대는 '중차대한 죄악'을 범했던 것이다.

이후의 이야기는 길게 하고 싶지 않다. 다만 "야 임마, 네가 직접 P 교수 모시지 그래? 아예 네가 치프를 하지 그랬어?"라는 전조로 시작되는 길고 끝나지 않는 고난의 길을 걸었다는 것만은 말할 수 있다. 오히려 교수님에게 야단을 듣는 게 더 빨리 끝나고 뒤끝도 없었을 것이란 점을 사무치게 체험할 수 있었다. 이후로 많이 인간이 된 나는 절대로, 어떠한 경우에도 위 연차를 앞에 두고는 전면에 나서지 않는 '파블로프식 반응'을 하게 되었다.

이제 나와 같은 과정을 겪고 있는 후배들을 바라보고 있는 교수가 된 입장에서는, 그런 권위 없이 '나대는' 친구들이 있으면 오히려 좀 더 발전할 수 있지 않을까 생각을 한다. 하지만 그때의 기억, 그 고난의 훈련은 그런 일을 내가 하기도 싫지만 남에게 권하기도 싫다는 생각을 가지게 만든다. 그저 자기들끼리 알아서 하게 내버려 둬야지. 스스로 알아서 크도록 말이다.

그러면 대체 무슨 일을 해서 건강하고 질 좋은 콩나물을 길러 낼 것인가? 콩나물을 길러 내는 힘은 시루나 매일 주는 물에 있지 않다는 것을 이제는 알고 있다. 그들을 길러 내는 것은 젊은 그들에게 내재된 역량이고 무한한 가능성이다. 마치 콩 한 알에 농축된 영양과 미래를 위해 저장된 생명의 총화처럼 말이다. 우리는 다만 그들이 말라 버리지 않도록 하루 한 번씩 물을 주는 일을 열심히 하면 되는 것이다. 그들이 자신의 능력을 발휘하고 피어날 수 있도록, 그리고 어떤 경우에도 좌절하지 않도록 돕는 것이 바로 우리 선배, 그리고 교수들이 할 일이다.

적어도 저는 그렇게 생각하는데, 여러 선배 교수님들의 의견은 어떠신….

아아, 이런… 내가 또 파블로프 반응을!

눈물 젖은 신계치

2007년 초에 방영된 두 편의 의학 드라마가 있다. 〈하얀 거탑〉과 〈외과의사 봉달희〉였다. 상당히 재미있었고 의사 입장에서도 크게 공감할 수 있었다. 내가 전공하는 분야를 주제로 다루기 때문이기도 했지만, 특정 직업을 소재로 한 소위 '전문 드라마'가 갖고 있던 한계를 뛰어넘어 아주 잘 구성된 드라마였기 때문이다. 실제로 의학 전문 드라마는 병원에서, 법조 전문 드라마는 법원가에서 오로지 '연애하는 것'만을 보여준 예를 우리는 너무나 많이 알고 있지 않은가.

드라마의 특징과 완성도에 대해서는 나 같은 문외한이 언급할 내용은 아니라고 생각한다. 일본의 의료계를 바탕으로 한 드라마이기에 조금 우리 현실과 맞지 않는 부분이 있었다 해도, 혹은 일도 많고 정신을 차리기도 버거운 1년차가 선생님에게 감히 "연애할래요?" 운운하는 것이 지나치게 현실감이 떨어진다고 비난을 할 것까지는 없다. 오히려 이들 드라마는 세밀한 부분까지 많은 조사를 해서 만들어진 까닭에 생생한 현장감과 탄탄한 구성을 겸비해서 인기를 누렸던 것이라 생각한다.

그 드라마들이 한참 방영될 당시에는 내용에 대한 질문을 자주 받았다. "병원이 정말 그래요?" 나는 대부분 정말 비슷하지만 아닌 것도 있다는 정도로 이야기를 했지만, 어떤 부분에서는 '그 시절에 내가 정말 저랬는데…' 하고 생각이 드는 대목이 많았다. 〈외과의사 봉달희〉 에피소드 중에서 추운 겨울밤 1년차 두 사람이 안경에 하얗게 김이 서릴 정도로 열심히 라면을 먹으면서 "너무 맛있어서 눈에 뵈는 게 없어"라고 말하던 대목이 인상적이었다. 그리고 마지막 내레이션에서 "생명은 소진해도 남은 삶은 허기짐을 느낀다"고 했던가.

정말 그렇다. 하루 종일 쉴 시간도, 무엇을 먹을 시간도 얻기 힘든 1년차에게는 참 절실한 말이다. 처음에는 다소간 체면을 차리려던 사람들도, 혹은 귀하게 자라서 그런 구차함을 경멸하던 사람들까지도 나중에는 먹는 것에 환장하고, 아무데서나 먹는 것이 있는 곳이라면 체면 차릴 것 없이 끼어들어 얻어먹는 데 조금도 주저하지 않게 된다. 정말 먹는 것 앞에서는 '뵈는 게 없어질' 정도가 되는 것이다.

　우리가 전공의를 할 무렵에 유행하던 음료가 있었다. 쌕쌕, 혹은 봉봉이라고 불리던 과즙음료인데, 일반 음료보다 비싸기 때문에 병문안을 갈 때 많이 사 들고 가는 선물이었다. 간호사실과 병동 냉장고에는 환자들이 건네준 것이 늘 한두 개쯤은 남아 있게 마련인데 배고프고 지친 전공의들에게는 참 반가운 존재였다. 그러나 사람의 입맛이란 간사한 법. 1년이 지나면서부터는 그 맛과 심지어 냄새까지 지겹고 힘겨워진다. 아무리 목이 마르고 배가 고파도 쳐다보고 싶지도 않게 된다. 이렇게 한 해가 끝나갈 무렵이 되면 병동 냉장고에는 계속 축적된 노란 물(오렌지 주스를 부르는 전공의의 특수 용어)이 그야말로 처치 곤란이 되기 십상이다. 나도 전공의를 마치고 한동안은 오렌지 주스를 잘 쳐다보지도 않았다. 오히려 콜라, 커피, 사이다 등등에는 호감이 가도 오렌지 주스는 생각만 해도 위산이 역류하는 증상과 시큼한 냄새에 반응해 침샘의 둔통이 느껴지게 된다.

　이럴 때 우리가 간절히 바라는 것은 집에서 만든 음식이다. 컵라면도 아니고 불어터진 짜장면도 아니고 조미료 냄새가 무지하게 나는 배달 설렁탕도 아닌, 집에서 만든 정성이 담긴 밥. '병원에는 식당이 없나?' 하는 질문을 혹시나 하시는 분이 있을까 하여 말씀드리면, 외과 전공의들이 병원 직원 식당이나 내빈 식당에서라도 식사를 할 수 있는 날은 일 년에 며칠 되지 않는다고 봐야 한다. 당시에는 그랬다는 말이다. 늘 식사시간을 놓치고 심지어 매점까지 문을 닫으면 뭔가 먹을 수 있는 것을 구하기는 하늘의 별따기였다. 요즘 병원에는 24시간 편의점이 들어와 있으니 세상 많이 좋아진 셈이다.

그래서 사람들마다 제 나름대로의 자구책을 마련한다. 내 경우에는 그게 양갱이었다. 나는 3일간 단지 양갱 2개만으로 버틴 적도 있다. 물론 우리가 혐오하는 병동 냉장고의 노란색 물과 함께. 하지만 그때의 맛이란 아마 아무도 상상하기 힘들 것이다. 소위 '천국의 맛'이란 게 있다면 바로 그런 것이리라 생각한다. 그 이후 나는 한동안 주머니에 한두 개 정도의 양갱을 '꼬불쳐' 다니게 되었다. 초콜릿을 비상식량으로 가지고 다니는 사람들도 보았는데, 부피는 작으나 열에 약한 특성 때문에 옷에 '범행 흔적'을 남기는 경우가 있다. 그리고 많은 전공의들이 선택하는 것 중에 지금은 나오지 않는 모 제과의 월병이라는 과자가 있었다. 견과류와 팥 앙금 소가 들어가 있어서 양갱이나 초콜릿과는 달리 약간의 포만감을 더 주기 때문에 인기가 있었다. 하지만 부스러기가 많고 목이 메는 경우가 있어 숨어서 순식간에 먹어 치우는 '묘미'를 발휘하지는 못하는 것이 단점이다.

하지만 이런 비상식량은 어디까지나 '비상식적인 상황'을 대비한 것이다. 불로 조리한 음식을 더 먹고 싶어 하는 것이 선사시대 이후 인류의 '정상적인' 특징이다. 그러니 직접 '불로 끓인' 쫄깃한

라면은 굶주리고 지친 자들에게 얼마나 환상적인 맛이겠는가? 앞서 말한 의학 드라마에서 전공의 1년차가 말하는 대사에 공감한 이유가 바로 여기에 있다.

힘든 1년차 생활이 절정에 이른 늦가을 무렵, 나는 우리와 연관이 있는 모 과로 파견을 나가게 되었다. (과의 이름을 밝히기 어려운 점을 이해해 주시기 바란다.) 그 과는 특징적으로 귀족적인 배경이 있는 사람들만이 선택할 수 있다는 '보이지 않는 벽'이 있었다. 그러다 보니 소위 '성격이 이상한' 사람들이 많아서 이해가 되지 않는 일이 자주 벌어졌다.

어쨌든 나는 파견을 나간 사람이고, 직접적으로는 그들의 일과 관련이 없는 사람이었다. 하지만 외과에서 이미 꽤 단련이 되어 있어서 수술방에서나 환자를 보는 데 일정 수준 이상은 도달해 있었기 때문에, 상당히 일을 잘하는 1년차로 후한 평가를 받을 수 있었다. 내 생각으로는 외과에서 하던 일의 50~60퍼센트 정도만 하고 있다고 생각했는데 말이다.

우리 외과의사들이 가진 자만심 중에 타과에 대해 '별 것도 아닌 것들이 날뛴다'고 생각하는 것이 있다. 즉, 잔챙이들이 호들갑을 떤다고 여기는 것이다. 그 과의 분위기도 매한가지여서 내가 보기에는 중요하지도 않고 아무것도 아닌 일로, 말하자면 환자를 보는 데에나 학술적인 내용에 하등 관련이 없는 문제에 대해 침소봉

대하여 과 분위기를 혼란스럽게 혹은 험악하게 하는 일이 다반사였다.

수술을 하는 과들은 수술 기록을 매우 중요하게 여긴다. 자세한 정보를 빠짐없이 꼼꼼히 기록으로 남겨야 환자의 상태를 정확하게 이해하여 치료할 수 있고, 시간이 지나 의무 기록으로 남아도 다른 사람이 이해할 수 있도록 하기 위해서이다. 이해를 돕고 한눈에 알아볼 수 있도록 가끔 그림을 추가하기도 하는데, 나는 그림에 작은 재주가 있어서 원하는 바를 간단하게나마 표현할 수 있었다. 그런 까닭에 파견 나갔을 당시 나와 같이 일하던 그 과의 1년차 C는 수술지에 붙이기 위해서 내가 들어갔던 수술의 그림을 그려 달라고 부탁을 했다. 물론 나는 내가 들어간 수술이니 수술 기록까지 내가 작성해야 하는 것이 아니냐고 했지만(그게 원칙이니까), 그 과의 정책이 파견 전공의를 믿지 말라는 것이기 때문에 자신이 해야 한다고 하면서, 그림만 그려 줘도 큰 도움을 주는 거라고 했다. 이해하기는 좀 힘들었지만 일을 적게 해도 된다는데 마다할 이유가 없지 않겠는가?

그런데 어느 날 저녁 늦은 시간에 응급실 환자를 보고 의국으로 들어가려는데 분위기가 심상치 않은 느낌이 들었다. 좌중에 흐르는 냉기와 무거운 기운에 압도되어 있는데, "파견 1년차는 나가 있어!"라는 치프의 명령이 떨어졌다. 무언가 큰일이 일어난 모양인데 무슨 일일까? 한 시간 넘게 큰소리가 나고 무언가 던지고 부서지는 소리하며 우당탕탕 소란이 벌어졌다. 정말 공포스러운 분위기였다. 다시 들어간 의국은 온통 난장판이었다.

긴 하루가 지나고 한밤중이 되어 C와 나, 그렇게 둘만 남게 되었다. 서로 아무런 이야기도 하지 않은 채 시간이 흘러갔다. 새벽 1시쯤 되었을까. C가 입을 열었다.

"아무리 그래도 배고파서 안 되겠다. 야, 우리 뭐라도 먹으러 가자."

"그래…. 그런데 이 시간에 어딜 가야 먹을 게 있어?"

"이런 어수룩한 녀석. 그냥 형님만 따라와. 어리버리하지 말고."

그리고는 병원을 벗어나 한 15분쯤 걸어가더니 간판도 없는 허름한 집으로 들어갔다.

"여기가 뭐 하는 데야?"

"응, 라면집이야. 라면만 있어. 그런데 신계치가 젤 맛있어."

"그래? 그럼 그거 먹자."

음식이 나올 때까지 한동안 서로 딴 곳을 바라보고 있다가 이윽고 C가 말을 꺼냈다.

"정말 거지같아서 못 해먹겠다. 야, 내가 오늘 무슨 일로 그 꼴을 당했는지 아냐? 수술 그림이 안 맞대, 글쎄. 내가 보기에 네 그림은 가장 이해하기 좋았어. 내가 보기에도 수술 과정이 한눈에 들어오더라고. 그런데 그 인간들이 뭐라 그랬는지 아냐? 그건 맞대요, 그림은 나쁘지는 않대. 그런데 그 그림은 크기가 너무 크다는 거야."

"아니, 그것 때문에 그 난리를 쳤단 말이야? 한 시간도 넘게?"

"그렇다니까! 내 참 거지같아서…."

"미안하다 괜히 나 때문에…."

"아냐, 그 그림 내가 그렸다고 그랬어. 너한테까지 지랄하면 어떡하냐?"

"미안하다…."

"아냐. 아! 라면 나왔다. 야! 먹자!"

라면 상표 이름과 첨가된 달걀, 치즈를 합쳐서 만든 이름을 가진 그 라면의 맛은 그야말로 일품이었다. 무슨 일이 있었든 기분이 어떻든 그 모든 것을 다 잊게 할 만했다.

"이야~ 정말 죽인다!"

그런데 이 친구가 아무 말도 하지 않는 것이다. 가만히 보니 눈물을 뚝뚝 흘리면서 면발을 삼키고 있는 게 아닌가!

'아, 사는 게 이렇게 버겁고도 치사한 것이로구나.'

그랬다. 바로 눈물 젖은 신계치 라면이다. 너무나 맛있어서 눈앞이 온통 가려지고 보이지 않게 되던…. 그리고 세상에 무슨 일이 일어나건, 혹은 생명은 소진해도 남은 삶은 허기짐을 느낀다고 할 만하던 맛이었다.

시간이 많이 흘러 다시 그 라면집을 찾은 적이 있다. 그 옛날 새벽 허름한 골목을 지나 숨어들곤 하던, 간판마저 없었던 그 집은 온

데간데없고 이제 그 자리에는 높은 빌딩이 들어서 있었다. 물론 주인은 지치고 영혼마저 상처 입은 녀석들에게 세상에서 제일 맛있는 사제 음식을 끓여 주시던 마음씨 좋은 할머니라고 한다.

도망자 시리즈

의대 사회에서 '도망'이란 말은 "어떠한 일이 힘겨워서 중도에 포기한다"라는 의미로 주로 사용된다. 의대는 학생시절에도 많은 사람들이 중도에 포기하게 되는데, 이때는 주로 육체적 혹은 정신적인 건강상의 이유인 경우가 많다.

의대에 온 학생들은 모두 한때 세인의 주목을 받는 기린아麒麟兒로서 장래가 촉망되는 인재였다. 한때는. 그러나 막상 의대에 와 보니 과거의 영광은 간데없고 장삼이사張三李四, 해변의 모래알처럼 이리저리 치이는 존재가 된다. 하늘 끝 바로 직전까지 닿아 있던 자존심은 휴지조각같이 길거리를 뒹굴고, 심약한 애들부터 차례로 무너지게 된다. 그나마 잡기(주로 술, 담배, 당구 등등)를 즐기는 남학생들은 스트레스를 풀고 '치유의 시간'을 갖지만, 해소 방법이 없는 여학생이나 (아주 많이) 착실한 남학생들 중에서 심각한 내상을 입는 사람들이 많다. 그들은 갈등과 자괴감, 번뇌 등으로 만신창이가 되어 결국은 의대를 떠난다. 개중에는 정말 심각하게 정신과 계통의 질환을 앓게 되는 경우도 있었다.

또 한 부류는 성적이 떨어져 탈락해 떠나는 경우다. 그런데 그 친구들이 정말 공부를 못해서 그런 것일까? 나는 아니라고 생각한다. 충분한 능력은 있지만 그걸 발휘할 적절한 환경이 아니었을 뿐이다. 결국 같이 입학한 사람들 중에서 평균적으로 약 10~20퍼센트가 중도 탈락을 한다고 보면 된다. (물론 요즘은 세상이 많이 좋아졌다하니 좀 다를지도 모르겠다.) 마음이 아프기는 하지만 이들을 두고 도망갔다고 표현하지는 않는다.

졸업을 하고 일을 시작하면 이야기는 좀 달라진다. 이미 졸업과 의사 면허증으로 자신을 입증한 바 있는 '선수들'에게 요구되는 것은 단순한 공부 수준이 아니라 봉급을 받는 만큼 능력을 보여 사회·경제적 가치를 창출하라는 것이다. 사실 '봉급을 받는 만큼'이란 말에는 어폐가 있음을 인정한다. 실제 인턴의 임금은 정말 짜다. 시키는 일은 만약 금액으로 환산한다면 10배쯤은 되어야 하지 않을까? 따라서 이 표현은 '양amount'을 지칭한 것이 아니라 '받는 한에선as far as'이라고 해석할 수 있다.

인턴 때는 아무리 구박을 받고 시간에 쪼들려도 잘 도망가지 않는다. 왜냐하면 인턴을 하지 않고는 아무것도 할 수 없기 때문이다. 물론 아무 전공 수련도 하지 않고 바로 개업하겠다고 마음먹으면 이 과정은 필요 없다. 그래서 요즘 약은 친구들은 일단 인턴을 시작해 보고 아니다 싶으면 선배들처럼 구차하게 살지 않고 바로 그만둬 버리는 것인지도 모르겠다.

온갖 수모와 고난의 시간인 인턴 시절을 마치면 전공과목을 선택하게 되는데, 이제부터는 그야말로 인생이 걸린 문제다. 하나의 과를 전공하면 좋든 싫든 그 과의 특성에 맞게, 그 과에 주어진 환경대로 살아갈 수밖에 없다. 외과는 외과처럼, 내과는 내과처럼 자신의 특성이 변해 간다. 전공을 선택하고 4년간의 수련 기간을 거치는데, 역시 온갖 시련으로 구성된 역경이 영원히 끝나지 않을 것처럼 펼쳐진다. 이때가 바로 도망자가 속출하는 시기다.

도망은 크게 우발적 범죄와 계획적 범죄로 분류된다. 이것을 범죄로 규정하는 까닭은 남겨진 자들에게 그들의 빈자리만큼의 노역이 부과되기 때문이다. 민폐도 이런 민폐가 없다. 우발적 도망은 대부분 하루로 끝나는 경우가 많고 길어야 일주일을 못 넘긴다. 그러나 모든 계획적 범죄가 죄질이 더 나쁘듯이 계획적인 도망자는 아주 특수한 경우를 제외하고는 대부분 돌아오지 않는다. 의대 사회의 특이한 일면인 이 '도망자'에 대해 살펴보고자 한다.

도망자 1

그는 아주 우수한 학생이었고, 졸업 후에는 보기 드문 성실한 인재로 인정받아 각광을 받으며 외과에 입성했다. 1년차 시절 이미 능력이 돋보이는 존재로 성장하여 미래에 큰 재목이 될 것으로 인정받는 사람이었다. 눈치도 빠르고 몸도 빠르고 머리 회전도 빨라서 한 가지를 시키면 네댓 가지 가능성을 다 고려해 일을 하는 정도였으니 정말 우수한 인재라 하겠다.

당시는 요새처럼 컴퓨터에서 영상 검사나 피 검사 등의 결과를 볼 수가 없어서, 직접 엑스레이 필름을 들고 뛰어다녀야 했다. 사진을 볼 수 있게 준비하기만 하면 되니까 그다지 어려운 일이 아니라 생각할 수도 있다. 그러나 대학병원에서는 사진은 오로지 한 장인데 그걸 봐야 하는 과가 여러 곳인 경우가 종종 발생한다. 보통 아침 회진 직전에 모든 과가 다 사진을 보기 때문에 아침 시간엔 거의 아수라장이 된다. 그리고 이때 엑스레이 필름 확보에 실패한 인간들은 쓰레기 취급을 받게 된다. 우리는 모두 그 꼴만은 당하지 않으려 온갖 아이디어를 총동원했고, 심지어 아침에 필름을 뺏기지 않으려고 밤에 그 필름을 깔고 자는 친구들도 있었다. 그는 이런 경쟁에서도 우수한 능력을 발휘하는 사람이어서 늘 칭찬만 받으며 생활했다.

하지만 어찌 사람 사는 데 좋은 일만 있으랴. 어느 날 중요한 컨퍼런스를 앞두고 사진을 챙기는 데, 가장 중요한 한 장이 사라진 것을 발견했다. 그는 예리한 추적 능력과 놀라운 통찰력으로 사진이 정형외과 강○○ 교수 파트에 가 있을 것이란 정황을 포착했다. 정형외과 레지던트들과 대화를 통해 풀어 가려던 첫 시도가 수포로 돌아가자 그는 한밤중에 정형외과 의국과 사진 보관 장소, 그리고 컨퍼런스 룸까지 뒤졌다. 그러나 사진은 간데없고 남은 장소는 오로지 한 곳, 강 교수의 방뿐이었다. 예나 지금이나 교수실을 뒤지는 것은 최고형을 언도 받을 수 있는 '극악무도한' 범죄다. 그러나 모든 일을 혼자 해결해야 한다는 강박관념으로 고민하던 그는 병원 원무과 당직팀에게 강 교수의 방문을 열어 줄 수 있겠냐고 부탁했다. 당연히 거절할 일이었지만 전후 사정을 말하면서 어떻게든 일을 성사시키려던 그는 결국은 감정이 폭발하고 말았다.

"당신, 내가 이 문을 부수고 들어가서 사진 들고 나와도 되겠어? 문제가 생기면 다 당신 책임이야!" 하고 윽박지르기 시작했다. 그러나 원무과 직원도 녹록하지는 않아서 "맘대로 해 보시던가. 문이 손상되면 당신 고발할 거야!" 하고 맞서는 것이 아닌가?

결국 그는 정상적인 상황에서 쓸 수 있는 모든 카드를 소진하고 비장한 최후의 선택을 했다. 방화전에 비치된 흉악한 기구를 이용해 문을 부수는 방법으로 '소기의 목적'을 달성한 것이다. 사진을 확보했으니 내일 아침 컨퍼런스는 문제없이 진행될 것이었다. 하지만 그가 아무리 뛰어나다 해도 아직은 어린 레지던트 1년차였다. 고민을 거듭하던 그는 결국 새벽 어스름 무렵 사진을 곤히 자고 있는 치프 머리맡에 남겨 두고 거리의 어둠 속으로 사라졌다.

오전이 되어서야 전후 사정이 밝혀지고 외과와 정형외과, 원무과 등 관련된 모든 과가 발칵 뒤집혔다. 외과 입장에선 그를 옹호하고 싶었지만 너무 큰일을 저질러 버린 것이다. 없었던 일로 좋게 무마하려 해도 증거가 너무 크게 남아서 대중의 입을 막기도 어려운 상황이었다. 그는 어디론가 사라져서 연락두절 상태가 되었고, 일은 실마리가 풀리지 않고 계속 엉켜 가고 있었다. 중징계가 내려질 테고 우수한 인재가 뜻하지 않은 일로 희생될 위기에 처했다. 정형외과는 과 차원에서 모독행위로 간주했고 그동안 알게 모르게 잘난 척 해왔던 외과에 본때를 보일 작정이었다.

그러나 시간이 흐르면서 마음이 진정된 강○○ 교수가 그를 살려주었다.

"내 밑에 그런 녀석이 한 명이라도 있으면 원이 없겠다. 너무 아까운 녀석이니 중징계는 과하고 약식 처벌만 하고 살려주면 좋겠다."

이러한 취지로 정리해 준 결과 그는 겨우 파면을 면하고 자리보전을 할 수 있었다. 그러나 그런 긴 시간이 지나고 있는데도 이 친구에게는 도무지 연락이 되질 않았고, 어디로 꼭꼭 숨었는지 행적이 묘연했다. 집에다 연락을 하는 조치는 늘 최후에, 도저히 찾기힘들 때 할 수밖에 없다. 부모님들이 얼마나 놀라시겠는가?

그러나 시간이 계속 흐르고, 어쩔 수 없이 연락한 집에서도 전혀

감을 잡지 못하고 있었다. 전 레지던트들에게는 인척관계, 친구, 여자 등등 소재를 알 만한 모든 사람들에게 연락을 취해 무슨 일이 있어도 찾아내라는 지령이 떨어졌다. 이렇게 한 3주째 접어드는데도 여전히 그의 행적은 오리무중이었다. 역시 머리 좋은 놈은 숨는 것도 재주가 있는 모양이었다.

교실에서 들볶이고 애는 나타나지 않아서 여러모로 힘든 나날을 보내던 어느 날, 심사가 괴롭던 치프는 마음의 상처를 달래기 위해 학교 앞 단골 만화방에 들렀다. 한편에는 기원이 있고 다른 한편에는 라면 등을 파는 복합 취미 공간인 그곳에서 라면과 박봉성 만화를 즐기고 있던 치프의 눈에 저기 멀리 앉아서 바둑을 두고 있는 꾀죄죄한 촌놈 하나가 왠지 낯익어 보였다. 얼굴도 거무튀튀하고 땟국이 흐를 것 같은 러닝 차림의 초라한 녀석인데, 뭔가 느낌이 싸했다.

역시 4년간 수련을 쌓은 매의 눈답게 그 녀석이 세간의 파란을 일으키고 있는 바로 '그놈'임을 알아차렸다. 바로 밖으로 끌고 나온 뒤 한심하고도 불쌍해서 우선 설렁탕집으로 데려갔다고 한다. 허겁지겁 먹는 녀석에게 치프가 말을 건넸다.

"너 도대체 어디 숨어 있었던 거야?"

"아까 보신 거기요…."

"지금까지 내내? 그리고 너 돈도 없어? 이 꼴이 뭐야?"

"거기서 잔심부름도 하고요, 내기 바둑 둬서 돈도 벌고요 정말…

돈도 없고, 옷도 없고….”

그러면서 펑펑 울더란다.

한심한 놈! 그리고 독한 놈! 어쨌든 이 전대미문의 도망자는 세브
란스 역사에 길이 남을 한 획을 긋고 형제들의 품으로 잡혀 왔다.
우발적인 범행이었으나 범인의 머리가 너무 좋아 일이 까다롭게
전개된 사건으로서, 계획적인 도망자만큼이나 해결이 어려웠던 사
건이었다.

도망자 2

그는 앞의 도망자처럼 촉망받는 젊은이는 아니고, 한때는 어땠는
지 모르지만 군대를 갔다 와서 동작도 굼뜨고, 좀 역량이 떨어지는
친구라 구박도 많이 받은 타입이었다. 그러나 일은 열심히 해서 민
폐는 끼치지 않는 평범하고 온순한 1년차였다.

그가 당시 병원장인 이○○ 교수의 1년차로 배정을 받았을 무렵,
이 교수 파트는 하늘을 찌르는 교수의 인기와 대외적인 명성 때문
에 입원환자가 늘 넘쳐났다. 그리고 당시 모든 외과의사들이 그랬
듯이 이○○ 교수는 머리끝부터 발끝까지 온갖 질환을 총망라한 다
양한 환자군을 수술하고 있었다. 4년차, 1년차 인턴만으로 구성된
팀이 감당하기에는 버거울 정도로 환자가 많아서 그 팀으로 가면
거의 잠을 못 자고 뛰어다녀야 한다고 알려져 있었다.

처음엔 1년차를 그리 탐탁지 않게 생각하던 치프도 의외로 열심

히 묵묵하게 일을 하는 그를 보고 적잖이 안도하고 있었다. 이런 파트에서 1년차가 신통치 않게 굴면 정말 지옥이 따로 없을 테니까. 때는 추석 무렵, 1년차나 4년차나 몸과 마음이 거의 다 방전되어 가고 있던 터라 조금만 빈틈이 생겨도 큰 사고로 이어질 가능성이 있어서 교수나 치프 모두 바싹 고삐를 틀어쥐고 긴장을 늦추지 않도록 그에게 주의를 주고 있었다.

그러나 입원 환자가 45명을 넘어서고 중환자실에 세 명의 환자가 들어가자(참고로 중환자실의 환자 한 명은 일반병실 환자 열 명과 맞먹는 부담이 된다) 3일을 중환자실에서 한숨도 못 자고 버티던 그는 중환자실 한편에 있던 환자 이송용 침대에서 정신을 잃었다. 덩치는 산만한 녀석이 뻗어 버리니 분명히 주변에 외과 레지던트들이 있었지만 감당이 되질 않았다. 새벽 3시경 뻗은 그 친구는 분명 4시 30분 전까지는 회진 준비를 시작해야 할 것이었다. 여러 명이 번갈아 가며 깨우고 온갖 일을 다 해도 이미 유체이탈에 도달한 그의 몸은 거의 나무토막이나 다를 바 없었다.

열심히 돕고자 노력했던 동료들도 결국 회진 준비를 해야 했기에 다 제 갈 길로 가고, 남겨진 자는 다가올 운명에 무방비로 방치되었다. 우여곡절의 시간이 지나고 치프는 여기저기 '구멍 난' 현실의 무게를 절감하며 겨우 회진을 돌고 온갖 핀잔과 야단의 종합선물을 한아름 받았다.

한편 우리의 주인공은 오전 8시가 훌쩍 넘은 시간에 기적처럼

'회생'했다. 신경과적으로 거의 '식물상태'로 진단받은 것을 생각하면 정녕 기적의 생환이라 아니할 수 없었다. 그러나 그의 미래가 생환을 기뻐할 만큼 밝은 것은 전혀 아니었다. 더구나 선물을 한아름이나 받았으면 나누고 싶은 것이 다정한 치프의 마음이 아니겠는가?

부스스 일어나 어찌할 바를 모르던 1년차가 중환자실을 벗어나고자 하는 본능에 이끌려 조심스럽게 중환자실 문을 열고 빼꼼 고개를 내민 순간, 그의 시선을 확 휘어잡는 두 명의 실루엣! 교수와 치프가 눈앞으로 확 다가왔다 휙 지나치는 것이 아니겠는가? 회진 마무리 단계에서 교수실로 가고 있는 것을 목도한 것인데, 그들의 이글거리는 눈빛이란! 그 찰나의 시간에 모든 것을 한꺼번에 깨달은 1년차는 '역시 속세는 내가 머물 곳이 아니야'라는 해탈을 경험했다.

그 길로 그는 영혼을 옥죄는 족쇄, '삐삐'를 잘 보이는 곳에 반납하고(누구에게 전해 주라는 글을 함께 남기는 행위를 말한다), 사물함을 정리해서 얼마 되지 않는 분량의 짐과 미련과 추억을 한 가방으로 꾸렸다. 좋으나 싫으나 그래도 젊은 한 시절을 모두 던졌던 곳인데, 어찌 아쉬움이 없을 터인가? 인턴방, 의국을 멀리서 한번 휘휘 둘러보고 떠나리라 마음먹었다. 아침 시간인지라 회진 정리, 수술, 진료 등등 의국 쪽에는 개미 한 마리 얼씬거리지 않았고, 마찬가지로 인턴방에 비치된 긴 소파도 텅텅 비었다.

평소에는 한번 누워 자 보고 싶은 게 소원일 정도로 경쟁이 치열해서 외과 1년차 정도에게는 거의 차례가 돌아오기 힘든 환상적인 소파였다. "그래, 이왕 관두는 김에 여기서 한숨 자고 가자. 뭐 급할 게 있겠어?" 하고 그는 조금 전에 깨어났던 시간 전의 상태로 돌입했다.

한편 의국에선 난리가 났다. 불러다 박살을 내려고 아무리 찾아도 이놈이 나타나질 않는 것이다. 불안하고 찜찜한 느낌이 엄습하는데, 아니나 다를까 의국에서 그의 삐삐와 사물함 열쇠가 얌전히 놓인 것이 발견되었다. 그는 종적을 감춘 것이었다.

이건 전형적인 도망의 형태였다. 외과학 교실에서 수배령을 발효하고, 파트 담당 치프와 메인 치프가 불려가서 관리 소홀에 대한 '종합선물'을 두서너 아름씩 받았고, 의국에선 요샛말로 '신상파기'가 시작되었다. 워낙 평범한 녀석이라 누구와 친한지도 모르겠고, 좀처럼 행적이 파악되지 않았다. 예전 일을 거울삼아 근처 당구장과 만화방을 뒤졌지만 역시 잘 알려진 장소로 숨는 것은 하수들이나 하는 일이라 기대하지 않았던 만큼 성과도 없었다.

내일부터 1년차 몫까지 다 해야 하는 한심하고 힘겨운 입장에 놓인 치프는 잠시 쉴 겸, 당시 유일하게 담배를 피울 수 있는 장소였던 인턴방으로 갔다. 온갖 고뇌와 번민으로 빨랫감처럼 후줄근해진 그는 담배를 물고 '이중섭 스타일로' 깊이 빨아 당겼다. 순간 니코틴의 약리 작용으로 정신이 반짝 든 그의 눈에 들어온 저 건너편

소파의 기다란 물체 하나!

역시나 또 노련한 4년 내공의 시각과 동물적 감각! 바로 '그놈'을 병원 내에서 체포하다니! 치프는 바로 도망자의 무장을 해제하고 가방과 신분증, 지갑을 압수했으며, '수갑을 채웠다'. 본 사건은 우발적 범행의 전형적인 유형이나 최단거리로 도망했던 기록을 남긴 사건이었다. 약 15미터쯤?

첫 사건의 주인공은 C 대학의 교수로 재직 중이다. 두 번째 사건의 주인공 역시 겨우 살아남아 교수입네 하고 지내고 있다. 사실 두 번째 이야기는 나의 1년차 시절 도망 미수 사건의 기록이다. 그 이후 요주의 인물로 분류된 나는 늘 치프 눈에 띄는 위치를 벗어나지 못하도록 하는 '상수리 제도'의 첫 적용자가 되었다. 도망을 가더라도 성의 있게 대응해 주고, 잡으려 노력해 주고, 잡아오면 잘 다독거려 인간을 만들어 주는 것이 선배가 할 일이다. 1번과 2번 모두 선배들 덕분에 살아남아 인간 구실을 하고 있으니까 말이다.

도망자 3

이번에는 다소 시간이 흐른 뒤에 발생했던 사건들을 소개하겠다.

때는 바야흐로 계절의 여왕이라는 5월이었다. 하지만 여전히 '100일 당직'이라는 중대한 과업을 수행 중이었던 S는 바깥 세상이 어떻게 돌아가는지 알 길이 없었다. (과거에는 1년차를 시작함과 동시에 거의 모든 과에서 미숙한 그들을 빨리 발전시키기 위한 방책으로 100일 당직이란 제도를 썼다. 지금은 어떻게 들릴지 모르나 당시에는, 그리고 아주 최근까지도 이것은 너무나 당연한 일이었다.)

2월 중순에 미리 들어온 이래 욕이란 욕은 안 들어 본 것이 없다고 자부할 정도로 단련되었고, 기타 잡과의 여느 레지던트보다도 훌륭하게 성장하고 있던 S에게도 위기가 닥쳐왔다. 자신이 소속된 파트의 교수는 의욕이 넘치는 젊은 스태프로 물불 가리지 않고 일을 해 대는 사람이었기에 일의 하중은 기하급수적으로 늘어나는 상황이었다. 일은 해도 해도 끝이 나지 않고 숨이라도 잠시 돌리려 하면 위 연차들이 당연히 자기가 해야 될 일들까지 다 내려서 얄미운 시누이처럼 굴었다.

"어이, S, 노나? 쉬어? 시간 많은가 보다?"

"아, 아닙니다, 선생님!"

"근데 지금 뭐 하는 거야? 노는 거 같은데?"

"아닙니다. 그럴 리가요."

"그럼 왜? 힘들어? 그래서 그런 거야?"

"아닙니다⋯."

S는 이 대목에서 잠시 목이 메었다고 한다. 위 연차가 자기를 챙겨 주려는 것이라 생각한 것이다. (하지만 그럴 리가 없을 것이란 막연한 불안감은 역시 틀리지 않았다.)

"힘이 안 든단 말이지?"

"네, 선생님."

"그래, 그럼 심심하게 있느니 이 일, 저 일, 그리고 요 일까지만 좀 해 보려무나."

"네??"

"안 힘들다며? 그냥 간단한 일이니까 내일 아침까지만 해."

사실 그 일은 3일 꼬박 밤을 새면 무난히 할 정도로 '간단한' 일이었다.

잠시 가졌던 기대에 제대로 배신당하고 산더미 같은 일을 내려받은 S는 망연자실이란 것이 무엇인지 제대로 경험할 수 있는 기회를 가졌다. 역시 다정한 선배의 하해와 같은 은혜가 아닐 수 없었다. 그래도 어쩔 것인가? 하느님과 거의 동급인 선배 선생님께서 하신 말씀을 거역할 수는 없는 것이니 말이다.

낮의 일과가 끝나고 수술도, 오후 회진도 다 정리된 후 그는 어떻게든 일을 마무리해 보려는 노력을 하고 있었다. 하지만 자신에게 일을 떠넘긴 선배가 희희낙락거리며 간호사들과 농담 따먹기를 하고 있는 것을 보고는 바로 눈이 뒤집혔다. 일이고 뭐고 다 필요 없었다. 그는 바로 의국으로 올라가 옆에 있는 라커에서 옷만 꺼내 입고 바로 뒤도 돌아보지 않고 병원을 나섰다.

저녁이 살짝 내려앉은 신촌 거리는 정말 아름다운 곳이었다. 하지만 그는 자신이 이 거리와 너무나 동떨어진 엉뚱한 존재라는 느낌이 들었다. 다들 아름다운 5월에 맞게 밝고 얇은 옷을 입었고, 가끔은 반팔 티를 입은 사람들까지 있었는데 그는 외과에 들어올 때 입었던 후줄근한 겨울옷에 오리털 파카까지 입고 있었던 것이다! 누가 봐도 눈에 확 띄는 모습이었다.

그래도 어쨌든 아름다운 거리로 스며들어 자유를 만끽하려는 첫 걸음을 떼어 병원 앞 큰 길을 건너 신촌로터리로 향했다. 이제 저 길만 넘으면 바로 자유의 세상이 나타날 것이다. 그리로 나는 간 다!

하지만 그의 길은 그리 순탄하지 못했다. 그는 길 건너편에 모여 있는 사람들을 미처 살피지 못한 것이다. 그 길 건너편에 있던 사람들은 다름 아닌 회식을 나온 외과 치프들이었다. 안 그래도 눈에 확 띄는 차림을 한 녀석이 보여서 이상한 놈이 하나 있나 보다 생각하고 있던 그들은 그가 외과 1년차라는 것을 확인하고는 상황을 정확하게 파악했다. 앞도 제대로 보지 않고 있었던 S는 바로 그 자리에서 체포되었다.

"너 어디 가?"

"(허억!) 네, 네… 그러니까 저….."

"잘됐다. 밥이나 먹자."

"네…. 네….."

양 옆에 팔짱을 긴 치프들과 함께 맛있는 식사를! 음식이 어디로 들어가는지, 무슨 맛인지도 모를 회식을 끝내고 역시 양쪽에 팔짱을 긴 다정한 선배들과 함께 의국으로 복귀한 그는 지갑과 신분증,

그리고 외출이 가능한 의복을 죄다 압수당한 채 늘 다정한 선배들
과 함께하는 의국 생활을 보내게 되었다.

언제 집도의가 되는가

집도의가 된다는 것은 하나의 수술을 주도할 수 있을 정도의 실력이 갖추어졌다는 뜻이고, 자신이 시행한 수술에 대한 책임을 진다는 의미다. 바로 진정한 외과의사가 된다는 의미이기도 하다.

다들 알고 있듯이 외과의사가 되는 길은 멀고도 멀어서 수술실에서 늘 서드 어시스턴트third assistant(제3보조의) 자리에 머물다 이 단계를 거쳐 세컨드second assistant(제2보조의), 그다음 퍼스트 어시스턴트first assistant(제1보조의)에 이르는 데만 3년가량 걸린다. 아무리 간단한 수술이라도 그렇다. 말이 좋아 보조의라 하는 것이지, 좁은 수술 범위에서 시야도 없이 돕고 있노라면(정확하게 말하자면 시야 확보를 위해 견인 기구를 그저 당겨서 버티고 있는 것) 졸리기도 하고 자신이 하는 일에 긍지를 느끼기는 더더구나 어려운 일이다.

수술실 밖에 일은 산더미처럼 쌓여 있고, 수술은 뭘 하는지도 모르겠는데 하염없이 오래 걸리고 죽을 맛이 따로 없다. 게다가 제3보조의(주로 1년차)의 임무는 수술 상황을 상세히 기록한 'OR Note'(수술 기록)를 작성해야 하는 것이니 이도 저도 참 힘든 상황이다. 그래도 처음에는 의욕이 앞서 수술을 보려고 좁은 구석으로 머리를 밀어 넣고 구경하려고도 하고 수술에 도움이 될 것이 없는지 뭔가 '액션'을 취하려고 노력을 한다. 아직은 순진하고 착한 마음이 남아 있는 기간까지는 말이다. 하지만 그런 행동이 결코 좋은 소리를 듣지 못한다는 것(쓸데없이 들어와서 좁은 시야를 가리는 것을 누군들 반기겠는가?), 자신의 도움은 그다지 필요하지도 않다는 엄연한 현실을 깨달으면서 수술실에서 자긍심을 잃어 가는 자연도태 경과를 거치게 된다.

외과를 선택한 사람들은 거의 모두 '수술을 한다'는 그 자체에 큰 기대를 가지고 있다. 스스로 '기타 잡과'들보다 우월하다고 믿는 것은 남들이 해결하지 못하는 문제를 "우리는 수술로 해결해 낼 수 있고, 궁극적으로 생명을 살리는 일을 한다"는 생각 때문이다. 그래서 아무리 힘든 일이 있어도 견뎌 낼 것이란 다짐을 하게 한다. 그런데 이 현실은 무엇이란 말인가? 시간이 지나면 된다고들 하지만, 2년이 지나고 3년이 지나고 심지어는 전문의가 된 선배들까지도 아직 '따까리'(수술 보조의를 뜻하는 외과 전문용어)를 하고 있으니….

수술이 끝나면 집도의나 선배들은 수술 성공을 기뻐하고 축하하면서 한마디씩 하는데, 이제까지 타박이나 하고 구경도 못하게 하던 교수님이 미안한 마음이 들었는지 내게 말을 건다.

"자네는 어때, 수술이? 재미있었나?"

"예? 아, 예…." (구경도 못하게 하셨잖아요!)

"그게 다야? 수술이 어땠냐고? 뭐가 특징적이었지?"

"그게 음… 저…." (구경도 못하게 하셨잖아요!!)

"뭐야, 이 녀석, 순 맹탕이잖아!"

바로 그때 때리는 시어머니보다 편드는 시누이가 더 밉다고, 4년 차가 끼어든다.

"아직 어려서 그런가 봅니다. 제가 잘 공부시키겠습니다, 선생님."

"그래, 자네가 수고를 좀 하게. 이 녀석, 아직 한참 멀었어. 그리고 포스트옵 케어postop care(수술 후 치료) 좀 신경 써 줘. 수술이 아무리 잘 돼도 수술 후에 멍청한 짓 하면 말짱 헛일이야! 잘 알지? 특히, 너! 정신 좀 차리라고. 알았어?"

교수님 퇴장.

수술실 분위기가 좀 자유로워진다. 1년차는 갑자기 당한 것이 억울하고, 괜히 나서서 더 욕먹게 만든 선배에 대한 배신감에 황당해하고 있는데 얄미운 선배들은 한술 더 뜬다.

"넌 도대체 뭐 하냐? 졸은 것도 아니잖아? 이걸 모르겠어? 공부 좀 해라, 응?"

거기에 2년차까지 합세한다.

"그러게나 말이에요. 요새 것들은 죄다 빠져서 말이죠…."

점입가경이다. 하지만 내가 못 봤으니 어쩔 수 없지…. 아까 욕을 좀 먹더라도 버티고 계속 볼 것을….

"야, 너희들이 정리해. 나는 나갈란다. 아 피곤해…."

4년차 퇴장.

"야야, 빨리 빨리 하자. 마취과 선생님, 환자분 깨워 주세요. 수술 다 끝났습니다."

"그런데 선생님, 아까 그거 무슨 말이에요? 이 수술이 뭐가 특징이었어요?"

2년차 왈,

"낸들 아나?"

"아까 선생님이 요새 것들 빠져서 그렇다고 했잖아요? 알고 계신 것 아니었어요?"

"얌마, 따지냐? 죽을래?"

"그럼 4년차 샘은 아시겠네요? 나가서 여쭤 볼까요? OR Note 적어야 하잖아요?"

"야, 야 관둬라. 네가 책 찾아보는 게 빠를걸. 그 사람도 지금 열나게 찾아 보고 있을 거다."

'도대체 뭐야?'

상한 자존심 때문에 쓰라리고, 눈앞에서 로또 복권을 놓친 것 같은 상실감이 더 마음을 힘들게 한다. 그냥 아무것이라도 아는 척 좀 할 것을…. 이 나쁜 인간들! 후배를 감싸 주지는 못할망정 총알받이로 사용하다니!

수술실에서 나온 후 쓰나미처럼 밀려드는 어마어마한 오더와 잔무를 정리하고 나면 어느덧 자정을 훌쩍 넘기는 것이 보통이다. 인적이 드문 복도를 유령처럼 서성이면서도 상처 받은 마음은 치유되지 않는다. 이런 일이 하루만 있는 것이 아니라는 것이 점점 더 정신을 피폐하게 만든다. 처음 출발할 당시에 꿈꿨던 희망은 여기저기 모퉁이가 닳고 채색이 벗겨진 낡은 공책처럼 변해 가고 있다. 그래도 아직까지는 공책이다. 폐지 뭉치나 쓰레기가 된 것은 아니다. 하지만 불안감을 떨쳐 버리기가 어렵다. 이게 언제까지 내게 중요할 것인지? 내가 언제까지 버텨 낼 수 있을 것인지?

보통 이런 생각이 들 무렵쯤 가을이 된다. 서서히 자신이 붙들고 있는 끈이 새 동아줄이 아니라 호랑이가 잡았어야 할 썩은 것이 아니었나 하는 의혹이 생길 무렵 찬바람과 지친 마음은 서로 반응을 하기 시작하고, 약간씩 약아지고 냉소적이 된 자신을 느끼게 된다. 마음속에서 불온한 싹이 트기 시작하고, 언제든 누군가 격발만 해 주면 바로 튀어나갈 준비가 된 탄환이 되어 간다. 바깥세상에는 자유와 치유가 있고, 자신은 그것이 절실하게 필요한 상태라는 것을 절감하게 된다. 이러한 이상 기류를 인지하는 것은 1년차 자신뿐만이 아니다. 심상치 않은 변화는 경험이 많고 예민한 선배들에게 즉각 감지된다. 이제 때가 되었다!

여느 때와 다름없는 밤이 오고, 또 늘 보던 아뻬appe(충수돌기염 appendicitis의 줄인 말)가 떴다. 수술 준비하는 데만 하염없이 시간이 흐르고 드디어 마취가 되었다. 스크럽scrub(손소독)을 마치고 들어온 교수가 가운을 입고 수술대에 서서는 갑자기 나를 쳐다본다. 눈을 마주치지 말아야 해! 그런데 내가 뭘 잘못했나? 무슨 일이지?

"어이, 닥터 장."

"네? 네, 선생님."

"이리 와."

"예에?"

"이리 오라고. 오퍼레이터operator(집도의) 자리에 서."

"네에?"

"임마, 빨리 와! 자, 오늘 집도의는 닥터 장입니다. 마취과 선생님, 시작하겠습니다. 스크럽 너스scrub nurse(수술 간호사) 선생님은 잘 도와주세요. 자, 자, 쫄지 말고 시작해. 내가 퍼스트 설 테니까. 한두 번 본 것 아니잖아? 어려운 부분은 내가 도와줄 테니 긴장하지 말고 공부한 대로, 본 대로만 하면 돼."

그 후엔 시간이 얼마나 지났는지, 뭘 어떻게 했는지 기억이 잘 나지 않는다. 땀범벅에 정신이 온통 혼미한 상태가 된다. 하지만 염

중으로 터지기 일보 직전의 충수를 안전하게 절제해 내고 간호사에게 넘긴 다음, 깨끗이 씻고 상처를 봉합할 때쯤 정신이 돌아오고 밀려오는 벅찬 감동에 온몸이 저릿저릿한 느낌마저 받는다.

"잘 됐어. 아주 능숙하게 잘하는구만. 아주 수고했어."

"감, 감사합니다, 선생님!!!"

"치프, 축하 파티나 좀 하지. 응급실이나 병동에 다른 급한 환자들 없지?"

"예, 선생님."

"그럼, 누구 시켜서 의국에 뭣 좀 배달시켜."

"넵! 준비하겠습니다!"

아늑한 의국에서 조촐한 축하 파티가 열린다. 의국이 1년차에게 아늑하다는 느낌이 드는 건 정말 이상한 일이다. 가까이 가 봤자 심부름이나 생기고, 끌려가는 것은 박살날 때뿐인데…. 밝은 얼굴의 다정한 선배들과 동료들이 함께 모여서 정말 오랜만에 보는 따뜻한 사제 음식을 먹는다! (평소 1년차에게 돌아오는 것은 시간이 오래 경과해서 양념과 면발이 경계면에서 강력한 화학적 결합을 하고 면발의 물리적인 용적의 증가가 평균 2.5배에 달하는 '저온 짜장면'인 경우가 많다.)

여기저기서 한마디씩 하는 찬사는 탕수육의 달콤함보다 짜장면의 고소함보다 맛나다. 온몸의 세포들이 다 일어나 환성을 지르는 느낌을 받는다. 아! 드디어 내가 진정한 서전surgeon(외과의사)이 되었구나!

시간이 좀 더 지나서야 나는 알게 되었다. 과연 언제 첫 집도의가 될 수 있는지, 그리고 무엇이 그때 나를 이 길에 붙들어 매어 두었는지. 답은 바로 이렇다. 처음 집도의가 될 수 있는 시기는 대체로 가을 정도라고 하지만 전공의들의 개별적인 특성에 따라 차이가 생기게 된다. 심상치 않은 불온한 생각이 자라기 시작할 무렵, 조금만 더 방치하면 도망갈 것 같은 분위기가 감지되는 바로 그 무렵이다.

바로 이때가 '수술 백신'(예방접종)을 사용하는 적절한 시기다. 시기를 놓치면 돌이키기 힘든 결과가 생길 수 있으니 주의를 요한다. 그렇다. 그 '마약'이 나를 이 길에서 떠날 수 없도록 만들었고, 도망을 위해 단단히 싸 두었던 마음속의 보따리를 풀고 다시 빈 복도의 유령으로 돌아오도록 만들었다. 따라서 집도의가 되는 가장 적절한 시기는 바로 '도망가기 직전'이다.

(수술 백신은 일종의 마약 같은 효과가 있으므로, 적절한 때에 최소의 용량을 사용해야 함. 그렇지 않을 경우 증가된 용량에도 반응도가 저하될 수 있으며 자만, 시건방짐 등의 부작용이 있을 수 있으니 주의를 요함. 적절한 시기에 부스터booster(추가 용량의 사용)를 권장함.)

피 말리는 무대

의과대학의 기능은 크게 진료와 교육으로 구분될 수 있다. 학생들에 대한 교육은 예과를 거쳐 본과 2학년까지는 교실에서 강의를 듣거나 기초학(생화학, 해부학, 생리학 등등)의 실험 실습이 있고, 본과 3, 4학년은 주로 임상 실습 위주로 교육이 이루어진다. 임상 실습은 각 임상과에 조별로 나뉜 소그룹으로 실습을 나가는데, 이때의 교육은 질문과 토의 위주로 이루어지고 컨퍼런스에 참석해서 배우는 경우가 많다. 의과대학의 이런 컨퍼런스는 수도 없이 많은데, 주로 여러 과가 참여해 중점 토의할 수 있는 학술 주제를 정해 발표 및 토의를 하거나 임상 증례를 준비해서 서로 토의하는 것이 대부분이다.

이들 컨퍼런스를 준비하는 사람들은 거의 전공의 혹은 강사fellow staff 인데, 피교육자이자 토의를 이끌어 가는 주체 역할을 함으로써 교육의 효과를 높이려는 의도에서 시작된 것이다. 특히 위중한 병을 다루는 과(내과, 외과 등)에서는 임상 증례의 컨퍼런스 중에서 '모털리티 컨퍼런스mortality conference'라는 것을 중요하게 생각한다. 이것은 일정한 기간, 주로 한 달간 환자들 중에서 문제가 생겼거나 사망한 경우를 전부 분석해서 원인은 무엇인가, 잘못된 점은 없었나, 잘못된 부분이 있다면 어떠한 원인으로 발생한 것인가를 아주 꼼꼼하게 다루게 된다. 이러한 토론을 통해 학생과 수련 과정의 젊은 의사들의 교육을 증진시킴은 물론이고, 같은 일이 반복되지 않도록 기관의 역량을 더 발전시키는 목적을 가진다.

보통 두 시간 동안 계속되며 4~6개의 주제가 선정된다. 그런데 이 컨퍼런스의 주제로 선정되는 것이 영광스럽지 않음은 아마도 충분히 짐작될 것이다. 실제로 담당으로 낙점되는 사람은 아주 죽을 맛이다. 주로 그 일이 벌어진 분과의 치프가 맡게 되는데, 증례 준비와 원인 분석, 이러한 일이 일어날 수 있는 원인이 되는 과정을 밝혀야 하고, 문헌 고찰과 분석을 통해 학술적·과학적 배경까지 발표를 해야 한다. 그 모든 것을 15~20분 동안 이해하기 쉽도록 간략하면서도 심도 있게 준비해야 한다. (이러니 미칠 지경이 되는 것이지.) 간혹 참석한 교수들의 흥미를 끈다면 한 개의 주제가 한 시간쯤 걸리면서 이런 '광영'을 안은 치프나 담당 주치의였던 교수는 초주검의 상황까지 이를 수 있다. 아주 피가 마르는 것이다.

우리 외과학 교실에서는 전통적으로 매월 마지막 토요일에 이 행사가 있다. 한 달 동안의 실적, 지난달과 작년 같은 달의 통계 비교 등 보고를 마치고 바로 이 악명 높은 컨퍼런스를 시작한다. 발표자는 줄줄이 대기하다 한 명씩 무대에 올라 발표를 하고 난도질당한 다음 장렬히 산화하고(우리는 이 과정을 '추풍낙엽 과정'이라 부른다) 다음 순서로 넘어가게 된다. 너무나 리얼하고 흥미진진한 장면이 많은데, 자기가 당하지 않으면 이만큼 재미있는 일도 드물다는 게 공통적인 의견이다. 여기서는 몇 건의 인상 깊은 컨퍼런스들을 소개하고자 한다.

의사義士가 된 노 교수

첫째 이야기는 내가 3학년 때 외과 실습 중에 보았던 장면이다. 당시 외과의 주임 교수님은 엄청나게 무섭다고 명성이 자자한 분이었는데, 컨퍼런스 분위기의 살벌함이 거의 조폭 회의(본 적은 없으나) 수준이었다. 다들 차렷 자세로 경청을 해야 하고, 졸면 바로 총살(?) 당할 가능성까지 있다는 그런 분위기였다.

그때 걸려든 주제는 지금은 세계적으로 유명하신 노○○ 교수의 증례였다. 당시부터 노 교수는 남들이 불가능하다고 포기할 정도로 심하게 진행된 위암을 여러 가지 방법을 도입해 엄청난 수술을 하고 새로운 치료법을 도입하는 등 불가능에 도전하는 탁월함을 보이는 신예로 학생들 사이에서는 인기가 하늘을 찌를 듯했다. 심지어 그분을 보고 외과의사가 되고 싶어 하는 학생들이 많았을 정도로 유명한 분이었다.

그날의 주제는 그런 시도 중에 불행히도 환자가 사망한 증례였다. 복부에 거의 다 퍼진 암을 모두 들어내는 엄청난 수술 장면을 보여 주었는데, 뭘 잘 모르는 우리들이 보아도 감탄이 절로 나오는 증례였다. 당시 나는 저런 시도를 한다는 것만으로도 너무 대단해 보여서 이건 결과가 어떻든 찬사를 받아야 할 거라고 생각했다. 그러나 '무림'에서는 그런 게 아니었던 모양이다.

발표가 다 끝나자 주임 교수님이 노기에 찬 목소리로 서두를 떼며 토의를 시작하셨다.

"어이, 닥터 노, 자네 이 수술의 문제가 뭔지 말해 보게."

일순 정적이 흐르며 태산과 같은 중압감과 뭔가 일이 터질 듯한 냉기가 흐르는데, 그때나 지금이나 배짱이며 대차기로는 내로라하는 노 교수마저도 분위기에 압도되어 더듬거리면서 대답을 했다.

"저… 그러니까 이 수술은 전혀 시도된 바 없는 새로운 방식… 입니다. 그러니까, 음… 저….

주임 교수는 그의 대답에 엄청나게 큰 소리로 고함을 쳤다.

"야, 노〇〇이! 너 임마, 네가 백정이야!!"

순식간에 컨퍼런스 분위기는 남극점이 되었고, 학생들과 레지던트들은 모두 고개를 푹 숙인 채 책상의 나무 무늬에 대한 기하학적

정밀 조사에 돌입했다. 그렇게 한참을 당한 끝에 만신창이가 된 노교수의 주제 하나로 모든 일이 마무리되었다. 한 몸 희생해서 뒤이은 여러 주제를 일거에 구해 준 고마운 '의사義士'가 된 노 교수 덕에 그날의 참사(컨퍼런스)는 내게 '의로운 기억'으로 남아 있다.

유비무환

두 번째 이야기는 내가 메인 치프로 있을 당시의 일이다. 당시에는 매주 월, 수, 금요일 새벽에 늘 소규모 컨퍼런스가 있었는데, 메인 치프의 역할은 모든 주제의 심층 고찰 자료를 다 준비해서, 그게 임상 증례가 되었건 저널 발표가 되었건 말미에 20분 정도 마무리 발표를 하는 것이었다. 이것도 아주 미칠 것 같은 일이었다. 그렇게 두 달 정도를 헤매고 지내는데 어느 교수님이 나를 그 지옥으로부터 구원해 주셨다.

"아니, 담당 치프가 있을 텐데 왜 모든 발표를 메인 치프만 하는 건가? 형평성에 어긋나니 다음부터는 담당 치프가 발표를 하도록 하게."

그러나 다음 주제에 해당하는 녀석을 보니 도무지 안심이 되지 않았다. 일을 한두 번 펑크 낸 것이 아닌, 만만치 않은 명성을 가진 자가 아닌가? 갈등에 시달리다 혹시나 하는 염려에서 예전처럼 고찰 준비를 했다.

이윽고 월요일 아침 6시가 되어 회의실에 사람들이 빼곡히 모여 증례 발표를 시작했는데 이 인간이 나타나질 않는 것이다. 당시는 핸드폰도 없고 삐삐뿐인데 연락도 받지 않았다. 안절부절못하던 나는 결국 준비한 내용을 발표했다.

"아니 닥터 장이 또 발표를 하나? 이번에 최○○가 해야 되는 거 아냐?"

컨퍼런스의 주관 교수께서 이의를 제기하셨다.

때마침 밖에서 연락을 하고 있던 1년차가 뛰어들어왔다.

"저, 선생님, 최○○ 선생이 출근길에 교통사고를 냈는데, 인사 사고라 지금 국립의료원 응급실에 있답니다."

"뭐야? 그래 심하게 사고 난 거야? 닥터 최는 안 다치고?"

"예, 최 선생은 무사한데 피해자가 좀 심각한 모양입니다."

"저런, 닥터 장 자네가 그 일 좀 알아보고 우리가 도울 일이 있는 지 확인해 보게."

이렇게 겨우겨우 마무리가 되었다.

그런데 당시 강사였던 김○○ 선배가 '독사'라는 평소 별호대로 그 일을 그냥 넘어가지 않았다. 바로 국립의료원 응급실로 전화해서 간밤이나 새벽에 어떠한 교통사고 환자도 들어온 적이 없다는 '물증'을 확보한 것이다. 우리 같은 민초들은 바로 '극형'에 해당하는 일이지만 모과 교수의 사위라는 배경을 등에 업은 그는 불려가서 가벼운 야단만 맞고 무사히 넘어갔다. 역시 권력이 좋긴 한가 보다.

이 컨퍼런스에서 내가 깨달은 것은 항상 준비가 철저해야 한다는 것과 늘 다시 한 번 재검토해야 한다는 것, 그리고 결정적인 것은 믿을 구석이 없다면 함부로 거짓말을 하면 안 된다는 것, 그러다간 '독사에게 물린다는 것'이다.

발표의 달인

세 번째 이야기는 내 동기 박○○의 이야기다. 이 친구는 아주 똑똑하고 성실한 친구였는데 치명적인 결함이 하나 있었다. 환자를 정말, 지나치게 탄다는 것이었다. 이 친구와 함께 당직을 서는 날이면 아무도 한시도 쉴 틈이 없을 정도로 응급실로 환자가 밀어닥치고, 멀쩡하던 병실 환자도 사고가 나며 뭔가에 썰 것처럼 일이 몰아친다. 이런 사람은 우리 외과의사들 사이에서는 기피대상 제1호이며 가히 '공공의 적'이라 할 수 있다. 그러다 보니 수많은 일의 중심엔 그가 있게 되었고, 그는 4년 내내 수없이 많은 컨퍼런스 무대에 올랐다.

4년차를 마치는 마지막 무대인 모털리티 컨퍼런스에 준비된 주제는 4개였는데 그가 3개, 펑크로 명성을 날리는 최 씨가 1개였다. 전날 밤 4년차 마지막 컨퍼런스라는 감흥도 있어서 대부분의 동료들이 다 모여 있는데 이 친구가 계속 고민을 하는 것이 아닌가?

"왜? 힘들어? 도와줄까?"

"아냐. 마무리를 어떻게 할까 고민이 돼서."

"무슨 마무리? 왜, 정리가 잘 안 돼?"

"그게 아니라 생각해 보니 4년 동안 내가 정말 무대에 많이 섰더라고. 그래서 이번 마지막 무대를 어떻게 장식할까 고민하는 거야."

"글쎄, 그게 무슨 이야기냐고?"

"아, 아냐, 내가 내일 보여 줄게."

다음 날 명성 높은 최〇〇는 마지막까지 개발새발, 우리의 기대를 저버리지 않는 일관성을 보여 주었고 이미 기대도 하지 않던 교수들도 그냥 그렇게 지나갔다. 반면에 다음 순서를 맡은 박〇〇은 첫 케이스를 매우 화려하게 준비했고 특유의 깔끔한 말솜씨로 좌중의 감탄을 자아내었다. 마지막 학술적인 분석까지 완벽하게 마무리하여 이런 컨퍼런스에서는 보기 드물게 박수까지 받았다.

다음 타자는 역시 박〇〇. "아니, 또 얘야?" 주임 교수님 말씀에 좌중의 폭소가 터져 나왔다.

이번엔 이 친구가 준비한 것은 '마음에 호소하는' 형식이었다. 환자의 사연과 가족들의 바람, 마지막까지 의료진의 노력, 그리고 죽음에 이르는 과정 중에서 느꼈던 소회를 이야기한 것이다. 사실 이런 형식은 컨퍼런스에서는 철저히 배척 받는 것인데, 이 친구의 노련함은 그럼에도 불구하고 아주 색다른 재미를 준 까닭에 많은 교수들이 공감을 했다. 게다가 "어, 이런 형식도 좋은데!" 하는 주임 교수님의 칭찬까지 이끌어 내었다.

마지막은 역시 또 우리의 박 군! 이번엔 초간단, 간결 그 자체의 발표 형식을 보여 주었다. 안 그래도 두 시간 가까이 지루하고 지쳐 가던 사람들에게 보여 준 이 내용은 요점만 딱딱 짚어서 깔끔하고 그러면서도 세련된 발표였다. 이쯤 되자 사람들이 혀를 내두르기 시작했다.

"박○○ 선생을 보니 우리가 레지던트 교육을 시킨 보람을 느낍니다. 4년간 성실히 수련한 결과 이렇게 훌륭한 인재가 되었습니다. 박 선생, 축하하네! 그리고 지금 마치는 4년차 여러분 다 수고 많았습니다."

마지막 평가와 마무리를 하시는 주임 교수님도 칭찬을 아끼지 않으셨고 우리들까지 덤으로 칭찬을 들었다. 그날은 바로 박○○의 날이었고 수없이 무대에 선 결과 '달인'에 등극한 그가 바로 우리 마지막 날의 화려한 주인공이었다.

임기응변

마지막 이야기는 내가 조교수가 되었을 때의 일이다. 그날은 주임 교수님이 무슨 생각을 하신 것인지 출혈 증례만 줄줄이 엮어 들이셨다. 내 증례도 걸려들었는데, 갑상선 수술은 갑상선 자체와 근처 부위인 목의 혈류가 많아서 출혈이 일어날 가능성이 높다. 하지만 실제로 갑상선 수술을 할 때는 아주 철저히 조심해서 하기 때문에 출혈이 자주 있는 일은 아니라서 1년에 한 번 발생할까 말까 하는 정도의 빈도를 보인다. 당시 내 증례는 참으로 확률이 낮음에도 바로 걸려든 것인데, 사실 출혈은 원인을 학술적으로 캐기도 그렇고 뭔가 변명을 하기도 난감한 사안이었다.

　어쨌든 준비를 해야 하는데, 레지던트가 "선생님, 이 케이스는 어떻게 준비할까요?" 하고 물어왔다. 때마침 짜증이 났던 나는, "그냥 있었던 사실만 준비해. 나머지는 내가 알아서 할게"라고 퉁명스레 말했다.

　그날 보니 내 바로 앞의 증례는 내 동기 김○○ 선생의 것이었는데 간 수술 후 출혈이 일어난 것이었다. 그는 평소 성격처럼 아주 세심하게 가능성이 있는 모든 인자들을 조사했고 학술적인 근거 등등 엄청난 자료를 총동원해서 '물량공세'를 퍼부었다. 이것을 보고 있던 내 증례를 준비한 레지던트는 새파랗게 질려서 내 눈만 바라보며 계속 텔레파시를 보냈다. 나 역시 좀 걱정이 되었다. 우리는 그냥 그때 있었던 일만 나열하고는 아무 자료도 준비를 안 했던 것이다.

　그 많은 준비에도 불구하고 김○○의 증례는 거의 난도질을 당하고 있었다. 벌떼같이 독이 오른 교수들이 사람 하나를 거의 바보를 만들고 있었다. 거의 30분 넘게 난타를 당하던 그의 증례가 끝나고 내 차례가 되었다. 무대에 오른 레지던트는 이미 정신이 반쯤 나갔고, 벌벌 떠는 것이 멀리서도 역력히 보일 정도로 긴장해서 발표를 했다. 사실 준비한 내용이 별로 없으니 발표는 순식간에 끝났다.

전 발표에서 열이 올라 있던 좌중에게 이건 너무 내용이 없는 게 아닌가?

"아니, 이게 다야? 더 없어? 주치의가 누구야?"

주임 교수님 말씀이 떨어지자 내가 바로 일어섰다.

"제가 주치의입니다. 제가 며칠 동안 생각하기로는 별로 드릴 말씀이 없어서 이렇게 준비를 시켰습니다. 아마도 전기 소각기electric cautery(전기와 열을 이용해 수술을 하는 장비)를 과신한 때문인 것 같습니다. 앞으로는 조심하겠습니다."

이렇게 말하고는 바로 앉아 버렸다. 좌중에서는 폭소가 터졌다. 주임 교수님은 잠시 당황했지만 곧 마무리를 했다.

"하하하… 참 맞는 말입니다. 그게 바로 우리가 듣고 싶어 하는 말일 겁니다. 이 증례는 그렇게 넘어가도 되겠지요?"

컨퍼런스가 끝나고 김○○이 내게 다가왔다.

"야, 이 자식아! 네가 그래 버리면 내가 뭐가 되냐? 아, 그 자식 정말 치사하네!"

"왜, 너 준비 잘했던데 뭘."

"그래, 노가다는 내가 하고 멋있는 것은 네가 독차지하고. 좋겠다, 짜샤!"

"미안하다. 다음엔 너도 써먹어. 야, 내가 해장국라도 사 줄까?"

"치사한 넘! 관둬라, 짜샤!"

사실 그날은 굳이 해장이 필요하지 않은 아주 상쾌한 아침이었다!

　모든 글의 마무리에는 역시 교훈이 있어야 하는 법, 아무리 피 말리는 무대에 서더라도 적절한 유머도 필요하고 임기응변도 필요하다는 것이다. 단, 모든 일에는 솔직함이 밑바탕에 깔려 있어야 한다. 안 그러면 '독사'에게 물리게 될지도 모른다.

레지던트 생존 분투기

세상에서 가장 힘든, 혹은 힘들었던 일이 무엇이었냐고 묻는다면 외과의사 열이면 열 다 레지던트 시절이라고 답할 것이라 생각한다. 그만큼 레지던트 생활에는 필설로 다하기 힘든 무언가가 있다. 물론 '자기가 다녀온 군대'라는 관점이 없다고는 말하지 못하겠지만…. 문득 내 생활은 어떠했는지 정말 오랜만에 되돌아보았다.

내가 막 4년차로 진급할 때는 15명에서 시작했던 동기들이 10명만 남아 있었다. 그들 모두는 나름 산전수전을 다 겪은 외과의 최정예 멤버들이었다. 우리가 아래 연차일 때는 그런 자유가 없었지만, 4년차부터는 자신이 원하는 분야를 공부할 수 있도록 우리끼리 의논해서 스스로 스케줄을 짤 수 있도록 허락이 떨어졌다.

당시 4년차의 경우 하나의 로테이션 스케줄이 3개월이어서 1년간 네 분야만 돌 수 있었기 때문에 인기 있는 분야는 경쟁이 치열하고 양보하기도 힘들어서 좀처럼 실마리를 풀지 못하고 있었다. 앞으로 전공할 세부 전공이 결정될 수도 있는데 이것은 인생을 좌우할 가능성이 있는 결정이니 오죽했겠는가? 더 심각한 것은 지옥의 코스로 유명하고 3개월 동안 거의 인간 이하의 생활을 해야 하는 파트가 두 개나 된다는 점이었다.

마지막으로 결정을 해야 할 밤이 되었다. 그날은 교수회의에서 메인 치프main chief(전체 전공의들 중에서 선발된 대표 전공의)를 선발해서 발표하는 날이자 바로 4년차가 시작되기 직전의 금요일이었다. 메인 치프가 된다는 것은 책임이 막중하지만 영광스럽기도 한 것이어서 다들 은근히 기대를 하고 있었는데, 막상 네 명밖에 해당이 안 되니 실망한 사람들이 더 많을 수밖에 없었다. 상황이 이렇게 되자 스케줄을 짜는 데 바로 실마리가 풀렸다.

"메인 치프가 된 잘난 너희들이 간담췌(hepatobiliary-pancreatic surgery의 줄인 말, HBP라고 쓰기도 한다)하고 이식외과 돌아라. 난 그쪽 가라고 하면 그냥 레지던트 관둘래….."

"그래, 너희 네 명이 번갈아 돌면 되겠네."

"아니, 아무리 그래도 그건….."

"뭐가 어려워? 너희가 다 돌고 나머지는 우리가 사다리 타면 간단하지. 안 그래?"

"야, 아무리 그래도 여자도 있는데, 더구나 쟤 지금 임신 초기인데…."

유일한 여자 동기였던 L은 거의 울먹이는 분위기였다. 분위기가 이렇게 흘러가자 성실하기로 유명했던 P가 스스로 희생을 하고 나섰다.

"에이, 정말…. 알았어! 내가 간담췌 간다."

감동한 우리는 가장 편한 ×일병원 파견 스케줄을 하나 붙여서 패키지로 그에게 제공하려 했다. 그랬더니 갑자기 지원자가 한 명 더 늘었다.

"×일병원 붙여 주면 나도 생각이 있어. 나도 간담췌 할게."(치사한 놈!)

우리는 어쩔 수 없이 그도 그렇게 하도록 결정했다. 나머지 메인 치프들은 이식외과나 간담췌 둘 중 하나는 꼭 돌아야 했고, 나처럼 운이 없는 사람은 그걸 둘 다 돌고 외부는 구경도 못하는 신세가 되었다.

간담췌 파트는 늘 입원환자가 세 명 남짓이었다. 이런 이야기를 하면 그 파트가 힘들다는 것이 잘 이해되지 않을 수도 있겠지만, 세 명의 입원 환자면 거의 300명에 육박하는 중압감이 있었다. 아침이면 환자의 모든 피 검사, 소변 검사 등등 검사 결과들을 소수점 둘째자리까지 '정확하게', '일초의 머뭇거림도 없이' 프리젠테이

선 하도록 외워야 했고, 어떤 검사를 하면 그에 합당한 이유가 있어야 했다.

그게 당연한 것 아니냐고 말할 사람들도 있겠지만, 검사라고 하는 것이 하나에 작게는 10개에서 30개 정도의 항목이 있고, 한 사람이 검사하는 것은 하루에 적으면 5~6가지에서 많게는 20~30가지도 될 수 있기 때문에 정확한 암기를 요구하는 것은 난관 중의 난관이 될 수밖에 없었다. 그리고 여러 가지 검사 항목이 한데 묶여 있기 때문에, 거기서 이상이 있어서 검사할 가치가 있는 것도 있지만 정상인 것도 있는 법이다. 따라서 그 나머지 검사를 왜 했냐고 다그치기 시작하면 답이 전혀 없는 것이다. 그걸 따로 떼어서 검사하는 방법이 있는 것도 아닌데 말이다.

그러니 소심한 자들은 불면증과 과민성대장증후군, 빈뇨, 빈맥에 시달리기 일쑤였고 심하면 협심증 증상, 환청, 환각, 몽유병 등등 다양한 증상이 나타날 수 있는 지극히 위험한 파트였다. 그래서 그 파트의 치프들은 늘 인계할 때 의학적인 내용이나 실무 내용보다 지사제, 신경안정제, 수면유도제 등을 우선적으로 인계하도록 되어 있었다. "내가 너라면 자살한다"는 군대 고참의 격언도 함께 말이다.

내 앞 순번으로 돌았던 동료는 내게 파트를 인계할 때 아주 편안한 얼굴로 말했다.

"뭐 걱정할 것 없어. 여기도 다 사람 사는 데니까. 다 잘될 거야.

다만 이 약들은 먹는 게 좋을 거야. 나머지는 뭐 닥치면 다 되니까 걱정 말고….”

“근데 넌 뭐 어렵지 않았던 거야?”

“어렵기는 뭐…. 살은 한 8kg쯤 빠지면 되고, 꿈에 교수가 나와서 낮이랑 똑같이 괴롭히는 것, 그리고 뭐… 다른 건 없어. 기본적으로 다 같지. 다들 잠은 거의 한 시간 정도씩만 자는 거잖아? 뭐 다 괜찮아.”

전혀 괜찮지 않은 (이따위) 인계를 하고 그 녀석은 희희낙락하는 표정으로 사라져 갔다. ‘자살’ 운운하지 않은 최초의 인계라는 평이 남은 그 인계는 곧 내게 현실이 되었다.

이윽고 월요일 아침이 밝았다. 모든 게 거짓말이었으면 좋겠다는 생각으로 악명 높은 파트의 치프로 일을 시작한 날은 199×년 4월 1일(만우절) 월요일이었다. 우리 파트에는 지난 팀의 4년차와 한 달간 일을 한 1년차가 있었다. 레지던트는 일의 연속성이 유지될 수 있도록 연차별로 엇갈리게 로테이션 한다. 파트의 신참(?)인 내게 나름 경력자로서 유세를 하고 싶어 하던 그는 이렇게 말했다.

“형, 이 파트는 밀리면 바로 끝이에요. 일단 우기고 봐야지, 기에서 밀리면 바로 작살나는 거야! 지난번 그 형이 왜 그렇게 고생했게. 다 비리비리하게 기가 죽어서 그런 거야.”

하지만 아무래도 미덥지가 않았다. 그가 허풍기가 상당히 있다는 것을 잘 알고 있는 데다 이미 레지던트에 합당하지 않은(성실하지 않은) 그의 행동으로 이전 치프가 적잖이 고생했다는 것을 파악하고 있던 나로서는 그 정보를 믿기 힘들었다. 이미 1년차의 역할은 물 건너 간 것으로 파악하고 움직이는 것이 좋을 것이란 판단은 섰고, 나는 암기력에 의존할 수밖에 없는 현실을 직시했다. 밤새 겨우 두 명밖에(?) 안 되는 입원환자의 입원일로부터 그 주말까지의 모든 검사 결과를 챙기고, 아침에 새로 나온 결과를 회진 시작 직전까지 외우고 병동으로 왕림하신 교수님의 '용안'을 뵈었다.

하지만 그날의 일에 대해서는 이야기하고 싶지 않다. 다만 두 시간 넘게 회진을 돌았다는 것만 언급하겠다. 겨우 두 명을 가지고! 그렇다고 환자를 대면하고 있는 시간이 길지도 않았는데 말이다. 말을 듣다 사람이 죽을 수도 있겠구나, 촌철살인이란 게 가능한 일이었구나 하는 생각이 들 무렵 회진을 마쳤는데, 아직 봄인데도 마치 한여름에 뛰어다닌 사람마냥 와이셔츠가 땀으로 흥건히 젖어 있었다.

수술은 더 힘든 일정이었다. 교수님은 우리나라에서 손꼽을 정도로 실력이 뛰어난 분이었다. 아는 것도 많고 수술 기술도 뛰어나고, 아주 훌륭한 외과의사임에는 틀림이 없었다. 하지만 그분은 스스로 너무 뛰어나기 때문에 덜떨어진 우리들을 보고 한심하기 짝이 없단 생각을 한다는 문제가 있었다. 게다가 그분은 분을 참지 못하는 특징이 있었다. 수술기구를 집어던지는 것은 물론이요, 웬만한 수술 보조의는 그 지위 고하를 막론하고(그가 교수건 펠로우건 레지던트건, 심지어 학생이건 가리지 않고) 흉악하게 생긴 기구로 손이며 팔이며 내려치고 때리며 수술을 하기 때문에 수술 하나를 마치고 나면 성한 사람이 없을 정도였다.

어려운 회진이 있은 다음 날 첫 수술을 하는데 심정이 오죽했을지 가히 짐작이 가지 않는가? 게다가 천하에 도움이 안 되는 1년차가 나름 기선을 잡는 것을 내게 보여 준답시고 나대기 시작했다. 원래 수술방에서 집도의와 제1보조의 외에 정신 사납게 나대는 것은 칠거지악 중 하나다.

"자, 불 안 맞아요. 불 맞추세요. 그리고 깨끗한 거즈 주세요. 빨리 빨리!"

"아니, 이놈이? 왜 이렇게 소란스러워? 야 이놈아, 그리고 더러운 거즈 주는 간호사도 있어? 그리고 치프란 놈은 벙어리야? 왜 이놈이 나서는 거야?"

쓸데없이 나대는 녀석 덕분에 순식간에 수술방 분위기는 눈보라 휘몰아치는 북극이 되었다. 나대던 녀석은 조금 있다 심지어 졸기까지 하다가 쫓겨났고, 제1보조의를 서던 펠로우 선배가 곧이어 쫓겨났다. 이제 남은 것은 나와 학생뿐이었다. 설상가상, 극도로 긴장하고 있던 학생이 식은땀을 삐질삐질 흘리다 얼굴이 창백하게 되어서 픽 쓰러져 버렸다. 바로 아웃.

이제 남은 것은 나와 교수, 그리고 간호사뿐이었다. 아무도 우리 수술에 들어와서 도와주려는 사람이 없을 것은 너무나 뻔한 일이었다. 죽으나 사나 셋이서 마무리할 밖에. 내가 마음에 들었을 리만무하지만 교수님도 눈치란 게 있고, 상황파악이란 게 있지 않겠는가? 나를 쫓아내면 혼자 수술하고 정리까지 하셔야 하니 말이다. 분을 꾹꾹 눌러 참는 것이 역력히 보이는 데도 어쨌든 나를 데리고 수술을 무사히 마쳤다.

수술을 마치고 나오니 먼저 수술방에서 '출가한' 선각자 세 명이 흥미진진한 얼굴로 나를 기다리고 있었다.

"형, 아직 살아 있었네? 어디 부러지지는 않았어요?"(으윽… 망할 자식!!)

"항석아, 그래 수술은 잘됐어? 샘은? 고혈압으로 쓰러지신 거 아니야?"(정말!! 화상들하고는!!)

하지만 그날 첫 수술에서 나는 그들이 나대고 사고 친 덕분에 쫓겨나지도 않았고, 한 대도 맞지 않고 수술을 마칠 수 있었다. 이것은 간담췌 파트 첫 수술에서는 나올 수 없는 신기록으로 지금도 남아 있다.

이윽고 거의 10년 같았던 한 달이 지났다. 이제는 어느 정도 적응이 되었고, 검사 결과 외우는 것도 복사기 수준은 아니라도 이골이 나기 시작했다. 내가 사람의 능력에는 한계가 없다는 것을 깨달은 게 바로 이때쯤이었다. 이제 일생에 보탬이 안 되던 1년차가 로테이션 되어 다른 파트를 폭격하러 갈 것이었다. 그런데 불행한 그 파트를 동정할 새도 없이 내게도 난관이 닥쳐왔다. 난데없이 응급의학과에서 파견 나온 1년차를 보내겠다는 것이었다.

"아니, 말이 되냐고요? 우리 파트가 얼마나 힘든데, 응급의학과애가 뭘 한다고… 나보고 어떻게 하라고요?"

읍소를 해 보았지만 레지던트 담당이던 교수는 냉정했다. 내가평소부터 따르던 절친한 선배였는데도….

"뭐 지금 애가 얘보다 낫다는 보장도 없고…. 네가 잘 알 텐데?"

"그래도 외과랑 응급의학과는 다르죠. 제발, 안 돼요! 누구 죽는걸 보려고?"

"뭐 죽기야 하겠니? 너 맷집 상당하다고 소문이 자자해. 잘해봐."

역시 전혀 도움이 안 되는 선배의 빙글거리는 웃음으로 결국 일은 그렇게 되어 버렸다.

산 넘어 산이라고 그 응급의학과 레지던트는 여자였다. 거기에다 인턴으로 또 여자 선생이 배치되었다. 거의 사면초가라는 느낌이었다.

하지만 다행스럽게도 예상했던 것보다 분위기가 나쁘지 않았다.교수님이 여자를 때리지는 않는다는 것을 알고 있었기에 혼나는것도 모조리 내게 집중될 것이라는 사실이 무서웠지만, 수술방 분위기도 아주 나쁘지는 않았고 아는 게 전혀 없을 것이라 생각했던1년차 C도 나름 열심히 했다. 하긴 그 어떤 레지던트라도, 심지어 타과 레지던트라고 해도 다른 파트로 넘어간 후 그 파트를 초토화 시키고 있었던 그 녀석보다야 나을 것은 분명한 일이었지만 말이다. 그리고 지금은 모 과의 교수인 Y 인턴도 정말 똑똑했다. 예상보다 아주 훌륭한 분위기가 된 것이었다. 우린 상당히 잘하는 팀이었다.

당시에는 임상 기록, 처방 등을 차트chart(의무 기록, 여기서는 입원 의무 기록을 의미)에 직접 수기로 기록했고, 병동마다 아침 회진 때면 차트가 파트별로 수북이 쌓여 있어서, 회진 시작 전에 차트 앞에서 퇴원 결정 서류, 수술 기록 등등 사인이 필요한 서류에는 교수님의 사인을 받고 깨질 게 있으면 깨지고 나서 회진을 돌았다.

이 파트의 회진 시간이 긴 이유는 바로 이 시간이 길기 때문이었다. 차트를 하나하나 다 '까보면서' 일일이 다 지적하고 티끌이라도 있으면 적발해 내는 것을 즐기셨기 때문에 남들이 모두 병동 간호 스테이션을 나서서 회진을 돌러 간 후에도, 심지어 회진을 다 끝내고 돌아올 시간까지 그 장소에서 '난리'를 치는 특징이 있었다.

하지만 우리 팀은 당시 차트를 굳이 '까보지 않아도 될 만큼' 신뢰를 받고 있었다. 트집을 못 잡아 근질근질해하는 교수의 심정을 언뜻언뜻 엿보면서 한편 불안하기도 하지만 한편 통쾌한 심정을 즐기고 있던 어느 날, 우리에게 위기가 닥쳤다. 언제나처럼 '차트 분석 시간'을 생략하고 회진을 도는데 교수님의 날카로운 눈에 뭔가가 포착된 것이다!

환자는 만성 담낭염으로 수술을 위해 입원했는데, 입원 당시에는 특별한 증상이 없었지만 작은 담석으로 인한 증상이 자주 발생했고, 췌장염이 동반되기도 했기 때문에 담낭절제술을 해야 했다. 늘 완벽한 환자 파악과 검사 결과를 줄줄이 꿰고 있으며 단 한 가지도 흠잡을 게 없을 것이라고 자만하던 내가 허를 찔렸다.

환자의 왼손에서 새끼손가락 끝 한 마디가 없는 것을 교수님이 발견한 것이다! 교수님은 시뻘겋게 달아오른 얼굴과 이글거리는 눈으로 나를 노려본 후 환자에게 물었다.

"이 손은 왜 이렇게 된 건가요?"

"아, 이거요, 교수님? 제가 6·25 때 파편을 맞아서 다친 거예요. 그래서 훈장도 받았지요. 허허… 단박에 알아보시네요?"

만족스러운 미소를 짓는 환자를 보면서 나는 바로 지옥을 떠올렸다.

'6·25라…. 오늘로 평화는 끝이겠구나…. 다 끝났어. 오늘이 바로 제삿날이다….'

또다시 이글거리는 눈빛과 만족스러운 웃음을 띠며 방을 나선 교수는 육중한 그 몸에서 나오는 것이라고는 상상이 되지 않을 초스피드로 병동으로 달려갔다. 누군가 차트를 수정할 시간을 주지 않으려는 그의 강력한 의지를 느낀 순간, 나는 모든 것을 다 포기했고, 오히려 차분하고 침착한 걸음으로 병동으로 갔다.

뭔가를 잔뜩 기대하고 차트를 뒤적이던 교수의 표정이 묘하게 일

그러지고 있었다. 붉으락푸르락 얼굴의 열기가 더 심해지고 있었다. 나는 이미 다 끝난 일로 치부하고 조용하고 차분한 자세로 그의 처분을 기다리고 있었다. 나는 내 잘못을 잘 알았다. 그 환자의 왼손을 볼 생각은 전혀 하지도 못했으니까. 솔직히 담낭 수술하러 들어온 사람의 왼손을, 더구나 새끼손가락 끝마디를 보아야 한다는 생각 자체를 누가 했겠는가?

"장항석이 너 이리 와 봐!"

(아주 침착하게, 아무 일도 없었다는 듯이) "네, 선생님."

(어쭈, 이 자식 봐라?) "너 이 차트 어떻게 된 거야?"

(다정한 말투로) "뭘 말씀이신가요, 선생님?"

(점점?) "너, 저 환자 히스토리(과거 병력을 청취하고 기록하는 것) 했어 안 했어?"

"물론 했습니다만…."

"근데 너 그 이야기 왜 안 했어?"

(드디어 올 것이 왔구나.)

무언가 말을 해야 하지만 무슨 말을 해야 할지 모르고 있었는데, 일순간 교수님 손에 있는 차트의 한 페이지가 눈에 확 들어 왔다. 그 페이지에는 환자의 왼손과 6·25 때 헤어졌다는 애달픈 사연이 있는 그의 새끼손가락이 선명하게 그려져 있는 것이 아닌가!

이게 무슨 마술인가 순간 어리둥절했지만, 그게 똑똑한 우리 인턴 Y가 엑설런트하게 파악해서 기록해 둔 것이란 것을 알게 되었다. 그리고 착실한 우리 1년차도 그 그림을 차트에 그려 둔 것이었다. 나는 갑자기 할렐루야라거나 만세삼창이라도 불러야 하는 것이 아닐까 잠시 고민했다. 하지만 내가 누군가? 여기서 4년에 걸쳐 잔뼈가 굵은 나름 메인 치프 아니겠는가? 바로 진정하고 대화를 이어 갔다.

"무슨 말씀을 하시는지 잘….'

"아, 이놈아! 손꾸락 말여, 환자 손꾸락!"

(사투리가 나오는 걸 보니 흥분하셨군.) "아, 예, 그거요?"

"그려! 왜 말 안 했어!"

"네, 너무 지엽적인 일이라서요. 제 생각에는 교수님께 굳이 보고 드릴 정도로 중요한 일이라고는 생각하지 않았기 때문에….'

(어쭈 이놈이?) "임마, 말을 해야 할 것 아냐? 중요한가 아닌가는 내가 판단하는 거지!"

"네, 죄송합니다. 다음부터는 다 말씀 드리겠습니다."

"그래, 조심해!"

그날은 교수님의 '희망사항'이 잘 이루어지지 않았으며 우리 팀은 무사히 회진을 마무리할 수 있었다. 우리는 굶주린 '적'의 목전에서 구사일생으로 벗어나는 쾌거를 이뤘다. 게다가 '지엽적인' 새끼손가락에 집착하던 교수가 한 방 제대로 먹었다고 널리 소문이 났다. 세월이 상당히 지나기는 했지만 Y 교수에게는 내가 고맙다는 말을 한 번은 꼭 해야 할 것 같다.

"Y 교수, 네가 199×년에 내 목숨을 한 번 살린 적이 있었다. 그 땐 말을 미처 못 했는데, 정말 고마웠다!"

간담췌 파트는 환자 수가 적지만 일당백이다. 그만큼 환자를 보는데 힘들고 로딩loading이 심하다는 말이다. 그런데다 이 분야의 원래 특징대로 한번 큰 수술을 하거나 뭔가 문제가 생기면 그야말로 '초대박'이 된다. 중환자가 생기면 안 그래도 불 지핀 아궁이처럼 이글이글 달아올라 있는 데다 기름을 붓는 형국이 되는 것이다. 그리고 여느 과보다 병이 심각한 경우가 많아서 중환자실에서 악전고투 하는 것은 물론, 그렇게 전력투구를 해도 환자를 잃게 되는 허무한 경우가 많았다. 이런 경우가 심리적으로도 가장 힘들었다.

나는 환자를 많이 타는 편은 아니었지만 중환자는 좀 타는 것으로 유명했기 때문에(양보다 질!) 4년 내내 중환자실을 주무대로 활동하는 레지던트였다. 그런 내가 간담췌 파트 치프가 되자 사람들은 무슨 무협지 구독하듯이 내 일거수일투족을 살피며 즐거워하고 있었다. 아니나 다를까 멀쩡하던 환자가 갑자기 문제가 생겨서 중환자실로 이송되거나 멀쩡하게 잘 퇴원한 환자가 며칠 뒤에 실려 오곤 했다. 그럴 때마다 우린 거의 죽을 맛이었지만 누굴 탓하겠는가, 내 팔자가 그런 것을.

이렇게 중환자들을 많이 접하다 보니 나름대로 중환자를 보는 내공이 쌓여 갔다. 특히 간질환이나 만성질환이 있고 큰 수술을 한 사람들은 영양공급과 전혜질 균형, 그리고 혈당과 혈압을 세심하게 조절해야 한다. 사실 이 기간 동안 나는 참 많이 배울 수 있었다. 요즘 내가 식품이니 영양이니 하는 분야의 글을 쓰거나 대한영양사협회 강의를 나갈 수 있었던 기초는 이 기간에 성립된 지식이 바탕이 되었다고 생각한다.

그중에서도 혈당 조절은 아주 중요해서, 적절하게 잘 조절해야 회복이 제대로 된다. 특히 간 절제 수술을 한 사람들은 인슐린을 함께 쓰면서 혈당을 150 정도로 맞추어 주어야 간 조직의 재생이 빠르고 회복도 빨라지게 되는데, 실제로는 그 과정이 마치 외줄타기를 하는 것과 비슷해서 절묘한 균형 감각이 필요하다. 조금만 인슐린이 많으면 혈당이 확 떨어지고, 더구나 간이 제대로 기능을 해 주지 못하는 상황이라 혈당이 수시로 널뛰듯이 흔들리게 된다.

예가 되는 한 환자는 68세 고령이기도 했지만 워낙 간 절제 범위가 넓어서 균형을 맞추기가 여간 힘든 환자가 아니었다. 특히 혈당 유지로 골머리를 앓고 있었는데 인슐린을 쓰는 원래 원칙대로 하면 전혀 유지가 안 되었다. 인슐린은 5단위로 올라가거나 4단위로 양을 늘리는 방법을 쓰는 것이 원칙이라서, 사람에게 투여하는 모든 인슐린 양은 4나 5의 배수여야 한다. 하지만 이 환자는 희한하게도 33단위의 인슐린에서 딱 혈당 150이 나왔다. 그러니 좀 찜찜한 감은 없지 않았지만 이 양을 유지하면서 다른 치료에 전념하고 있었다.

한편 한동안 잠잠했던 우리 파트에서는 교수님의 갈증(?)과 주변의 호기심이 집중되면서 뭔가 모를 긴장도가 꾸준히 상승하고 있었다. 아니나 다를까 어느 날 아침 회진에서 교지가 내려왔다.

"그동안 너무 적조(?)했지? 오늘은 오랜만에 차트나 한번 볼까?"

순간적으로 뇌리를 스치던 불안감은 곧 폭풍이 되어 몰아쳤다. 혈당 문제로 골머리를 앓던 바로 그 환자에서 사단이 난 것이다.

"이런 엉터리 같은 놈, 좀 제대로 하는 줄 알았더니 이거 형편없는 녀석이잖아?"

펠로우부터 학생까지 모두 '얼음땡'의 얼음이 되었다.

"이런 무식한 놈, 치프란 놈이 인슐린 쓰는 법 하나를 제대로 몰라?"

"그리고 너, 너는 선배란 놈이 이놈이 이렇게 무식한 짓을 하고 있는데 뭐 한 거야!"

"저기 너, 너는 이거 알았어 몰랐어? 치프가 형편없으면 아래 연차라도 알아서 교정을 해야 할 것 아냐!"

'추임새'라고는 거의 없는 혼자만의 열정적인(?) 무대가 끝도 없이 이어졌다.

하지만 여자 선생들이 둘이나 있고 그들이 눈물을 흘리는 모습을 보이는 까닭에 폭력이 없었다는 것은 우리에게도 교수에게도 다행스러운 일이 아닐 수 없었다. 말로만 하는 것도 상당히 위험해 보이는데, 행동까지 들어가면 얼마나 더 위험하겠는가? 정말 저러다 고

혈압으로 쓰러지시는 것은 아닐까? 그의 정열적인 퍼포먼스를 보면서 그 흐름을 끊는다거나 토를 다는 행위는 차마 할 수 없는 '부도덕한' 짓처럼 여겨졌다. 추임새, 아니 토를 달았다가는 생명을 보장받기 힘든 분위기였으니까. 그래, 저렇게 열과 성을 다하시는데 인정해야지, 암.

결국 그의 에너지가 다 소진될 때까지 긴긴 시간을 견뎌 낸 우리는 행위자도 관람자도 모두 파김치가 되어 버렸다. 아침부터 이런 소란이 일었으니 의국과 교실에 파다하게 소문이 나고 병원 전체의 관심이 쏠릴 것은 뻔한 일이었다. 시간이 남아돌고 하릴없고 게다가 실없기까지 한 인사들은 우리 의국으로 '취재차' 방문하기도 할 것이었다.

나도 할 말이 없었던 것은 아니다. 하지만 내 용기는 할 말의 당위성이라든지 혹은 억울함이랄지 하는 것과 비교할 때 형편없이 낮은 수준이었다. 지친 교수님이 오히려 안 돼 보인다는 생각이 들 즈음 그날의 '특별 이벤트'가 끝나고 내 복잡한 감정도 끝났다.

'그래, 끝났으면 된 거지 뭐….'

통상적으로는 교수실 앞까지 '에스코트'해서 모셔 가는 것이 원칙이나 이날은 하해와 같은 배려도 아끼지 않으셨다.

"따라오지 마! 꼴도 보기 싫어!"

대충 남은 일들을 정리하고 의국에 앉아 있는데, 아니나 다를까 아침 드라마 즐기듯 동료들(이라는 것들)이 이미 줄거리는 다 파악하고 모여들었다.

"야, 오늘 한 따까리 했다며?"

"어째 잘 넘긴다 했더니…. 하긴 네가 뭐 슈퍼맨도 아니고….'"

"그래 얼마나 맞았어? 어디 부러진 데는 없고?"

도무지 이 화상들이 나를 위로하러 온 건지 아니면 어떤 사달이 나길 기다린 건지 알 수 없는 호들갑을 떨고 있었다.

"나 좀 피곤해서… 좀 쉴래. 너희는 할 일 없어?"

"아, 아! 미안! 그래 얼마나 힘들겠니? 애 좀 봐라, 얼마나 당했으면 다크 서클이 얼굴 반을 차지하고…. 그래 쉬어라 쉬어. 그땐 그게 약이지."

(이것들이… 놀리나?)

이 파트는 특별한 경우가 아니라면 오후에 회진을 돌지 않았다. 하긴 오전, 오후 다 그 난리를 치르려면 보약을 한두 재 먹어서 될 일이 아니긴 했으니까…. 그래서 오후에는 사진이나 중요한 자료만 챙겨서 교수님 방에서 '프리젠테이션'하고, 환자에 대한 '노티 notification'만 하는 것으로 약식진행 하는 것이 일반적이었다. 물론 이 시간이라고 '한 따까리' 하지 말란 법은 없었기에 그날은 병동에서 교수실까지의 거리가 한 서울과 부산 사이쯤 되는 듯이 느껴졌다.

"똑똑."

"누구야?"

"네, 장항석입니다. 오후 노티 드리러 왔습니다."

벌컥 문이 열리면서 예의 그 불그스레한 얼굴이 보름달처럼 나타나는 순간 '핏빛 달이 뜬다'던 소설의 한 구절이 떠올랐다.

"응, 그래 들어와."

아침보다는 한결 밝아진 표정과 말투가 느껴졌다.

(하긴 그렇게 스트레스를 풀었으니…. 그동안 대체 얼마나 쌓였던 걸까?)

나는 아주 빠르게 노티를 진행했다. 시간을 조금이라도 줄여야 내가 살 것이란 본능이 나를 몰아갔고, 파블로프 반응으로 단련된 나의 감각 역시 그렇게 나를 일깨우고 있었다. 최단 시간에 그 많은 내용을 물 흐르듯이 보고하고 나서 바로 방을 나서려는 순간, 내 말을 건성으로 듣고 있는 것처럼 보였던 교수님의 일성이 울렸다. 천둥이 울리는 것 같았다.

"왜 말 안 했어?"

(아니, 또 무슨 꼬투리를 잡으신 거지?)

"무, 무슨…."

"왜 말을 안 했냐고?"

"선생님, 저, 저는 도무지…."

"아, 이놈아! 환자 인슐린!"

"그게 그러니까… 제가 인슐린을 잘못 썼다는 건 아침에 다…."

"그게 아니라, 이놈아! 그 환자 그렇게 써야 혈당이 150 언저리가 나왔다며? 그런 말을 했어야 하잖느냐 말이야!"

"…"

"그런 말을 미리 해야 내가 알아들을 것 아니냐! 내가 그렇게 힘들게 말하는데 이놈들이 죄다 그냥 가만히 있어! 응? 그게 선생님한테 할 짓이냐고?"

(응? 이게 뭔??) "그, 그게… 그러니까…."

"이놈아! 다 들었어. 김○○ (펠로우 선배)이가 나중에 와서 말해 줬어. 네가 한참 고민해서 그 인슐린 양에 도달했단 이야기."

순간 그동안 억눌러 왔던 감정이 거의 폭발 직전까지 치밀어 올랐다. 울컥하면서 눈물이 눈꺼풀을 넘어 넘치기 직전이었다.

"그래, 네가 열심히 하는 건 잘 알고 있어. 그렇게 계속해 봐. 더할 말은 없지?

"네, 선생님."

"나가 봐."

그렇게 오후 회진이 끝났다. 모양 빠지게 눈물을 쏟지 않고 그 시간을 모면한 게 천만다행이라고 생각했다. 한참 당하고 있을 때는 한마디도 못해 주던 선배가 야속하지 않았던 것은 아니었지만…. 내 스스로도 나를 구하지 못할 분위기였는데 그가 뭘 할 수 있었을까? 뒤늦게라도 그가 용기를 내서 '직언'을 해 준 덕분에 내가 '귀양'이나 '위리안치圍籬安置'에 해당할 벌을 받기 직전에 '누명'을 벗을 수 있었다.

이 일이 있고 나서는 내 행동 양식에 약간 변화가 생겼다. 나는 그날 이후 지금까지도 무슨 이상한 일이 있으면, 먼저 그 일이 그렇게 진행된 경위를 묻는다. 제아무리 말도 안 되어 보이는 일이 있더라도 말이다. 그래야 성의 있게 일하고자 했던 의욕을 꺾어 버리는 우를 범하지 않을 것이니 말이다.

하지만 나도 이미 세월이 많이 지나서, 나를 두고 후배나 제자들이 어떻게 말할지 잘 짐작이 안 가긴 한다. 다만 나중에 누군가 이런 글을 쓸 정도만 아니라면… 뭐, 다 괜찮을 것 같다고 생각한다.

치프라는 자리의 의미

외과 레지던트 때의 이야기는 마치 군대 이야기 같아서 하면 할수록 무궁무진하고, 점점 더 과장이 있을 수 있으며, 서로 자기가 더 힘들었다 주장하는 그런 성격의 것이다. 사실 레지던트 때는 어떤 파트도 힘들지 않은 시간이 없다는 게 맞는 말일 것이다. 이번에는 내가 4년차가 되기 전, 2년차 때 파트 치프로 일하던 시절에 있었던 이야기다.

지금은 교실에서 굉장히 높은 분이지만, 199×년 당시에는 교실의 막내였던 한 교수님이 있다. 실명을 밝힐 수 없으니 그저 W라 칭하겠다. 당시 정말 '엑설런트 하다는 것은 바로 저런 모습이다'라고 느낄 수 있었던, 그리고 젊은 열의가 드높았던 W 교수는 소위 만능이었다. 수술도 못 하는 게 없고, 워낙 손재주가 좋아 기계나 새로운 장비도 다 이분의 손을 거쳐야 제대로 사용된다 할 정도였다. 요새로 치면 얼리 어댑터 중에서도 첨단을 달리는 분이었다.

하지만 지나치게 솔직한 면이 있어서 자기 자랑을 대놓고 하는 바람에 가끔 궁지에 몰리는 경향이 있었다. 그렇게 내세우지 않아도 다들 인정할 텐데 그분이 왜 그랬는지는 잘 모르겠으나, 같이 술을 한잔하면 그 자리가 다 끝날 때까지 자랑이 끝날 줄을 몰랐다. 하긴 들어 보면 자랑할 만하고, 자랑할 거리가 무지하게 많은 것도 사실이었다. 그래서 신기한 이야기도 많고 엄청 재미가 있었다. 하지만 술자리를 두 번째, 세 번째 참석하면 그 이야기가 계속 똑같이 반복된다는 것을 발견하게 된다. 천하의 W 교수도 무한 능력은 아니란 것이지.

당시 W 교수는 비록 젊은 교수였지만 최초로 여러 가지 기법이나 치료 장비 도입을 시작하는 데 큰 역할을 한 사람이었다. 우리나라에서 복강경 수술을 처음 한 것은 아니지만 적어도 획기적인 발전을 할 수 있는 기틀을 마련한 것은 분명하다.

내가 2년차로서 그 파트의 치프로(교수의 연배가 낮으므로 치프도 낮은 연차가 배치되었다) 돌 때는 한참 물이 올라서 눈부신 수술 솜씨를 과시하고 있었다. 특히 복강경 담낭절제술은 맘만 먹고 진행하면 아주 빠르게는 10분 정도밖에 걸리지 않을 정도로 수술 솜씨가 뛰어났다. 과시욕이 있는 그의 특성상, 남들보다 빠르다는 것을 자랑하는 재미에 한참 빠졌던 것 같다.

모든 외과의사들이 겪는 과정이 하나 있다. 누군가의 휘하에 있다가 처음으로 독립을 하고 나면 다들 '세상에서 내가 수술을 제일 잘하는 것이 아닐까?' 하는 생각(혹은 착각)을 하게 된다. 그 정도로 자신감이 생기고, 수술 속도나 깔끔함이 거의 완벽에 가깝다고 자부할 정도가 되는 것이다. 그러나 이때가 외과의사로서는 아주 위험한 시기다. 자신감이 넘치다 보니 신중함이 부족해지는 경향이 생기게 된다. 즉, 균형감이 없어지는 것이다. 그러다 보니 자꾸 사고가 나고, 예상치 않은 부작용이 생기게 된다.

내가 치프를 하던 그때가 바로 W 교수의 그런 시기였다. 한참 물이 오른 그의 수술이 점점 속도가 빨라지고 다른 말로 표현하자면 화려해지고 있었는데, 갑자기 예상치 않은 부작용이 생겼다. 처음 시작은 이런 일이었다. 담낭절제술을 한 환자가 갑자기 복통을 호소하면서 열이 나기 시작했다. W 교수는 자신의 수술에 문제가 없다고 확신했다. 그리고 복강경으로 수술을 하면 수술 기록이 다 녹화되기 때문에 복기가 가능한데, 실제로 수술에는 문제가 없어 보였다. 하지만 내가 보기에 그 증상은 담낭절제 후 담즙이 새면서 복막염을 일으킨 것이라 판단되었다. 전혀 인정하고 싶어 하지 않는 교수의 기분을 거스르지 않게 조심하면서 검사를 했는데, 결과는 아니나 다를까 담즙 누출에 의한 복막염이었다. 결국 급히 재수술

올 해야 했고 다행히 환자는 무사했다.

하지만 그 주에 수술한 사람이 또 같은 증상을 보이면서 우리는 모두 패닉에 빠지게 되었다. 환자는 이미 퇴원을 시켰는데 앞의 환자와 거의 같은 증상으로 응급실로 실려 왔다. 역시 담즙이 샌 것이었다. 이 환자는 퇴원했다 다시 입원하러 올 때까지 시간이 많이 걸리기도 했고, 긴급조치를 할 시간을 놓치는 바람에 상황이 심각했다. 패혈증까지 갔으며 중환자실에서 오랜 시간이 걸려 겨우겨우 회복될 수 있었다.

이 두 사람만으로도 힘겨운 상황에서 또 환자가 연이어 발생했다. 3주 새에 비슷한 사고가 네 번째 발생하면서 모두 기가 질렸다. 이젠 수술하는 것이 무서워질 정도였다. 씩씩하던 W 교수도 기가 꺾였고 활달하던 기색이 많이 사라졌다. 모두에게 하루하루가 지옥 같았다. 일이 많더라도 환자가 잘 나아서 나가고 행복해하는 가족들을 보는 것이 그나마 유일한 보람이고 기쁨인데, 모든 일이 다 꼬이니 숨이 턱턱 막힐 지경이었다.

하지만 그런 와중에도 W 교수는 우리를 독려하면서 팀을 이끌었다.

"야, 이만한 일은 일도 아니야! 다 해결할 수 있어! 기죽지 말라고. 날 믿고 따라와!"

팀을 이끄는 주장이 의지를 가진다는 것은 정말 중요한 일이란 것을 그때 잘 알게 되었다. 사실 내가 아주 노련한 연차도 아니고 겨우 2년차와 일해야 하는 교수의 어려움은 얼마나 컸을까? 그러나 W 교수는 그 모든 어려움을 혼자서 이겨 나가려 온 힘을 쏟고 있었다. 특유의 파이팅을 보여 주며 말이다.

하지만 주변의 시각은 조금 달랐다. 교실의 주임 교수와 원로급 교수님들은 W 교수의 수술을 한동안 금하는 것이 좋겠다는 결론을 내린 듯했다. 지금 한숨 쉬어 가는 것이 낫지, 너무 무리를 하다가는 자칫 아까운 인재가 번아웃 되어 자신감을 잃고 회복이 어려운 상황이 올지도 모른다는 것이었다. 결국 W 교수가 할 예정이었거나 타과에서 의뢰 받은 수술은 모두 다른 교수님들에게 넘어가거나 순연되었다.

그런 조치가 취해진 후 우리 파트는 다소 안정되었다. 문제가 생긴 환자들도 오랜 시간이 걸렸지만 하나둘 회복되었다. 하지만 우리 모두가 정상적인 상태로 돌아온 것 같지는 않았다. 우리는 이미 너무 많은 일을 겪었으며, 그 모든 일이 마음에 응어리가 되어 맺혀 있는 게 느껴졌다. 환자를 고치려는 사람들이 환자가 불행해지는 일들만 보고 있었으니 정신적으로도 적지 않은 상처가 생겼고, 자신감은 바닥까지 떨어졌다. 누구도 입 밖으로 내지는 않지만 서로를 바라보는 시선에는 어두운 그림자가 있었다.

그러던 어느 날, 아마도 연말 가까운 시기였으니 그런 저런 행사 중 하나가 아니었나 생각된다. 평소 술도 세고 강단도 있던 W 교수가 엉망으로 취해서 의국으로 업혀 들어왔다. 그런 상태면 집으로 보내드리는 것이 보통인데, 이날은 W 교수가 한사코 '환자를 보아야 한다'며 의국으로 가겠다고 막무가내였다고 한다. 사실 그날은 마지막 환자가 퇴원을 앞둔 날이었다. 많았던 사고 환자들이 다 퇴원하고 오랜 시간 고생하던 고령의 환자 한 분이 내일이면 퇴원할 예정이라 굳이 교수가 밤에 나와 볼 일은 아니었는데 말이다.

의국으로 들어온 W 교수가 나를 찾았다. 내가 달려왔을 때 그는 의국 침대에 누워 있었고, 거의 의식이 사라져 가는 상태였다. 하지만 겨우겨우 힘겨운 시선으로 나를 보면서 말을 했다.

"… 장항석이… 힘들었…지? 나도… 야… 정말 힘들어서 죽으… 하지만… 우리 잘해… 왔지?"

"그럼요, 선생님. 이제 환자들 다 나아서 퇴원하는데요. 내일이면 마지막 환자가 퇴원하니까요."

"그…래… 그래…. 이제 마지막이…다. 정…말… 지겨웠…어…. 정말…."

"네, 선생님, 좀 쉬세요. 그동안 고생 많으셨습니다."

"장항석이…. 너는 나 원…망… 스럽지… 않았냐?"

"그럴리가요…"

"그…래… 고맙다. 하지…만, 하지만… 난… 내가 너무 싫다…."

"…."

"너무 힘들다… 너무…."

그는 그렇게 몇 마디 더 주억거리다 잠에 빠져 들었다. 나는 한참

동안 그 곁에서 많은 생각을 했다. 그렇게 활달하고 유머 있으며 자신감 넘치던 교수님이 겨우 레지던트 앞에서 몇 번이나 힘들다고, 힘들다고…. 참 마음이 아팠다. 그날은 내 기억 속에 또렷이 새겨졌다. 그렇게 뛰어난 외과의사도 반복되는 위기에 무너지는 충격적인 모습을 보았기 때문이기도 했지만, 결코 잊을 수 없는 교훈을 얻은 날이기도 했기 때문이다.

앞서 이야기한 것처럼 모든 외과의사는 꼭 한 번은 세상 무서운 줄 모르고 자기가 제일 잘난 줄 아는 시기를 겪는 것 같다. 젊은 시절 나 역시 그런 자만심이 있었다. 그래서 가끔 스승님에게 혼이 나기도 했다.

"호랑이가 토끼 한 마리를 잡을 때도 최선을 다하는 법인데, 넌 마치 남에게 과시하려 수술하는 것 같다."

나는 비교적 어릴 때 이 말씀을 들을 수 있어서 다행이라 생각한다. 그리고 W 교수와의 어렵던 시간이 기억에 남아 있었기 때문에 비교적 빨리 큰일을 치르지 않고 안정이 될 수 있었다. 자만심은 늘 경계해야 하고 어른 말씀을 들어 해 될 것이 없다. 그리고 언제든 마음에 걸리는 것을 보거나 느끼게 된다면 바로 자신을 돌아보고 거울로 삼으라던 옛 말씀 역시 명심해야 한다.

나는 힘들었던 W 교수와의 그 시간에 치프가 배워야 할 것이 무엇인지 깨달을 수 있었다. 치프라는 자리는 미래의 자신을 만들어 갈 수 있는 시간이다. 치열하게 공부하고 한 명이라도 살리려고 매

달려 몇날 며칠 밤잠을 못 자더라도, 미래 외과의사로서의 자격을 쌓아 가는 바로 그런 시간이란 것이다.

몇 개월 전 외과학회 기간에 학생들을 위한 강의에서 W 교수를 만났다. 나는 '외과와 인문학'이란 주제의 강의를 했고, W 교수는 '첨단기술을 이용한 외과의 미래'라는 강의를 했다.

정말 입담도 여전하고 넘치는 자신감과 '한 자랑'하시던 그 옛날 모습 그대로였다.

참… 시간이 지나도 정말 변함이 없으셨다.

연수의 꿈

이제는 외과도 많은 분야로 세분화되어 전체적인 분야를 다 다루는 외과의사(일반적으로 pan-surgeon, almighty surgeon이라 부른다)는 거의 남아 있지 않다. 외과 전공의 과정을 거치면서 모든 분야를 섭렵하더라도 자신이 더 깊게 공부하고자 하는 세부 전문과정을 따로 정하게 된다. 그 시기는 일반적으로 3년차나 4년차 때 정도다.

내가 전공의 수련을 받을 당시에 외과에서 가장 첨단을 달리는 분야는 이식외과학 분야였다. 나 역시도 처음 외과의사가 되겠다 생각한 후부터 이식외과를 늘 동경해 왔다. 그러나 그 꿈은 아주 초반에, 그리고 아주 쉽게 산산조각이 났다. 2년차가 되어 동경하던 이식외과 파트를 돌게 되었는데, 이미 조금은 짐작할 수 있었지만 이렇게까지 '인간으로서 할 일이 아닌' 줄은 미처 몰랐던 것이다. '일주일, 7일 동안, 그리고 24시간 동안'이라고 광고하는 미국 서비스 업체의 말처럼 끝나지도 않고 다람쥐 쳇바퀴 돌 듯 반복되는 산더미 같은 일에는 배겨 낼 재간이 없었다. 그리고 더욱 중요한 이유로는 여태까지 알아 왔던 것처럼 이식수술이 획기적인 해결책이 아니란 것을 깨닫게 되었기 때문이었다.

이식을 받은 사람들은 면역억제제를 평생 써야 하기에 감기만 걸려도 목숨이 위험한 지경에 이르고, 조금만 관리를 잘못해도 모든 노력의 총화이자 누군가의 목숨을 건 희생의 산물인 이식 장기의 기능이 정지되는 문제가 발생하는 것을 수도 없이 보았기 때문이었다. 때문에 노력한 가치를 더 이상 찾기 힘들 것이라는 데 생각이 미치면서 나는 단 한 번의 좌절로 아주 순식간에 뜻을 허물어 버렸다.

그 이후 마음 둘 곳이 없어 헤매던 내 관심을 끌었던 것은 소아외과학이었다. 비록 저년차지만 두 번이나 같은 파트를 치프 레지던트로 돌았던 나는 신생아들과 어린 아이들이 위험한 고비를 넘기며 생존하는 투쟁의 힘, 그리고 치유되어 가는 생명의 힘에 매료되었다. 힘든 지경에서도 그 가냘프고 연약해 보이는 아기들의 생존력은 어른들보다 훨씬 뛰어난 것이다.

그리고 당시 내가 '모시던 선생님'(담당 교수를 지칭하는 의학전문 용어)은 젊고 패기만만하며, 선천적인 기형을 수술로 교정하고 치료하는 복잡하고도 힘든 수술을 많이 하시는 분이었다. 공격적인 수술과 치료를 하면서도 마음이 따뜻한 사람으로 보호자들이 많이 따르고 의지하는 보기 드문 의사였다.

전공의 기간에는 한 텀term(로테이션 스케줄의 한 기간을 말함)을 돌면 거의 그 분야에 흠뻑 빠져 지내게 된다. 마치 한 분야에 미친 것 같은 상태가 되는 게 보통이다. 그리고 많은 레지던트가 담당 교수를 거의 이상적인 자신의 우상으로 여기게 된다. 엄청난 권위에 눌린다거나 무슨 강요를 받아서가 아니라 지극히 자연스럽게 일어나는 현상이다.

당시 나는 내 미래의 길에 이식외과를 대체할 또 다른 희망을 거기서 보았다. 두 번째 텀이 끝나갈 무렵 나는 담당 C 교수에게 물었다.

"혹시 소아외과를 전공하려면 어떤 것을 갖추어야 할까요?"

하지만 교수님의 대답은 의외로 무덤덤했다.

"아, 관심이 있어? 그래…. 그러면 내 스승께서 내가 소아외과를 하고 싶다는 말을 했을 때 해 주신 말을 그대로 자네에게 해주지. '당신이 만약 평생을 hernia surgeon(탈장 수술 외과의사)으로 살아갈 수 있는 자신이 있다면 선택해도 좋다'는 것이야. 크고 중요한 수술만 하며 살아갈 수 있는 소아외과 의사는 그다지 많지 않기 때문이지. 병원의 시설도 받쳐 줘야 하고 그만한 인력도 있어야 하니까…. 아무튼 잘 생각을 해보게."

그 대답조차 멋있다고 느껴질 그 무렵 나는 거의 소아외과를 할 결심을 굳히고 있었다. 하지만 쉽게 이루어지는 일은 그다지 많지 않다는 것이 보편적인 진리다.

전공의 스케줄이 막바지에 이르러 환자를 보는 능력이나 일반적인 행동에 상당히 여유가 생길 즈음, 또 한 명의 어려운 환아를 맡게 되었다. '선천성 기관-식도루'라고 하는 복잡한 병명의 선천적 기형을 가진 미숙아였다.

기도와 식도의 발생이 제대로 이루어지지 않아 식도가 폐쇄되고 대신 기도로 연결되는 현상으로 빨리 발견이 되지 않을 경우 생명이 위험할 수 있는 병이다. 수술로 기도와 식도를 재건해 주어야 하지만 상당히 어려운 경우가 많고 동반 기형이 여러 가지 있을 수 있어서 적절한 수술을 하지 않는다면 생존율이 낮을 수 있는 질환이다. 부모들이 오랫동안 간절히 바라고 어려운 노력 끝에 얻은 귀한 아기였지만 불행하게도 이런 기형이 있었다.

부모들은 아기를 살리기 위해 무엇이든 하겠다고 매달렸고, C 교수는 어려운 수술을 결정했다. 수술도 쉽지 않지만 저체중의 미숙아라는 점, 그리고 기타 다른 기형의 조사를 마치지 못했다는 점이 향후의 어려운 과제가 될 것이었다. 보통 이런 수술을 마치고 나면 신생아 중환자실에서 회복의 경과를 거치고 체중이 증가하고 일반

신생아와 같이 일상의 환경에 적응할 수 있을 때까지 집중적인 치료를 받는다.

'○○○ 아기'(신생아는 아직 이름이 없기 때문에 산모의 이름 뒤에 아기라는 말을 붙여 부른다)는 경과가 순조로운 편이었고, 근육과 팔다리의 움직임도 저체중 조산아임과 큰 수술 후임을 감안할 때 무척 양호한 편이었다. 하지만 폐의 기능이 잘 회복되지 않고 있었고, 호흡기를 부착한 상태에서도 혈중 산소의 포화도가 잘 올라가지 않는 문제점이 있었다. 우리는 개흉수술 후 올 수 있는 문제의 하나로 생각을 했고 폐포의 성숙도와 관련이 있을 것으로 생각했다. 혹시나 다른 문제가 있을 수 있는지 조사도 아울러 진행했다.

길고 긴 경과가 이어지고 있었다. 부모들은 매일 중환자실 앞에서 기다리고 있었고, 한 가지 현상에 기뻐하기도 하고 좌절하기도 했다. 너무 지칠 것을 염려한 C 교수의 조언으로 산모는 우선 집으로 돌아가 몸조리를 하도록 하였고 아빠도 근무를 시작했다. 긴 싸움에는 적절한 대응법이 필요한 것이다. 그러나 한밤이 되어 근무를 마치면 아빠는 다시 중환자실 앞에서 하염없이 기다리고 또 기다렸다. 나는 주로 밤늦은 시간에 아기 아빠를 만났고 그는 언제나 '아기는 살 수 있죠?'라는 말로 끝나는 길고 긴 질문을 했다. 그리고 그의 손에는 늘 병원으로 오는 길에 산 군밤이라거나 호떡 같은 것이 한 봉지씩 들려 있었다. 나는 그것이 바로 그의 마음이라고 생각했다. 이 따뜻함이 식지 않기를, 그리고 이런 마음으로 앞으로도 이기를 잘 보살펴 주기를 빌었다.

그러던 어느 날 약간 불콰하게 약주를 한 아기 아빠가 예의 그 따뜻한 봉지를 내밀면서 수줍은 얼굴로 말했다.

"장 선생님, 우리 아기 이름 지었어요. 오늘부터는 이름표 달아 주세요. '연수'랍니다. 어때요, 우리 딸 이름, 예쁘죠? 하하하…."

"예, 정말 예쁘군요! 잘하셨습니다. 제가 당장 들어가서 이름표 달아 놓을게요."

다음 날 나는 환자 상태를 보고하면서 이렇게 말했다.

"신생아 중환자실에 있는 'ㅇ 연수'는요. 혈압이 어쩌구 저쩌구, 혈중 산소 포화도는…."

갑자기 뜨악한 표정을 짓던 C 교수는 잠시 나를 제지했다.

"잠깐, 자네 지금 누굴 이야기하는 거야? ㅇ연수가 누구야?"

"아! 선생님, ㅇㅇㅇ 아기, 이름 지었답니다."

"임마, 그럼 그 이야기부터 해야 알아먹을 것 아냐!"

"예, 죄송합니다. 제가 어젯밤에 듣고 계속 그리 불렀더니만…."

"알았어. 그래, 어제 부모들이 이야기하던가? 참 잘했구먼. 그런데 애는 좀 나아지고 있나? 어째 진행이 더딘 느낌이야…."

"예, 그게 제일 우려되는 일인 것 같습니다. 아무리 치료해도 폐가 잘 회복되고 있지 않습니다. 심장 검사를 좀 해 보면 좋을 것 같기는 합니다만…."

"그래, 심장초음파 같은 것은 도움이 되겠지. 그런데 그 기계를 들고 중환자실에 들어와서 검사해야 할 텐데, 가능할까?"

지금은 이런 검사가 용이하지만 당시에는 심장초음파 기계는 무척 고가에다 귀한 장비여서 병원에 겨우 한 대 정도 비치되어 있는 정도였다. 게다가 24시간 내내 폭주하는 검사로 인해 잠시 딴 데로 옮겨 검사한다는 것은 무척 어려운 일이었다.

"제가 어떻게 한번 해 보겠습니다."

"그리고 유전자 검사는 결과가 나오려면 아직 멀었지?"

"예, 검사기관에서 석 달 이야기를 했습니다. 다시 한 번 더 알아보겠습니다."

"그래, 그럼 그렇게 해 봐."

어렵사리 심장초음파 기계를 '섭외'했다. 담당 심장내과 전공의를 10년 우정 운운하며 '협박-매수'하고 기계에 조금이라도 문제가 있으면 몽땅 다 내가 책임지겠다고 약속을 하고, 기계를 옮기고 제자리에 복원시키고 아무 일도 없었던 것처럼 만들어 놓는 데 사용되는 모든 노동력의 제공을 약속했다. 그리고 남들의 눈이 뜸한 새벽 2시를 기해 '거사'를 감행했다.

그러나 심장 검사를 하던 내과 전공의의 표정이 일그러지는 것을 보면서 나는 그날 그 검사를 한 게 잘한 일인지 후회하기 시작했다. 연수는 심각한 심장 기형이 있었던 것이다. 심실벽이 완벽하게 형성되지 않아서 동맥혈과 정맥혈이 일부분 섞여 흐르고 있었다. 그래서 폐가 잘 회복되지 않았던 것이었다. 어느 정도 가능성이 있다고 생각은 했지만, 이 결과는 또 다른 어려운 수술을 결정해야 한다는 것을 의미했다.

가냘픈 팔다리지만 힘찬 움직임을 하는 연수는 나를 정말이지 힘들게 했다. 그 아이는 살고자 하는 투쟁을 계속하고 있었고, 부실한 심장과 폐로도 어쨌든 삶을 이어 가고 있었다. 나는 다음 날 교수에게 보고를 했다.

"그래? 동반 기형이란 말이지. 거참…. 앞길이 멀고 멀구먼. 알았어. 내가 보호자랑 만나서 이야기하지."

그리고 이틀이 흘렀다. 연수의 상태는 오히려 안정되어 있었지만 신생아 중환자실에 또 다른 중환아가 생기는 바람에 나는 이틀간 중환자실에서 한시도 떨어지지 못하고 꼬박 밤을 지새우고 있었다. 물론 수술도 들어가지 못하고 회진도 돌지 못한 채 오로지 신생아 중환자실에만 붙어 있었다. 별별 방법을 다 써 보고 치료를 하는 와중에도 새로운 환아는 상태가 급속도로 나빠졌고 결국은 사망했다.

그런데 환아가 사망한 후 차트 정리를 하면서 놀라운 사실을 발견하게 되었다. 간호사의 간호 기록에서, 환아가 나빠지는 시점에 외과 전공의를 호출했으나 응답이 없었고 늦게 도착했다는 기록을 발견한 것이다. 나는 그 좁은 중환자실 안에 내내 있었는데 이게 무슨 일인가? 기록한 간호사를 찾아 추궁을 했고 수간호사와 간호감독을 통해 엄중 항의했다.

처음에는 계속 우기던 간호사가 자신의 '단순 실수'라고 인정을 했다. 단순 실수라니! 의무 기록은 없어지지 않는 것이다. 만약 이 기록이 남은 상태에서 나는 무슨 일을 하건 업무를 회피한 나쁜 인간이란 비난을 피할 길이 없는 셈인데 한마디 사과도 없이 그런 행동을 반성하는 기미도 보이지 않는 그 사람들에 대한 배신감은 말할 수 없이 큰 것이었다.

그런 일이 겹쳐서 어수선한 와중에 연수 아빠와 엄마에게서 만나자는 연락이 왔다. 시선도 마주치지 않고 아주 사무적인 어투로, 연수를(지금 기억해 보면 연수라고 하지 않고 그냥 '아이'라고 했던 것 같다) 데려가겠다고 말하는 부모를 보면서 나는 그야말로 최악이란 어떤 상황을 말하는 것인지 알 수 있을 것 같았다. 그들은 어떤 말도 들으려 하지 않았고, 그저 빠른 조치를 취해 줄 것을 요구했다. 나는 더 이상 아무 말도 할 수 없었다. 나는 그 아기에 대한 권한도 없었고, 그들에게 어떠한 영향을 줄 만한 능력도 없었다. 결국은 연수를 내어줄 수밖에 없었다.

큰 실망으로 마음에 타격을 입은 나는 그야말로 독기가 올랐다. 누구라도 건드리면 폭발할 것 같은 분노와 아울러 깊은 회의를 느꼈다. 그래도 일은 해야 하니 또 다시 중환자실로 돌아갔다. 그러나 그곳에서 시시덕거리고 있는 간호사들은 내 적개심을 격발할 만한 충분한 요인이 되었다. (그들 중에 문제의 의무 기록을 작성한 사람도 포함되어 있었다.) 나는 아무 말 없이 그들이 내게 했던 것과 똑같은 일을 했다. 중환자실에 있는 모든 소아외과 환자의 기록에 "의무 기록을 똑바로 하시오"라는 오더order를 낸 것이다. (의사의 오더는 간호사들이 체크하고 수행해야 할 의무를 가진다.) 사실 지금 돌이켜보면 치졸하기 짝이 없는 일이었으나 당시 내 심정으로는 그보다 더한 일도 할 수 있을 것 같았다.

결국 간호부 전체가 발칵 뒤집혔고, 수간호사가 나를 찾아와서 "이 따위 오더를 어찌 낼 수 있느냐, 당장 취소해라" 등등 협박과 회유를 했다. (내 경우와 마찬가지로 이런 기록도 영원히 보관되어야 하므로….) 그러나 나는 이미 결심이 확고한 상태였다. 문제를 삼으려면 마음대로 하라 말하고, 다만 지난번 나에 관한 의무 기록 건은 어떻게 되었는지만 반문했다.

내가 물러설 기미를 안보이자 이번에는 교수에게 달려가 구원 요청을 한 모양이었다. 나도 모른 척했고, C 교수도 평소와 다름없이 행동했지만 서로 무척 불편함을 느꼈다.

그날 오후 회진을 돌면서 C 교수는 회식을 하자고 말했다. 소아외과는 회식이라고 해봤자 교수와 나, 그리고 인턴 한 명이 고작이지만 그래도 오랜만에 바깥바람을 쐬는 기분은 꽤 괜찮았다. 술을 한잔 두잔 주거니 받거니 하면서 어느 정도 술이 오르자 C 교수는 어렵사리 이야기를 꺼냈다.

"야, 닥터 장, 좀 살살해. 뭐 그렇게 심하게 할 필요 없잖아. 내가 다 알아. 자네 연수 아기 문제에다 그 일까지 겹쳐서 그러는 거지? 하지만 그런다고 뭐 시원해지기라도 할 것 같아?"

"아닙니다. 선생님, 저는 용서할 수가 없습니다. 그 사람들은 동료인 저를 팔아먹은 것과 다를 바 없습니다. 그리고 저는 단 한 번도 성의 없이 행동했던 적은 없었습니다. 그것만이라도 알아주셨으면 합니다."

"알아, 안다니까. 그래서 그냥 그렇게 한번 해 볼 건가?"

"예 선생님, 선생님께는 정말 죄송하지만…. 저는 물러서고 싶지 않습니다."

"그럼, 그 간호사하고 수간호사, 뭐 그 외 관계자들 모두 사과를 한다면 받아 줄 텐가?"

"잘… 모르겠습니다. 아직은요. 지금은 정말 마음이 열리지 않습니다…."

"알겠네. 자, 그럼, 술이나 먹자구…."

나는 그날 술을 많이 마셨다. 결국 의국으로 '실려 왔다'는 이야기를 들었다. 그리고 그 술이 깰 때쯤 나는 소아외과에 대한 꿈을 접었다. 다시는 그런 경험을 하고 싶지 않았다.

꽤 오랜 시간이 지난 지금도 가끔 그때 일을 떠올리면 나는 심한 악몽을 꾸고 난 듯한 상태가 된다. 머리가 깨어질 듯 아프고, 바로 어제 일어난 일처럼 선명하게 기억이 난다. 한순간에 부서져 버린 소아외과에 대한 열정과 ㄱ 아기, 연수의 꿈이 말이다.

과연 그 아이의 꿈은 무엇이었을까? 그에 대한 답, 그리고 소아외과란 어떤 길이었을지는 영원히 알 수 없게 되었다. 하지만 나는 지금도 그 일이 내 마음 한구석에 단단히 엉클어진 매듭으로 남아 있음을 안다.

레임덕

4년차 진급을 하고 영원처럼 긴 시간이 흐르고 흘러 내게도 정말 올 것 같지 않던 4년차 말이란 시간이 다가왔다. 내 마지막 턴은 또 이식외과였다. 지금도 그렇지만 이식외과는 정말 노가다판이다. 월요일부터 일요일까지 숨 돌릴 틈도 없이 일이 산더미처럼 쌓이고, 적어도 3일은 전 인원이 온전히 올나이트를 해야 하며 혹시라도 뇌사자 이식이 생기면 한 팀은 거기에 묶여 버리니 모든 사람이 쓰러지기 직전까지 몰린다.

운 지지리도 없게 그런 곳에서 치프로 마지막 3개월을 보내는 일이 내게는 정말 힘들었다. 그래도 국방부 시계는 간다고 어찌어찌 마지막 2주 정도 남았을 시기가 되었다. 당시 이식외과 의국은 외과 외국과는 멀리 떨어진 이식 병동 바로 옆에 있었다. 정말 많은 일이 벌어지기 때문에 레지던트들이 바로 뛰어나가 일을 수습하고 환자를 살리는 시간을 벌기 위해 바로 옆에다 둔 것이다. 하지만 의국이란 곳은 공간이라 할 것도 없는 열악한 곳이었다. 겨우 6명밖에 안 되는 우리가 한꺼번에 모여 있으면 갑갑하다고 느껴질 만한 그런 곳이었다.

어젯밤에 벌어진 일들을 수습하고 회진 돌고 회진 정리하고 의국으로 와서 의자에 앉아 잠시 졸고 있던 나는 시끄러운 소리에 문득 잠에서 깨어났다. 그런데 눈을 뜨지도 못하고 계속 자는 척을 할 수밖에 없었다.

3년차 S: 야, 임마, 내가 이거 하라고 했어 안 했어? 이게 아주 미쳤나? 아주 죽으려고 작정한 거지?

1년차 P: …….

3년차 S: 어쭈, 대답 안 해?

1년차 P: …….

3년차 S: 이게 그러니까 3년차 말이 말 같지 않다는 거지?

1년차 P: …… 그게…… 그니까…….

3년차 S: 뭐? 뭐냐고?

1년차 P: …… 그게…… 그니까…… 장항석 선생님이 시키신 일이…….

3년차 S: 뭐라고?

1년차 P: …… 장항석 선생님이 시키신 일이…… 선생님이 시키신

일하고 반대라서요….

3년차 S: 뭐라고? 이 미친놈이! 야 임마, 네가 장항석 샘이랑

의국생활 오래 할 것 같아, 아니면 나랑 오래 할 것

같아?

1년차 P: …… 죄송합니다…….

눈을 뜰 수도 없고 참고 있을 수도 없는 분위기였다. 아무리 참고 있으려 해도 점점 강도는 심해지고 이제는 아무리 외과 레지던트라 할지라도 잠에서 깨어날 데시벨에 도달했다.(참고로 외과 레지던트를 깨우는 데는 일반인들에게 적용되는 것보다 훨씬 강도가 높은 자극이 필요하다.)

어쩔 수 없는 때에 이르러 문득 잠에서 깬 듯한 코스프레를 한 나는 운을 뗐다.

"뭐가 이렇게 시끄러워? 좀 조용히 안 할래?"

그러자 이미 상당한 레벨까지 격앙된 3년차 S는 곧바로, 전혀 아무런 주저도 없이 야무지게 대꾸하는 게 아닌가.

"선생님은 그냥 잠이나 주무세요!"

그리고 내가 잠에서 깨어나는 것을 보고 일말의 희망을 가졌던 1년차 P는 곧바로 그 애절한 눈빛을 거두어 들였다. 아무리 그래도

내가 치프로서 권위가 있지 이대로 당할 수만은 없지.

"뭐라고? 야, 지금 이게 어디서?"

"아, 죄송해요. 근데 이 일은 선생님이 끼실 일이 아니에요. 무슨 말년에 이런 일을 관심 갖고 그러세요? 떨어지는 낙엽도 피하랬다고 그냥 가만히 계세요."

바로 이 순간, 나는 머릿속에서 아주 복잡한 연산이 휘리릭 돌아가는 것을 느꼈다. 이 시건방진 녀석을 그 자리에서 바로 물고를 내는 것이 옳은가, 아니면 정말 '말년 병장의 자세'를 취하는 것이 옳은가 하는 기로에 선 것이다. 내심 화끈하게 치프의 무서움을 뼈저리게 느끼게 해주고 싶었으나, 그러자면 내가 자는 척하면서 들었던 모든 내용을 다 복기해야 하는 문제가 있었다. 자는 치프는 아예 안중에도 없는 이 인간들하고 실랑이를 하면 내가 입을 내상도 만만치 않아 보였던 것이다. 그리하여 그 당시 이미 산전수전 다 겪은 노련한 레지던트였던 나는 아주 현명한 방법을 고안해 냈다. 적당한 절충안을 찾은 것이다.

"아니, 이것들이 어디서 하늘같은 치프 주무시는데 떠들고 있는 거야! 당장 나가!!"

어떤가? 나는 당시 아주 절묘한 선택이었다고 생각했다. 말하자면 적절하게 치프의 권위를 세우고, 내가 처해 있던 레임덕 상황을 교묘하게 모른 척하는.

이 사건의 주역이었던 두 후배는 내가 아주 좋아하는 사람들이

다. 지금도 가끔 만나 그때 이야기를 하곤 한다. 당시 S도 사실 세게 나가긴 했지만 엄청 쫄았다고 한다. 내가 당시 포기했던 또 다른 옵션을 선택하면 어찌될 것인가 하는 걱정 때문에 잠시 눈앞이 캄캄했다고 한다. 당시 그는 일이 그 방향으로 전개될 것이라고 생각했다는 것이다. 하지만 내가 그런 반전을 일으켜 준 덕분에 무사할 수 있었다고 고마웠다고 말한다. (진심인지는 확인하기 어렵지만 말이다.)

그런데 내가 이 사건을 한번 요긴하게 써먹은 적이 있다. 벌써 10여 년 전, 지금은 어엿한 교수가 되어 있는 J가 4년차를 마치는 10월 즈음의 일이었다. 거의 매일을 축하, 환송 등등의 행사로 간의 상태가 위태로운 지경에 처해 있던 그는 내가 환송 모임을 해 주겠다고 나오라고 하자, "내일 손○○ 교수님(당시 외과 과장) 주최의 회식이 있어서 오늘은 나오지 못하겠노라"는 반응을 보였다. 그것도 직접 전화하거나 찾아온 것도 아니고 그리 전달해 달라고 했다는 것이다. 이 시건방진 녀석과 그 동료들은 조교수에 불과하던 내가 좀 가벼워 보였던 모양이다. 그래서 내가 당했던 그 시나리오대로 똑같이 말해 주었다.

"그래, 흠… 알겠어. 근데, 걔들한테 손 교수님과 의국생활 오래 할 것 같냐, 아니면 나하고 오래할 것 같냐고 꼭 전해라. 그리고 얘들아, 그냥 우리끼리 나가서 밥 먹자."

그리고 한 30분쯤 지났나, 지금도 우리가 잘 가는 '오시오'(40년

가까이 된 전통의 실내 포차)에서 맛있게 한잔 하고 있는데, 건방진 치프들 세 녀석이 화들짝 놀란 표정으로 허겁지겁 뛰어들어 왔다.

"선생님, 정말 죄송합니다…. 아무리 생각해도 선생님과 더 오래 의국생활을 할 것 같더라고요…."

역시 냉엄한 현실은 진짜로 냉엄한 것이다.

똑같이 당하기

지금까지 내가 과거에 레지던트로 경험했던 몇 가지 이야기들을 적었다. 더 많은 이야기들이 있지만 다 말하지 못하는 이유는, 사람들이 그 글을 읽고 등장인물이 누가 누구인지 너무나 정확하게 알아챈다는 게 적잖이 심적 부담이 되고, 뒤가 좀 켕기는 것이 밤길을 조심해야 할지도 모른다는 생각이 들어서였다.

아니나 다를까, 역시 사람은 멀리 볼 줄을 알아야 하고 남의 입장이 되어 생각해 보는 것도 필요하다는 것을 알게 되는 일이 얼마 전에 생겼다.

나는 수술방에서 화를 내는 것이 얼마나 일을 어렵게 만드는지 잘 알고 있는 사람이고, 가능하면 부드럽게 분위기를 유지해 가며 수술하는 것이 절대적으로 유리하다는 생각을 가진 사람이다. 하지만 나도 사람인지라 가끔 너무 다급한 상황에서는 소리도 지르고 혼을 내기도 한다. 그리고 어설프게 구는 수술 어시스턴트나 간호사는 가끔 쫓아내기도 한다. 앳되고 젊다는 이유로 신졸(갓 졸업한 간호사라는 뜻)을 좋아하는 사람들도 있지만, 나는 심하게 진행된 암을 주로 수술하는 의사이다 보니 다급한 상황이 자주 연출될 수 있는 까닭에, 덜떨어진 그들보다 경력이 좀 되고 손발이 착착 맞는 사람을 훨씬 더 좋아한다.

아무튼 그날은 애초에 힘들 것이 예상되었지만 예상보다 훨씬 더 어려운 수술을 하는 중이었다. 보통은 내 수술에 거의 들어올 이유가 없는 김○○ 교수까지 도와주러 뛰어들어올 정도로 상황이 위급했던 케이스였다. 피가 감당하기 힘들게 솟구치는데 워낙 깊은 부위라 정확한 혈관을 잡기가 힘든 상황이었다. 겨우겨우 혈관을 잡고 결찰을 시도하는데 실을 물려서 건네준 수술도구가 느슨해져서 실이 자꾸 빠져 버리는 것이다. 안 그래도 위급한 상황에서 이것을 한번 놓치면 걷잡을 수 없게 될 텐데 이런 도구를 주는 것은 수술방에서는 거의 '칠거지악' 수준에 해당한다.

1차 경고를 날렸다.

"이 톤실tonsil(수술용 겸자 중 하나) 나오지 마세요!"

하지만 경고에도 불구하고 이미 약간 판단력이 흐려진 간호사가 다시 똑같은 톤실에다 실을 물려 주었다. 당연히 또 실이 빠져 버릴 수밖에.

"이거 나오지 말랬지!"

너무 화가 나서 아예 수술대 밖으로 던져 버렸다. 그래야 부소독
不消毒되어 다시는 나오지 못할 테니까. 그런데 내가 힘 조절이 제
대로 되지 않았는지 그게 곧장 날아가서 벽에 그대로 꽂혀 버렸다!
(세상에나!)

나도 내 괴력에 놀라움을 금치 못하고 있었는데, 다들 시선이 거
기에 집중된 것을 보며 이 일이 나중에 얼마나 인구에 회자될까 하
는 우려가 들었다. 하지만 당시는 일이 다급하므로 다들 그것을 모
르는 척했거나 또는 알아도 반응을 보이기 힘든 상황이었기에 그
자리에서 무슨 반응이 일어나지는 않았다. 그리고는 순환 간호사
circulating nurse(수술방에서 수술 팀에 필요한 조치와 물품 공급 등 관리를 담
당하는 간호사)가 기구를 치웠고 당연히 그 일은 그렇게 지나간 것으
로 생각하고 잊어버리고 있었다. 그러나 그 사건은 좀 시간이 지난
후 다시 수면 위로 떠올랐다.

사건 당시에는 조용히 있었던 당시 4년차 N이 결국 한 건을 제대
로 터트렸다. 공식적인 근무기간이 끝나고 떠나는 날,(4년차는 10월
말에 업무를 끝내고 전문의 시험 준비를 위한 공부에 들어간다) 사진 한 장
을 떡하니 수술실에 붙이고 간 것이다.

나는 한참동안 그 방에서 수술을 하면서도 그게 무언지 잘 몰랐
다. 그러던 어느 날, 내가 수술을 하는 자리에서 눈에 딱 띄는 곳에

수술실에 붙이고 간 사진. 당시 상황을 재연한 모습이다. (독한 것. 재현해서 찍기까지 하다니!!)

있는 그 사진을 발견한 순간, 뭔가 예사롭지 않음을 느끼게 되었다. 나중에 확인하고 보니 사진 속 물체는 날아가서 꽂혔던 그 불량 톤실이었고, 그 수술방을 출입하는 사람들은 물론이고 전체 수술방 사람들이 다 "이것은 영구 보존해야 한다"며 의견의 일치를 보았다는 것이다. 무뎌진 톤실이 어떻게 거기에 꽂혔는지 참 알 수 없는 일이다.

물론 그 자리가 공기순환 장치air ventilation(모든 수술방은 필터로 정화된 공기가 한 방향으로만 흐르도록 설계되어야 한다)를 설치한 자리 바로 옆이라 콘크리트는 아니고 합판이었음을 알아주면 좋겠다. 내가 아니라 어느 누구라도 정확히 그 자리에 던지면 똑같은 효과(?)를 낼 수 있음도 말이다. 어쨌든 지금 그 자리에는 위의 사진이 병원의 재건축이나 완전한 개보수가 이루어지지 않는 한 영구히 보존될 것이라 한다.

그러니 나도 남의 말이라고 막하면 안 된다는 것을 뼈저리게 느끼게 된 것은 당연한 일이 아니겠는가. 내가 옛날에 있었던 일이라고 교수니 다른 사람들을 시시콜콜히 평했던 것처럼 N이나 그날 그 수술방에 있던 많은 사람들이 훗날 나를 안줏거리 삼지 않으리라 누가 보장하겠는가?

내가 이런 글을 쓰는 것이 자칫 자해 개그 수준이 되리라는 것도 잘 알고 있다. 하지만 훗날 더 험하게 재구성된 글이 나오는 꼴을 보느니 차라리 자진납세 하는 편이 유리할 것 같은 느낌이 들었다.

그의 웃음

처음 만난 날 그는 아주 오랜 시간 동안 고통을 받은 듯 세상풍파를 모두 겪은 얼굴이었다. 갑상선과 측경부側頸部의 암 덩어리가 어깨와 목 전체를 누르고 있어서 고개를 들어 어딘가를 보는 것도 너무나 힘겨워 보였다.

한때는 가난하지만 일도 열심히 하고 가정도 꾸리며 살아가던 사람이었는데, 아프고 힘들어지면서 부인과 이별하고 자식들도 연락이 안 되고, 오로지 그를 부축한 형에 기대어 시간을 이어 가고 있다고 했다. 아무런 희망이 없이 그저 하루하루 죽어 가고 있다고 생각하며 산다고도 했다.

마지막으로 꼭 한 번 가능성이라도 있는지 들어 보고 싶어서 왔다고 하는 그의 모습은 참으로 마주하기 힘들었다. 어깨와 목이 비틀어지면서 마치 말라가는 고목 등걸처럼 보였고, 그의 고난의 무게를 보여 주듯 남루함이 덕지덕지 않은 모습이었다. 하지만 그의 눈은 웃고 있었다. 어찌나 눈이 맑던지. 얼굴의 근육이 힘겨울 정도로 떨리고 주름이 잡히면서도 웃고 있었다. 그런 고난 속에서도 말이다.

진찰을 하면서도 갈등을 거듭하던 나는 어쨌든 이 사람에겐 마지막이 될지도 모를 수술을 권유했다.

"이 수술은 무척 위험할 것이고, 깨어나지 못할 수도 있습니다. 그리고 지금보다 훨씬 더 고통스러울 수도 물론 있습니다."

그는 오히려 자신이 지금 살아 있다 생각하기도 힘들고, 이렇게 살아 있는 것보다 더 고통스러울 것이 뭐가 있겠느냐고 반문했다. 그는 이렇게 어려운 수술을 결정하려는 나와 나이가 같았다. 누구는 살아서 고통을 당하는 것보다 오히려 빨리 끝내 주길 바라고 있는데, 누구는 이 사람에게 고통을 더해 줄 수도 있는 입장이 된 것이다.

여러 검사를 통해 수술 범위를 정하고 수술팀을 구성하고, 수술 전반에 관한 시뮬레이션을 마쳤다.(나는 큰 수술을 앞두고 이 과정을 수도 없이 반복한다. 머릿속에 과정 전부가 다 파악되어 있도록 말이다.) 수술은 예상대로 험난했으며, 10시간이 넘어도 정리가 되질 않았다. 하염없이 시간이 흐르고 끝까지 저항하던 암이 드디어 항복을 하고 절제되어 나왔다. 수술 후 워낙 큰 덩어리가 없어진 터라 그 공간을 닫는 시간도 무척 오래 걸렸다.

어쨌든 마무리가 되었고, 그는 중환자실에서 오랫동안 회복 경과를 거쳐 일반 병실로 올라왔다. 그의 비틀어졌던 어깨와 몸은 제대로 펴졌고, 고개도 자유로워졌으며, 걸음을 걷는 것도 훨씬 쉬워졌다고 했다. 그는 마치 선물을 받은 어린아이마냥 기뻐했고, 병실 복도에 환자들이 모여 있으면 가서 자기 수술 받은 이야기를 하면서 자랑을 했다.

그러나 그의 상황은 그리 쉬운 편은 아니었다. 조직병리 결과 저분화암poorly differentiated cancer으로 나왔다. 눈에 띄는 암은 다 제거했지만 몸속에 도사린 잔존암 세포는 아직도 난적難敵이라 가야 할 길이 멀고도 험했다. 경추와 흉추의 전이, 그리고 골반뼈와 폐의 전이까지 동반되어 있었다. 방사성요오드 치료, 방사선 치료, 항암 치료를 모두 합해 치열한 다병합요법多倂合療法, multidisciplinary treatment이 진행되었다. 이렇게 1년 가까이 집중적인 치료과정을 마친 후 어느 정도 암을 제압할 수 있겠다는 생각이 들었다. 이 길로 내쳐 나아가기만 하면 확실하게 암을 극복할 수 있을 것이란 믿음이 생겼다.

그러나 이후 한 2년인가 지난 어느 날부터 환자가 외래로 오지도 않고 연락이 두절되었다. 아무리 연락을 해도 행적을 알 수 없고, 그의 형도 어디 있는지 몰라 애를 태웠다. 그렇게 1년 반쯤 지나고 나서 환자가 외래에 다시 나타났다. 형에게 기댄 채, 처음 왔을 때보다 더 남루해지고 더 마르고 더 악화된 모습으로. 너무 약해져서 거의 걸음을 걷지도 못할 정도로 근육이 다 마른 모습이었다.

반갑기도 했지만 너무 실망스러운 모습에 어떻게 된 일이냐고 다그쳤지만 그는 특유의 웃음만 짓고 있었다. 하지만 마치 빈들의 마지막 가을 저녁 빛처럼 공허하고 어떠한 희망의 기색도 없는 웃음이었다. 그렇게 그는 웃고 있었다.

형의 말로는 선산이 있는 시골에서 낭인처럼 살고 있는 그를 발견해서 데려왔다고 했다. 부모님들의 산소 근처에서 하루하루 살아가고 있더라고. 그는 나중에야 말하기를, 조금이라도 나아서 걸을 수 있을 때 부모님 산소 곁에 있고 싶었고, 그리고 더 힘이 난다면 아내와 아이들을 찾아가고 싶었다고 했다. 그러나 그의 체력은 부모님들의 산소를 떠날 수 있게 허락하지 않았고, 그는 그냥 거기서 죽고 싶었다고 한다.

그러나 사람의 목숨은 모진 것이어서 희망대로 그날이 바로 오지도 않았고, 하염없이 시간이 흐르는 동안 몸은 다시 만신창이가 되었다. 추가 치료로 보호되었어야 할 그의 척추가 먼저 망가지기 시작했고, 폐는 아직은 숨 쉴 공간이 있었지만 언제든 이 모든 것이 정지할지 모를 상태가 된 것이었다. 그대로 두면 정말 한 달도 못넘길 것 같은 상태였다.

다시 치료를 시작했다. 그러나 이제는 완치가 목적이 아니라 그가 살아 있는 동안 고통이라도 없도록 해 주고 현재 상황에서 악화되는 과정을 최대한 늦추는 것이 최선의 목표였다. 망가지기 시작한 그의 경추는 거의 녹아서 소멸되어 가기 시작했고, 목은 거의 70도 이상 꺾이고 휘어졌다. 조금만 지나면 척수를 눌러서 사지마비가 올지도 모를 상황이 된 것이다. 응급으로 방사선 치료를 해서 진행을 늦추고자 하였으나 그의 6번 경추는 거의 다 녹아서 없어져 버렸다. 뼈 조직이 다 암세포로 변한 까닭에 방사선 치료로 암세포를 죽이다 보니 아예 뼈가 없어지는 결과를 초래했던 것이다.

그러나 오히려 전화위복으로, 아예 경추 하나가 없어지니 목의 각도가 정상처럼 돌아왔다. 더 이상 신경이 눌릴 위험은 없어진 것이다. 이 과정 중에 영양 공급을 하고 보존적 치료를 열심히 한 덕분에 어느 정도 걷고 자신을 돌볼 정도까지는 회복이 되었다. 그러나 그의 몸은 여전히 시한폭탄이었고 항암치료를 다시 시작해 어쨌든 유지를 할 작정이었다. 그는 드디어 길고 긴 병원 생활에서 벗어나 퇴원을 했고, 이번에는 정말 열심히 살겠노라 약속을 했다. 그러나 그의 상태는 정말 위험하기 그지없어서 정기적으로 입원하고 항암 치료를 해야만 악화를 막을 수 있는 상황이었다.

그렇게 한 1년이 흘러갔다. 외래를 올 때마다 어느 정도 유지가 되는 것 같았던 그의 상태가 갑자기 나빠지기 시작했다. 이제는 정말 힘들어진 것이다. 그를 지탱하던 형도 힘겨워하고, 그 역시 의

욕을 잃어 가고 있었다. 그나마 고통이라도 덜어 줄 수 있도록 입원을 시켰다. 그로부터 며칠 뒤 환자는 마지막을 예감한 듯 면담을 요청했다.

"장 박사님, 감사했어요…. 그리고 저는 참 행복했습니다. 여한이 없어요."

"무슨 말씀이에요. 빨리 회복해야지."

"아니에요. 장 박사님도 알다시피 난 아마도 며칠 있으면 부모님을 만날 것 같아요. 내가 얼마나 어머니 아버지를 그리워했는지…. 그래서 지금은 더 기쁘고 흥분되고 기다려져요."

"…."

"장 박사님, 늘 감사했고요. 제가 절망에 빠져 있을 때 손을 건네준 분이 오직 장 박사님밖에 없었어요. 그때부터 7년, 저 정말 행복하게 살다 갑니다. 장 박사님도 행복하세요."

나는 말을 이을 수 없었다. 꺼져 가는 시간처럼 목소리도 불분명하고 힘겨웠지만, 그는 웃고 있었다. 믿을 수 없도록 환하게, 믿을 수 없도록 맑게…. 그리고 그날 밤 그는 영원한 잠에 빠져들었다.

요즘 말기암 환자들에 대한 '불필요한 치료'라는 주제의 보도가 자주 눈에 띈다. 경제적으로나 의학적으로 무의미한 생명 연장에 반대한다는 정부와 사회단체의 의지를 표명한 것이라 생각한다. 이 의견은 안 그래도 의료보험 재정이 부족한데 이렇게 낭비되는 돈을 줄여 사회에 이득이 되는 쪽으로 전환하자는 취지라 생각한다. 물론 환자의 입장에서 무의미하게 생명을 연장해서 가산을 탕진하는 일은 너무나 끔찍한 일임에 분명하다. 남겨질 사람들에게도 말이다.

그러나 나는 생각이 좀 다르다. 사망을 예견한다고 해서, 그리고 어렵다고 해서 다 포기를 해야 한다는 것인가? 그럼 우리는 다 언젠가는 사망할 테니(결과가 너무나 뻔한 것이니) 병에 걸리면 다 포기하고 그저 주변 정리나 하다 가면 된다는 것인가? 사람의 지고한 가치와 살아 있다는 것 자체의 소중함을 어떻게 경제적 논리로만 가늠할 것인가? 아무리 고통스러운 삶이라도 살아 있다는 자체가 행복한 것이고, 같이 시간을 나누는 가족과 친구들에게도 더없이 소중한 것임을 왜 외면하려 하는 것인가?

나는 갑상선암을 다루는 대부분의 의사들과 달리 이 병으로 사망을 하는 드문 경우를 많이 접하는 사람이다. 힘들어도 살아 있음을 감사하게 생각하고 비록 짧은 시간이나마 최선을 다해 인생을 영유하고, 안타깝고 소중한 시간을 주변과 함께 나누고자 하는 많은 사람들의 일들을 너무나 많이 알고 또 느껴왔다.

사람에게 '무의미한 것'은 없다고 생각한다. 그래서 나는 어떤 경우에도 포기하지 말자는 말을 늘 한다. 인간의 존엄성과 살아 있음의 소중함은 그 무엇으로도 포기할 수 없는 것이다. 그리고 과연 어떤 것이 행복인지 알지도 못한 채 섣부른 잣대로 판단할 수 없는 것이다.

　7년의 고난이, 그 지루하고 길었던 시간이 행복했다고 말하던 그의 웃음처럼 말이다.

너희들 중 죄 없는 자가 먼저 돌로 치라

의사들의 사회에서 환자를 살리지 못한 것은 수치스러운 일이다. 열심히 치료했는데도 병이 재발하거나 난치성으로 진행되어 갈 때의 고뇌는 말도 못할 정도가 된다. 이런 일은 절대로 남에게 밝히고 싶지 않다. 물론 의사들마다 각자 경험이 다르고, 색다른 해결 방안이 있을 수도 있기 때문에 자문을 구해 보는 것도 좋은 방법이다. 하지만 말은 쉽지만 자기가 못한 것, 혹은 못난 것을 동네방네 떠들고 싶은 사람이 누가 있겠는가? 연배가 많이 차이 나는 분들께는 불쑥 이야기를 건네는 것도 힘들고, 비슷비슷한 또래의 사람들에게는 자존심도 상하거니와 그들이나 나나 실력이 뭐 다르랴 하는 생각도 들기 때문이다.

결국 혼자 속으로 끙끙 앓거나 논문을 찾고 공부하는 길을 택하는데, 어떠한 분야건 '논문'이 가지는 문제점은 어떤 특정한 논지를 부각시키기 위해 보편적인 진리보다는 좀 튀게 보이는 면을 기술하기 마련이라는 것이다. 별로 도움이 안 되는 경우가 많고 잘못 이해를 하면 일을 더욱 악화시킬 수 있다.

가끔 학회에서 이런 증례들을 모아서 의견을 나눠 보자는 취지의 강연을 마련하는 경우가 있다. '재미있는'(세계 공통적으로 'interesting case'라고 부른다) 증례를 준비해서 학회 회원들 간의 자유로운 토의를 하면서 원로, 중진, 신진 회원들 가릴 것 없이 교훈을 얻는 프로그램이다. 내가 소속된 학회는 사람들이 이런 토론을 매우 좋아하는 분위기인데, 나는 다른 연구 주제를 발표하는 것보다 이런 주제를 더 좋아하고 배울 것이 많다고 생각한다.

하지만 '재미있는' 증례를 선택한다거나 발표를 하는 것은 큰 용기를 필요로 한다. 토론거리가 되어 난도질당하는 것이 막상 자신의 일이 되면 전혀 재미있지도 흥미롭지도 않기 때문이다. 사람들이란 자신의 일이 아닌 것에 대해 비평하는 것은 좋아하나 당하고 싶지는 않은 법이니까.

어느 해 봄에 학회에서 '어려운 증례들difficult cases'이란 시간을 마련했는데, 여러 기관의 사람들 중에 나도 마지막 연자로 초청 받았다.

첫 번째 발표자는 아주 어렵지만 '환상적'인 성공 증례를 들고 나왔다. 더 이상 토론할 것이 없는 증례였다. 우레와 같은 박수. 그리고 두 번째 발표자도 첫 번째 발표자 때문에 약간 빛이 바래기는 했지만 무난한 성공 증례였다.

마지막 4번째 연자인 나는 잘못 걸려들었다는 느낌이 들기 시작했다. 내가 준비한 것은 정말 어렵고, 같이 토의해서 무언가 길을 찾고 싶은 간절한 심정으로 준비했는데 이 인간들이 '배신'을 했다는 생각이 들었다. 지금에 와서 발표 내용을 바꿀 수도 없는 노릇이고 정말 낭패였다. 식은땀이 줄줄 흘러내리고 있었다.

두 번째 연자가 발표를 마치고 나자 좌장 K 교수께서 한 말씀을 하셨다.

"제가 미리 여러 연자들께 발표하실 내용에 대해 e-mail로 보내 달라고 요청을 드렸었는데 아무도 안 보내 주시더니만, 이렇게 성공 사례들만 가지고 오셨네요. 논의를 할 게 없어서 좌장 입장에서는 재미가 별로 없습니다만 환자들이 잘 나으셨다니 축하할 일입니다. 그럼 다음 연제로 넘어갑시다."

'그럼! 취지에 어긋난 발표를 하는 자들은 죄다 제재를 가해야 해!'

그 다음은 학회의 스타로 불리는 A 교수의 발표였다. 이번에도 뭐 그렇겠지 하고 아무도 기대하지 않는 표정들이었는데, 발표를 듣고 있노라니 정말 한 편의 소설 같은 이야기가 아닌가? 무려 10년에 가까운 치료과정, 재발, 환자와 신뢰를 쌓고 잃어 가던 구

구절절한 이야기가 이어졌다. 다들 놀라는 표정이 역력했고, 의자에 뒤로 기댄 채 흥미를 잃어 가던 사람들이 바싹 탁자에 붙어 앉아서 '매의 눈'을 반짝이기 시작하였다.

이윽고 발표가 끝나자, 아니나 다를까 연제에 대한 질문과 토의를 하자는 좌장의 말이 끝나기가 무섭게 '벌떼처럼' 질문이 이어졌다. 다른 사람들이 총공세를 하는 것을 본 좌중은 또 용기를 얻어 너도나도 질문을 하겠다고 학회 장소에 비치된 3개의 마이크 앞에 길게 늘어섰다.

나는 오히려 더 위축되고 불안감이 극에 달하는 느낌을 받았다. A 교수의 발표는 나와 너무나 유사한 부분이 많았다. 질환만 다를 뿐이지 거의 비슷한 내용에 비슷하게 고민스러운 이야기였다. A 교수는 나보다도 연배가 한참 위이고 소위 스타임에도 이렇게 총공격을 당하는데 나는 뼈도 못 추릴 것이 아닌가?

한참을 당하던 A 교수를 살려 낸 사람은 좌장 K 교수였다. 아쉬움에 계속 줄을 벗어나지 못하는 질문 희망자들을 '시간이 부족해서' 다음 연제로 넘어가야 한다며 자리로 되돌려 보냈다. 하지만 그것도 곱게 끝나지는 않았다.

"좌장으로서 마지막으로 한마디를 덧붙인다면… 나 같으면 지금의 증례의 치료 접근은 정반대로 했을 것입니다. 처음 수술부터 문제가 있었기에 이런 결과가 온 것이라 생각합니다. 여러 회원들의 의견도 동일하리라 생각합니다."

'야, 정말, '확인 사살'까지!'

마지막으로 연단에 선 나는 좌중의 눈빛이 예사롭지 않음을 느꼈다. 이글이글 타오르는 것 같다고나 할까? 바로 전 발표에서 '먹이를 놓친' 사람들이 바로 튀어나와 공세를 퍼부을 준비를 하고 있는 것 같았다.

사실 더 무서운 것은 발표할 내용이 남들이 단순하게 언급할 만큼 가볍지 않고 내 고민과 아픔, 그리고 무엇보다 나를 믿고 자신을 의탁해 준 그분의 아픔이 있는 것이기 때문에 '오로지 비난을 위한 비난'을 잘 이겨낼 자신이 없다는 점이었다.

어쨌든 불안함이 역력히 묻어나는 떨리는 목소리로 발표를 시작했다. 그 환자와 함께 고생하며 지나온 시간이 넘어가는 슬라이드와 함께 주마등처럼 명멸했다. 몇 개월, 몇 년의 시간이 두어 장의 슬라이드에 담겨 있었고, 밤새워 수술하고 고민하던 일들은 사진 속에 그리고 검사 결과 뒤에 숨어 나를 일깨우고 있었다.

이윽고 마지막 수술에 대한 설명을 할 시간이 왔다. 총 4번의 수술 중 최후라 생각하고 모든 것을 다 걸었던 수술이었다. 이 부분에 이르러서는 나는 이미 내 발표 내용과 자신의 감정에 몰입되어 좌중에서 웅성웅성하는 소리를 듣지 못했다. 나중에 동료들이 들려준 이야기로는 상당히 많은 사람들이 서로 쳐다보면서 웅성거리고 있어서 큰일이라도 날 것 같은 분위기처럼 느껴졌다고 했다.

그러나 막상 발표를 마치고 나자 학회장 분위기는 물을 끼얹은 듯 조용해졌고 한동안 어느 누구도 말이 없었다. 실제는 아니었겠지만, 정말 길게 느껴지던 정적을 깨고 좌장의 말씀이 있었다.

"장 교수, 수고했습니다. 이런 말을 하고 싶습니다. 정말 대단한 서전surgeon입니다! 자, 이 연제를 토론에 붙이겠습니다."

그리고 나서도 한동안 질문이 없자,

"나는 분야가 달라 이 연제에 대해 논평하기가 쉽지 않겠습니다. Y대학의 P 교수님께서 한말씀해 주시죠."

"아, 그러지요… 정말 어려운 케이스라는 생각이 듭니다. 나도 아직 저렇게까지는 안 해 봤습니다. 환자의 결과가 좋았으면 더욱 좋았겠지만…. 어쨌든 최선을 다한 장 교수에게 찬사를 보내고 싶습니다. 요즘은 다들 약해지고 또 약아져서 저런 케이스가 생기면 수술을 안 하려고 합니다. 과감한 수술이 환자를 살릴 수 있는 것이라면 언제나 용기를 낼 필요가 있다고 봅니다."

이 말을 들은 나는 좀 이상하다고 생각했다. 사실 P 교수는 내 스승이기는 하지만 가장 무섭고, 조금의 빈틈도 가차 없으며, 가장 비평을 많이 할 것이라 예상했던 분이었기 때문이다. 그러나 역시 기대를 저버리지 않는(?) 말씀을 덧붙이는 것이었다.

"하지만 장 교수는 아직 젊어서 그런지 물러설 때를 놓친 것 같습니다. 내 스승이셨던 C 교수님은, 큰 서전은 진퇴를 현명하게 판단해야 한다고 늘 그러셨지요. 무엇이 가장 올바른 판단인지, 그 결정적인 순간이 언제인지를 파악할 수 있어야 비로소 대가가 될 수 있을 것이라 생각합니다."

P 교수의 말씀이 끝나자 마음의 경계를 푼 '굶주린 질문자들'이 또다시 벌떼처럼 일어나기 시작했다. 사실 요샛말로 '깜도 안 되는' 지엽적인 질문을 집요하게 늘어놓기 시작하는 사람들을 보면서 나는 스스로 반성을 좀 하게 되었다. 나 역시도 다른 발표자들에 대해 저런 신랄하다거나 아니면 집요한 질문을 많이 하는 사람 중의 하나였기 때문에.

이윽고 학회가 끝났다. 만신창이가 된 기분이 드는 것은 나나 A 교수나 마찬가지였을 것이다. A 교수는 바쁜 일로 참여를 못했지만 나는 학회 만찬에 참여했다. 그런 자리에서는 마지막 세션의 발표 내용이 많은 사람들의 기억에 선명하게 남아 있기 때문에 '안주'가 되어 다시 한 번 씹히는 경우가 많아서, 그 자리에 참석하는 것이 좀 무모한 행동이란 생각이 안 드는 것은 아니었다.

예상은 틀리지 않아서 다시 한 번 '되새김질'을 당한 것은 물론이고, 여기저기에 앉아 있던 원로, 선배 교수께 불려 다니며 위로와 당부 말씀 듣느라, 그리고 그 모든 사람들에게 한 잔씩을 받느라 그날 나는 인사불성에 이를 지경이 되었다. 하지만 취한 중에도 한마디 분명하게 기억나는 것은, 누가 해준 말인지는 기억나지 않으나 "이 사람아, 더티 론드리dirty laundry(더러운 빨래. 숨기고 싶은 비밀이라는 뜻)는 집구석에다 꼭꼭 숨겨 놓는 법이라네"라는 말이었다.

옳은 말이다. 그런 일을 하고 싶은 사람은 아무도 없다. 그러나 나는 정말 고민스러운 일을 함께 의논하고 해결책이 있다면 찾고 싶은 심정이었다. 그리고 '이런 길도 있다'는 점을 알리고 싶었던 마음도 있었다.

그날 그 자리에 그만한 고민이 없는 사람은 없을 것이라 확신한다. 그 사람들이 하던 많은 질문과 지적 중에는 자신에게 하는 것들도 분명 있었으리라. 그리고 다들 자신을 되돌아보았으리라. 집구석에 있건 마음속에 묻어 두었건 더러운 빨래는 꼭 냄새를 피우는 법이니까.

나는 그날 이후 좀 생각이 바뀌게 되었다. 학회장에서 신랄한 비판을 즐겨하고 틀린 소리를 하면 가차 없이 반박하던 모습에서 조금씩 참는 모습으로, 그리고 좀 어설픈 소리를 해도 모른 체 넘어가는 일이 늘어 갔다. 내 원래 모습을 잘 알고 있는 학회의 여러 선배 선생님들은, "자네 요새 무슨 일 있어? 왜 이렇게 순해졌어?" 하고 의아해하는 일이 많았다.

그 말에 뭐라고 대답해야 할지 사실 잘 모르겠다. 하지만 어쩐지 그런 느낌이 드는 것이다. 내가 과연 다른 사람들의 일을 논평할 만한 자격이 있는가 하는 회의 말이다. 그리고 또 한 가지, 성경에 막달라 마리아가 등장하는 장면에서 "너희들 중에 죄 없는 자가 먼저 돌로 치라" 하는 말씀이 있지 않은가?

크로스 카운터

어린 시절부터 나는 여느 사람들과 마찬가지로 경제적으로나 정치적으로 답답한 그 시절의 애환을 달래며 전 국민을 감동시켰던 권투의 매력에 흠뻑 빠졌다. 권투가 매력이 있는 것은 치고받는 엄연한 싸움임이 분명하지만, 엄격한 규칙이 있고 마구잡이로 휘두르는 주먹보다는 잘 훈련된 스피드가 승부의 관건이라는 점이다.

그러나 무엇보다도 승부를 예측하기 어렵다는 점이 제일 큰 매력이라 할 수 있겠다. 전력이나 랭킹 등에서 명백한 열세인 것으로 판단되는 선수가 의외의 승부를 내는 경우가 많기 때문에 마치 한 편의 감동적인 드라마를 보는 듯한 느낌마저 든다. 홍수환 대 카라스키야의 4전5기, 박찬희와 당대 무적으로 여겨지던 에스파다스의 역전 KO승부를 보던 감동은 아직도 생생하다.

이러한 명승부를 만들어 내고 기울어진 듯한 승부를 단번에 뒤집는 강력한 무기가 있다. 혹 권투를 좋아하는 분들은 벌써 알아채셨으리라. 바로 크로스 카운터cross counter다. 수세에 몰린 선수가 상대방이 강력한 펀치를 날리려는 순간, 동작이 커진 빈틈을 이용해서 급소를 향해(주로 관자놀이) 날카로운 펀치를 날리는 것을 말한다. 상대방이 달려드는 힘과 속도, 자신의 주먹의 속도가 더해져서 몇 배의 파괴력을 낼 수 있기에 단발로도 승부를 결정지을 수 있다.

외과학 분야도 여러 가지 전공으로 나뉘기 때문에 이제는 외과를 전반적으로 다 하는 소위 만능 외과의사는 거의 찾아보기 힘들다. 따라서 서로 다른 분야를 전공하는 사람들끼리는 만날 기회도 적고, 만나서도 서로에 대해 아는 것이 별로 없기 때문에 서로 적당히 배려해 주면서 살짝 비켜 가는 것이 일반적이다.

그러나 내가 전공하고 있는 내분비외과 분야는 조금씩 겹치는 부분이 있고, 다른 전공을 하는 사람들도 겸해서 하는 경우가 있다. 질환의 빈도가 높은 갑상선이나 부갑상선이 두경부에 위치한 기관이란 이유로 나처럼 두경부외과와 내분비외과를 함께 공부하는 사람이 있는가 하면, 여성에게 빈발하는 질환이기 때문에 유방외과와 함께 전공하는 사람들도 많다.

우리 학회에는 이처럼 다양한 사람들이 모여 있기 때문에 간혹

웃지 못할 일이 벌어지기도 한다. 자신이 전공하는 분야가 제일 중요하다고 생각을 하다 보니, 남들의 것은 무의식 중에 얕잡아 보는 경향 때문에 생겨나는 일이다.

지금부터 본론으로 들어가서 내가 학회에서 지켜보았던 흥미로운 장면 하나를 녹화 중계, 해설하고자 한다. 비록 시간이 좀 흘렀으나 유선 TV 프로그램 중 과거의 명승부를 보여 주는 것 정도로 생각해 주길 바란다.

* 일시: 200X년 봄 부산
* 장소: 내분비외과 학회 후 회식 장소
* 선수: Y대 P 교수 vs S대 Y 교수
* 캐스터: A
* 해설위원: B
* 선수 비교

비교 항목	P 교수	Y 교수
경력	**32년**	29년
현재 전문분야	갑상선	갑상선, 유방
과거 전문분야	유방, 갑상선	유방
학회 활동	전 회장	신임 회장

A: 여러분 안녕하십니까? CHS Chang, Hang-Seok 스포츠입니다. 여기는 학회를 마친 후 전국에서 모인 학자들이 서로 친목을 도모하고 앞으로의 협력을 위한 바탕을 마련하는 뒤풀이 자리입니다.

B: 그렇습니다. 학회만큼이나 중요한 자리지요.

A: 외과의사들이라 역시 술이 센 것 같군요!

B: 뭐, 이 정도는 보통이라고 봐야죠.

A: 말씀 드리는 순간 P, Y 두 선수가 만났군요. 둘 다 아주 훌륭한 선수들 아니겠습니까?

B: 그렇죠. 한국을 대표하는 선수들이라고 해야겠죠. 후배들의 귀감이 되는 선수들입니다.

A: 전문가 입장에서 보시기에는 어떻습니까? 두 선수 간의 전력이 차이가 있다고 보십니까?

B: 아~ 그건 말이죠, P 선수는 현재 내분비외과를 전공하고 있고, Y 선수는 내분비, 유방 둘 다 하고 있지 않습니까? 반면 P 선수는 과거에 유방을 했었단 말씀이죠. 참 가늠하기 어려운 승부입니다. 하지만 지금은 내분비외과 학회이니 P 선수가 좀 더 유리하다고 봐야겠지요.

A: 예, 그렇군요. 의학에서는 경력도 참 중요하지 않습니까?

B: 그렇습니다. 비록 얼마 차이 안 나는 것처럼 보이지만 의대 사회에선 '짬밥'이 중요한 것 아니겠습니까?

A: 예…. (B 위원! 방송 용어 사용해 주세요, 제발!!)

A: 말씀드리는 순간, 두 선수 이야기를 나누고 있군요. 무슨 내용인지 직접 듣도록 하겠습니다.

Y: P 교수님, 어떻게 지내셨어요? 여전히 왕성한 활동을 하시니 참 보기 좋습니다.

P: 아, 안녕하세요? Y 교수도 이제는 많이 바빠지겠어요. 학회 일이 별거 아닌 것처럼 보여도 의외로 일이 많아서 참 힘이 듭니다. 이제 수고가 많겠습니다.

Y: 뭐, 그래도 형님께서 닦아 놓으신 것들이 있으니 걱정은 없습니다. 많이 도와주세요.

P: 별 말씀을! 내 힘닿는 대로 도울 테니 학회를 크게 발전시키세요.

A: 특이한 내용은 없군요. 통상적인 이야기인 것 같죠?

B: 네, 그렇습니다. 너무 거물들이 만났나요? 탐색전이 길어질 듯도 합니다만….

A: 아, 말씀드리는 순간, 수술 이야기로 접어들었군요! 역시 외과의사들의 장기라 할 수 있겠죠.

B: 뭐, 소재가 빈약한 것이죠. 다른 이야기에는 흥미를 못 느끼니까 그런 것 아니겠습니까?

A: (B 위원! 제발 좀!!)

P: 갑상선 수술은 말이지, 참 골치 아픈 거야. 신경 쓸 일도 많고
조금만 심하게 긁어도 목소리가 좋질 않거든….

A: 이게 무슨 의미입니까? B 위원님?

B: 예, 그건 말이죠, 갑상선 암을 완벽하게 수술하려면 주변의
임파선(림프선)을 잘 청소하는 것이 중요한데, 그러다 보면 목소리
신경 주변으로 자주 접근을 하게 되어서 일시적으로는 목소리 질
이 안 좋을 수 있다는 것입니다. '긁는다'는 것은 외과의사들이 자
주 쓰는 말인데요, dissection(청소술)을 한다는 것을 의미합니다.
하지만 저건 P고수의, 아, 죄송합니다. 워낙 고수인 선수들이라 제
가 무의식중에 실수를 했네요. P 교수의 장기가 아니겠습니까?

A: 그렇군요! 기선을 제압하기 위한 동작으로 보입니다.

P: 내분비외과는 말야, 참 고달픈 거야. 안 그래요, Y 교수?
우리가 빨리 늙는 데는 다 이유가 있는 거예요.

Y: 그렇지요. 신경 많이 쓰이죠. 그런데 저는 갑상선보다는
유방이 더 신경이 쓰이더라고요. 그 두 가지를 다 하려니….
그러니 내가 형님보다 더 빨리 늙는 것 같습니다. 그런데
형님은 요새 유방은 안 하시죠? 좀 편하시겠어요.

A: 이제 탐색을 끝내고 본격적인 시작이군요.

B: 그렇군요. P 선수의 잽에 Y 선수의 훅이 섞이고 있습니다. 서로 전공하는 것을 내세우고 있군요.

P: 나도 예전에는 유방 했었지. 근데 요새는 안 해. 다 밑에 아이들에게 물려줬어요. 그거 뭐 귀찮기나 하고….

Y: 그래도 그런 걸 하셔야 힘이 있죠. 갑상선 그까짓 거 뭐 백날 해봤자 병원 경영자들은 안 좋아해요!

A: 이건 무슨 말입니까?

B: 이건 말이죠. 유방암 치료를 하면 항암 치료, 방사선 치료, 입원 기간 등등 병원의 수입이 증가하는 것이 사실입니다. 갑상선암은 추가 치료를 해도 비용이 많이 들지 않아요. 규모가 30분의 1 정도도 안 될걸요? 요새는 대학병원도 생존 전략을 최우선으로 치기 때문에 병원 수입을 높여 주는 사람이 큰 소리도 내고, 나중에 병원장 같은 보직도 하고 그런 겁니다.

A: 그런데 B 위원님, 30분의 1이면 대단한 차이인데…. 무한 경쟁의 시대에서는 과의 존폐위기가 될 수도 있는 것 아니겠습니까?

B: 저…. 정확한 통계는 지금은 잘 모르겠고요….

A: 예, 알겠습니다. 다음부터는 (쫌!) 정확하게 알려 주세요.

P: 그래도 일이 재미가 있어야지요. 유방 그까짓 거… 나도 해

봤지만 참 재미없어.

A: 네, 서로 '그까짓 거'를 쓰고 있군요! 점점 재미있어집니다.

Y: 왜요? 갑상선 그건 뭐 별거 있나요? 목 쬐끔 따서 똑 떼어 내면
되는 것 아니에요?

A: 네~~ '쬐끔', '똑 떼어 낸다'! 속칭 '잔챙이'를 의미하는 말로
외과의사들 사이에서는 '곰손bear hand' 다음으로 치명적인 용어
아니겠습니까?

B: 네, 그렇지요…. (A 캐스터, 잔챙이는 '방송 용어'요??) 그리고 '따
서'라는 말도 그렇죠. '절개를 한다'거나 최소한 '연다', 뭐 이런
용어를 쓰는 것이 보통인데…. 이 정도면 트리플 컴비네이션 펀치
되겠습니다. 고난도 기술이죠! 과거 홍수환 선수가 즐겨 쓰던 기술
입니다. Y 선수, 공세가 아주 매섭습니다.

P: 하긴 그래요. 쬐끔 따도 완벽하게 들어내는 것이 기술이지….
그런데 말이야, 요즘은 원칙도 모르고 수술하는 사람들도
많은가 봐? 특히나 갑상선은 수술이 제일 중요하거든.
원칙대로 수술을 하지 않으면 재발률도 많이 높아지지요. 병
자체의 예후가 아무리 좋아도 안이하게 수술하는 것은 문제가

있죠.

Y: (으음) 예, 그, 그렇지요….

A: 예!! P 선수의 역전타!! 클린 히트입니다. Y 선수, 데미지를 입은 것 같습니다.

B: 예, 그렇습니다. 거의 결정타네요. 얼마나 버틸지…. Y 선수 비틀거리고 있습니다.

P: 그래서 우리 선배들이 잘해야 하는 거야. 애들이 뭘 보고
배우겠어? 우리가 잘 인도해야 한국 의료계에 미래가 있는
거지요.

Y: 네에…. 옳으신 말씀입니다.

A: 이제는 거의 승부가 난 것 같지 않습니까?

B: 그래도 경기는 종이 울려 봐야 아는 것 아니겠습니까? 요새는 종도 안 울리고 점수 판정표 걸나 보죠?

A: (윽!) 그렇군요…. 하지만 심판들은 이미 마음이 기울지 않았을까요?

B: 끝나 봐야죠!

P: 이제는 Y 교수도 유방은 슬슬 후진에게 넘겨 줘요. 학회장도

되셨으니 집중을 하셔야지.

Y : 그래도 그게 어디 쉽나요?

P : 아, 거 참. 유방 그깟 거 뭐 할 거리나 된다고⋯. 그거 뭐 좀 큰

익시전excision(절제술, 조직 검사 등을 위해 작은 조직을 떼어 내는

작은 수술을 일컫는 말)인 거잖아.

Y : 그래도 그게 그렇게 간단한 것만은 아니죠⋯.

P : 나도 다 해 봤잖소. 유방 수술 그거 뭐, 발로 해도 되는 것

아냐?

A, B : (동시에) 예~ 치명타입니다!!

B : 설마 여기서 이런 기술이 나올지는 몰랐는데요? 놀랍습니다!

A : 이제는 승부가⋯.

B : 계속 보시죠!

Y : 예⋯ 하긴⋯. 얼마 전에 형님께서 예전에 발로 하셨던 유방암

케이스가 저한테 오긴 했더라고요.

P : (윽!!)⋯

A : 네!!! 이런 일이! 놀랍습니다. 국민 여러분, 역전입니다, 역전!
경기 끝났습니다.

B : 그렇습니다. 일격에 뒤집혔군요! 필살기입니다. 놀라운 기술

입니다!!

A: 정말 승부는 모르겠네요. 이런 결말이 올 줄은 정말 예상하지 못했습니다.

B: 그렇습니다. 그래선 언제나 방심은 금물이죠.

A: 이번 기술은 무엇으로 보십니까?

B: 네~ 아마도 크로스 카운터라고 봐야 할 것 같군요. 거의 그로기에 빠졌던 Y 선수가 마지막 결정타를 날리려는 P 선수의 빈틈을 노려 일발필도의 크로스 카운터를 날린 것이죠. 대~단합니다.

A: 아주 명승부였습니다. 시청자 여러분도 매우 즐거우셨으리라 생각합니다. 그럼 중계를 마치겠습니다. 이상 부산에서 캐스터 A, 해설 B 위원이었습니다. 안녕히 계십시오.

회식 문화

한국에서 회식은 일의 연장이다. 그래서 개인의 의사와는 별개로 모든 회식은 선택이 아니라 '당연' 혹은 '필수' 사항이다. 원하건 원하지 않건 간에 무조건 참석해서 분위기를 맞추어야 하고 어릴 때는 그걸 띄워야 하는 막중한 책임도 지게 된다. 선배들이나 상사의 기호에 따라 맞춤형으로 변신이 쉬운 사람들은 유능하고 사회적인 인물로 인정받을 수도 있다고 한다.

의대에서도 이런 문화는 매일반이다. 그러나 우리 외과의사들은 사실 시간이 거의 없기 때문에 일반적인 사회의 단체들과는 조금 다른 문화가 있는 것 같다. 똑같이 술을 마셔도 조금 다른 부분이 있고, 또한 학교마다 조금씩 다른 특색이 있기도 하다.

대학에 처음 입학했을 때 나는 아직까지 술을 입에도 대어 보지 못한 '꽤 순진한 구석이 있는' 녀석이었다. 그런 까닭에 내 능력이 얼마나 되는지 전혀 알지 못하는 천방지축이었다. 당시 부산에서 24명이나 신입생이 들어와서 잔뜩 고무된 선배들이 부산동문회(고교 평준화 이후 한 학교별 동문회가 성립이 되지 않는 시대 상황에 의해 급조된 향우회적인 성격과 동문회적인 성격이 혼재한 동문회)의 중흥을 예감하면서 환영회를 대대적으로 개최하였다. 그러나 의욕과는 달리 금전적인 문제는 해결하기 어려웠던 선배들은 우리를 죄다 몰아서 당시 신촌의 양대 산맥 중 하나인 중국집, '신촌반점'에 쓸어 넣었다.

안주라고는 6명 앞에 군만두 하나고 바로 옆에는 짬뽕 국물이 다였는데 그나마 선배들이 숟가락 들기 전에 국물을 찍어 먹은 눈치 없는 녀석 하나는 혹독한 대가를 치렀으며, 짬뽕 국물을 두 숟가락 떠먹었다간 소위 '안주발' 세운다고 혼꾸멍나는 분위기였다. 그런 '엄중한' 분위기에서 선배들은 우리에게 환영과 함께 술만은 한도 없이 마시고 목욕까지도 할 수 있을 환대를 해 주었다.

당시 우리는 마치 군대의 제식훈련을 하듯이(우리는 고교시절 교련 과목이 따로 있어서 군사훈련까지 받았던 세대다) 구령에 따라 절제된 동작으로 술을 마셨다.

만배滿杯(술을 채워라.)

탈상脫床(잔을 들어라.)

접구接口(입을 대라.)

흡입吸入(마셔라.)

상두역배上頭逆杯(머리 위에서 잔을 털어라.)

나름 재미있을 것 같지 않은가? 그런네 문제는 잔의 크기였다. 선배들의 사랑이 가득 담긴 그 잔은 바로 냉면 그릇이었다. 거기에 역시 선배들의 사랑이 듬뿍 깃든 30도 소주(요즘처럼 프렌들리한 소주는 당시엔 없었다)를 부으면, 소주 두 병이 아주 들기도 좋고 보기도 좋게 그릇 상층부의 찰랑한 범위에 딱 맞게 담긴다. 물론 선배들의 사랑인데 한 큐에 다 먹어야지 그러지 않았다간 뒷일을 보장할 수 없음은 물론이요, 평생 '찍힘'과 '갈굼'이 무엇인지 잘 알게 해 주겠노라는 다정한 해설까지 있었다.

나는 그날 내 생애에서 가장 술을 많이 먹은 전무후무한 기록을 세울 수 있었다. 여섯 병 반이라는 경이로운 기록은 평생 깨어지지 않았을 뿐만 아니라, 당시에도 3일간 학교를 안 가고 쉬어도 되는 상태에 이를 수 있었다. 이 얼마나 놀라운 선배들의 사랑이란 말인가? 감동 그 자체가 아니겠는가?

그런 일들을 겪고 시간이 흘러 나도 밑에 몇 학년을 거느리는 선배가 되었다. 적어도 나는 그런 야만스런 행동을 하지는 않았지만, 미술반 서클의 회장이 되니 나만 쳐다보는 후배들을 사 먹이는 일이 너무 힘이 들었다. 이 인간들이 좀 잘 먹어야 말이지.

당시에는 학사주점이나 민속주점이란 것이 유행이었다. 동동주와 함께 갓 부쳐 낸 빈대떡이나 전 같은 것은 우리에겐 최고의 안주였다. 그러나 서클 인원 20~30명이 함께하는 자리에서는 서로 경쟁적이 되는 것은 물론, 고소한 음식 냄새와 함께 금방금방 구워 주는 분위기에서는 음식이 한도 끝도 없이 소비된다. 그래서 내가 개발한 타개책은 이런 것이다. 아예 처음부터 '상다리가 부러질 것처럼' 잔뜩 부침개며 빈대떡이며 등등을 쫙 깔아 놓고 시작하는 것이다. 미리 주인과 상의해서 말이다. 그리고 동동주도 아예 2인당 한 통 정도로 깐다.

사실 이러면 돈이 많이 들 것 같지만 처음에 이렇게 시키면 생각보다 많이 들지 않는 것은 물론이요, 기름지고 느끼한 음식이 쫙 깔려 있으면 그다지 많이 먹지 못하는 것이다. 추석이나 설에 전을 많이 먹게 되지 않는 원리와 비슷하다고나 할까. 내 후배들은 지금도 내가 너무나 그들을 배려해서 이렇게 맛난 것을 많이 사 주었다고 '착각'을 하고 있는 실정이다. 참 미안하기는 하나 이 방법은 요즘도 요긴하게 써먹고 있다.

이식외과, 탑건이 되다

외과 레지던트가 된 후에는 회식이란 것이 어쩌다 한 번 있는 일이지만 한 번 하면 화끈하게 죽도록 먹고 노는 것이 기본이 되었다.

평소에 워낙 잘 못 먹기도 하고, 먹어도 '거지같은 것'만 먹다 보니 정말 걸신들린 것같이 먹어 대는데, 한 식당을 정하면 그 식당의 술은 당연히 다 소진되고, 가끔 고기도 다 없어지는 사태가 벌어지기도 했었다.

내가 아래 연차일 때는 별 문제가 없었는데, 막상 위 연차가 되고 보니 문제가 좀 심각하다고 생각하게 되었는지 그동안 레지던트들의 경제권을 인정해 왔던 교실에서 너무 방만한 운영을 한다는 지적과 함께 경제권을 박탈해 버렸다. 당장 돈이 없으니 고생하는 후배들 밥 한 끼를 사 먹이는 일도 힘이 들고, 봉급이 다 고만고만하니 선배나 후배나 서로 민망한 처지가 되었다. 그래도 선배들에게 얻어먹은 것은 후배들에게 갚는다는 것이 연세대학의 전통인데 이걸 어찌 못한다 할 수 있겠는가?

내 4년차 마지막 스케줄은 이식외과였다. 고생스러운 파트이긴 하지만 각 연차별로 1-2명 이상의 후배가 있는 나름 큰 무리였기 때문에 이 회식에 대한 걱정이 컸다. 다른 파트는 보통 2~3명이라 별로 부담이 되지 않았지만, 인턴이나 학생들까지 포함하면 10명이 넘어가는 '걸신'들을 먹일 걱정이 어디 보통이겠는가? 우선 1차는 미술반 경험을 살려 어떻게 모면을 해 보더라도, 2차를 기다리는 '초롱초롱한' 눈빛들은 무섭기까지 한 것이었다.

그래서 또 생각해 낸 것이 '게임'이었다. 당시 신촌에는 베레타 사격장이 유행이었다. BB탄이지만 꽤 정확도가 높고 강력한 발사력을 지닌 총으로 사격 시합을 열었다.

"얘들아, 우리 그냥 술만 먹으면 재미없잖아. 우리 사격을 해서 1등은 만 원, 2등은 2만 원, 이런 식으로 내기를 걸고 그걸로 2차 갈까?"

순진한 애들은 당연히 너무 재미있다며 죄다 걸려들었다. 자기가 몇 등을 할지 전혀 모르는 것이 아닌가? 순식간에 10만 원이 지출될 수 있다는 걸 모르는 채 이들은 내 계략의 희생양이 되었다. 그렇게 한두 번을 하니까 재미는 있는데 뭔가 많이 부담이 되는 것을 이 녀석들이 알아차리게 되었다. 그러고 나서 생긴 이상한 현상은 1차에서 술값이 적게 나오기 시작한 것이다. 이 눈치 빠른 녀석들이 2차를 가는 도중에 위치한 사격장에서의 일전을 위해 미리 '이미지 훈련'까지 하면서 최대한 술은 자제를 하는 것이었다.

결국 이렇게 해서 1996년 겨울, 우리 이식팀원은 모두 '탑건'이 되었다. 모두 비슷비슷한 실력을 겸비한 까닭에, 한 발을 놓치면 바로 5등쯤 되고 두 발을 실수하면 바로 '10만 원의 영예'를 안게 되었다. 이 얼마나 발전적인 회식이란 말인가?

빨대로 양주 한 병

우리 과에는 세계적으로도 유명한 슈퍼스타가 몇 분 있다. 그들 중에서 이제 소개하려 하는 분은 특히 위암 분야에서 한국을 대표하는 분이고 세계적으로도 명성이 자자한 노○○ 교수님이다.

교수님에게는 젊은 시절부터 유명한 별호가 몇 개 있었다. 내과나 타 과에서 환자를 의뢰하면 낮과 밤을 가리지 않고 열심히 수술했고, 특히 환자의 상태가 지극히 위험하고 안 좋은 상황에도 싫다는 말 한마디 하지 않고 묵묵히 수술을 했다. 날밤을 새더라도, 몇 날 며칠을 수술만 하며 집에도 한번 가지 못하는 상황에서도 말이다. 그래서 붙여진 교수님의 별명은 '노가다'였다.

다른 별명도 재미있었다. 당시 우리나라에 많았던 간경화증에서 식도 출혈이 일어나면 하는 '고바야시 수술법'이란 것이 있었는데, 초극강 수준의 노동이어서 아무도 이런 수술에 연루되고 싶어 하지 않았다. 수술을 성공적으로 마쳐도 예후가 극히 안 좋아서 그야말로 어려운 수술이다. 그런데 이분이 그 수술을 밤이면 밤마다 해댄다고 교수의 성을 따서 '노바야시'라고 불리기도 했다. 또 다른 별호는 '노상술'이었다. 우리의 노 교수는 술이 세기도 하고 날이면 날마다 수술 끝나고 회식을 즐겨 해서 늘 '수술' 아니면 '술' 둘 중 하나를 한다는 특징이 있었다.

나는 사실 노 교수와 그리 코드가 잘 맞는 편이 아니었다. 그렇게 막무가내식(?)은 내 정서와 잘 맞지 않았기 때문이기도 했다. 2년차가 되었을 때 나는 레지던트 중 유일한 대학원 과정 학생이었다. (당시만 해도 외과는 너무 일이 많고 공부할 시간도 부족해 다른 여유 있는 과들과 경쟁해서 대학원에 입학하기가 여간 어려운 일이 아니었다.) 졸업논문을 쓰느라 질식해 가고 있던 상황에서 노 교수가 내게 논문을 하나 써 보라고 주제를 주셨다. 하지만 나는 그 당시 석사학위 논문을 쓰느라 도저히 다른 것을 할 수 없을 것 같았다. 겨우 2년차 실력에 두 가지를 동시에 한다는 것은 아무리 생각해도 무리였다. 그래서 어렵사리 노 교수께 논문 주제를 주신 것은 너무나 감사하지만 도저히 못 하겠노라고 말씀 드렸고, 그 길로 나와 노 교수는 영원히 개선되지 않을 관계로 발전하게 되었다.

그런 상태로 3년차가 되어 노 교수의 치프 레지던트가 되었을 때 내가 느끼는 위기의식은 일촉즉발 그 자체였다. 게다가 1년차로 온 녀석은 지금은 다른 대학의 어엿한 교수로 성장했지만 정말 난 치성이었다! 거의 매일을 혼나고 욕먹으며 지내던 어느 날, 관계가 너무 악화되는 것은 좋지 않다고 생각했는지 노 교수님이 회식을 제안했다.

노 교수표 회식은 앉은 자리에서 속전속결 일사천리로 해치우는 것이 특징이었다. 한동안 노 교수는 삼계탕 집을 좋아했는데, 자리에 앉자마자 "여기 머릿수대로 삼계탕 주시고요. 음, 음식 나오기 전에 통닭 몇 마리하고 맥주 좀 먹도록 하지"로 시작하는 것이 보통이었다. 여기에 바로 속전속결의 묘가 있다. 삼계탕이 나오기 전에 맥주가 짝으로 쌓이면, 통닭을 먹은 기억이 있는 사람이 드물며, 그 집에서 어떻게 나왔는지 기억하는 사람은 극소수에 불과하게 된다. 삼계탕 집에서 맥주를 짝 단위로 먹는 것이 말이 안 된다고 생각하는 사람들도 물론 있으리라. 하지만 외과 회식에 불가능은 없다. 믿으시라.

어쨌든 그날의 회식은 인간이 되려면 한참 먼 1년차와 미운털 배긴 3년차, 그리고 두서너 명의 펠로우 스텝, 이렇게 팀이 구성되었다. 노 교수는 누구를 만나든 초반에 꼭 물어보는 것이 있었다. "어이, 김○○, 술 좀 하나?" 이런 질문인데, 술 못 먹는 사람은 논문 거절한 인간(?)보다 더 싫어하고 거의 쓰레기 취급을 하는지라 누구라도 "네, 조금 먹을 줄 압니다" 하고 대답하기 마련이었다.

하지만 이날 아주 작정을 한 1년차는 어디서 노 교수가 술 잘 먹는 사람 좋아한다는 말을 듣고는, "네, 좀 먹습니다. 빨대로 먹으면 양주 한 병 정도 먹고요, 그냥 마시면 뭐 양주 큰 걸로 한 네 병 정도…"라고 대답했다. 나는 이 말을 듣는 순간 소름이 확 끼쳐서 바로 노 교수의 눈치를 살폈다. 노 교수의 표정은 마치 눈앞에서 까부는 하이에나를 본 수사자의 표정이었다. 이글이글 타오르는 눈동자로 노 교수는 말했다.

"어쭈, 김○○, 좀 먹는단 말이지? 그래 어디 오늘 마음껏 먹어보지."

이걸 칭찬이라고 착각한 녀석은 속도 없이 헤헤거리며 주는 대로 넙죽넙죽 두꺼비 파리 삼키듯 하고 있었다. 두 사람의 일대일 대작으로 그날의 회식 분위기는 절정을 향해 치닫고 있었다. 주변인이 되어 버린 다른 참석자들은 그저 심판이라도 잘 보아야겠다는 사명감으로 없어지는 술을 카운트하고 있었다.

사실 나는 그날 어떻게 끝났는지 잘 기억하지 못한다. 다만 거의 인사불성이 된 1년차를 부축하고 삼계탕은 먹어 보지도 못한 채 그 집을 나설 때 하셨던 노 교수의 일성만은 뚜렷하게 기억하고 있다.

"짜아식, 별 것도 아닌 게 까불고 있어!"

다음 날 행방이 묘연해진 1년차는 회진에 나타나지 않았다. 레지던트의 '노쇼'는 극형에 해당하는 중범죄다. 가뜩이나 사이도 안 좋은데 1년차까지 나타나지 않고…. 나는 거의 죽을 맛이었다.

"김〇〇 어디 갔어?"

"네… 그것이 그러니까….'"

"안 나왔어?"

"네… 아침에 연락이 안 되고….'"

"이놈이 이제 아주 미쳤구만! 어제 어디서 재웠어?"

"네… 의국에 데리고 들어오긴 했는데…. 밤에 어떻게 된 건지….'"

"한심한 놈!"

그런데 이상한 것은 마지막 말을 하는 노 교수의 표정이 아주 밝았다는 사실이다.

교수는 아주 만족스러운 미소를 띠면서 일을 마무리지었다. 사달이 제대로 날 일이었는데, 아마도 시건방진 녀석 하나 제대로 잡은 것이 통쾌해서 그러셨던 것 같다.

시간이 좀 더 흐르고 1년차도 나도 더 이상 레지던트가 아니었던 어느 날에 내가 그에게 물어 본 적이 있다.

"야, 너 그때 정말 빨대로 양주 한 병 먹을 수 있었던 거야?"

"아니요, 사람이 어떻게 그렇게 먹어요?"

"근데 왜 그랬어?"

"그냥 한번 말해 본 건데 정말 그렇게 먹일 줄은 몰랐어요. 죽는 줄 알았다니까요!"

(으이그 한심한 놈….)

벌금 내기 회식

우리 팀은 서로 얼굴을 보기가 힘들 정도로 바쁘게 지내기는 하지만 가끔씩은 함께 모여 회식을 한다. 술은 식사하면서 먹는 정도로 '순수하게' 시작하는 것이 보통이다. 주로 수술을 마치고 늦은 시간에 시작하기 때문에 늘 가는 곳은 늦게까지 하는 식당과 40년 전통의 병원 앞 실내포장마차다. 식당은 그때그때 다르지만 언제나 마무리는 '오시오'라는 정겨운 이름의, 그러나 40년째 거의 변화가 없는 '최강 내구성'의 인테리어를 자랑하는 실내포차에서 이루어진다.

술 먹고 이야기하고 노는 것은 다른 사회나 별반 다를 게 없다. 그러나 우리 사회에는 우리 분야를 개척하신 선구자인 우리 스승님이란 거목이 계시다. 우리 스승님의 이야기 95퍼센트 이상은 갑상선에 대한 것이다. 그리고 5퍼센트 정도는 클래식 음악에 대한 것이지만, 이미 우리의 자질을 너무나 잘 파악하고 계신 교수님은 적어도 회식에서만큼은 음악을 거론하지 않으신다. 이야기를 꺼내는 순간 분위기가 확 깨지고, 관심도가 거의 마이너스 직전까지 곤두박질치는 것을 익히 보아 오신 터라 나름 적응이 되신 것 같다. 회식에서도 학문을 논하다니, 경이롭지 않은가? 역시 발전적이고.

그런데 교수님이 참석하지 않는 회식은 어떠할까? 역시 제자들이라 비슷하게 병원 이야기, 환자 이야기, 수술 이야기를 하게 되는 것 같다. 다 배운 대로 간다는 것이지. 하지만 어느 날 나는 갑자기 왜 우리가 이렇게 죽으나 사나 의학만 붙들고 있는지 회의가 들기 시작했다. 우리가 이렇게까지 소재가 빈곤한 사람들인가 하는 생각이 들었다. 그래서 내가 우두머리가 되는 회식 자리에서는 병원이나 의료 관련 주제는 다루지 않고 한번 서로 이야기를 나누어 보자고 했다. 그리고 '재미삼아' 그런 말을 입에 올린 사람들은 만 원씩 내놓기로 했다. 테이블 중앙에 빈 맥주잔을 놓고 누구나 적발되면 바로 한 장씩 그 잔에 '박기로' 한 것이다.

처음에는 어색하고 불편했지만 시간이 지날수록 이야기가 다양해지면서 다소나마 자유로움을 느낄 수 있게 되었다. 안 그래도 답답한데 술 마시면서까지 전공 이야기를 하는 것은 우리 스스로에게 너무 야박한 것이 아니었냐는 반성까지 하게 되었다. 그러나 오랜만에 온 다른 병원으로 간 후배들은 어쨌거나 병원 이야기나 현재 소식을 궁금해할 수도 있지 않겠는가? 그래서 준비한 것이 자진

납세 후 유예란 제도다. 만 원을 내면 3분간의 의사 피력 시간을 주는 제도다. 그리고 그 시간에는 궁금한 질문에 대한 답도 자유(공짜)다.

그럼 이렇게 모인 자금은 어떻게 관리되는가? 우리는 이미 가장 합리적인 방법을 수립했다. 모인 돈은 가장 멀리 가는 사람부터 택시비를 주고, 대리 운전이 필요한 사람을 도와주는 데 쓴다. 만약 수요가 많으면 비율을 따져 지급하고, 그래도 돈이 남는다면 그날 밥을 사는 사람에게 주는 것이 원칙이다. 어떠한가? 합리적이라 생각되지 않는가?

그러나 돈 내는 게 좋은 사람은 없기 때문에 다들 조심하면서 좀 더 다채로운 이야기를 구성하려 애쓰게 된다. 개중에는 의료 관련의 가능성이 있는 어떠한 주제도 선택하지 않는 노련함을 보이는 사람들도 있다. 이렇게 다들 극도로 조심을 하고 경험이 쌓인 우리들이 하는데도 보통 한 번의 회식에서 한 8~10만 원쯤 건힌다. 이건 어떻게 보면 어떤 한계처럼 느껴지기도 하는 서글픈 일이다.

정말 소재가 부족한 때문이다. 병원 밖의 문화에 대한 몰이해와 무관심이 회식 때마다 8~10만 원쯤의 금액으로 나타나는 것이다. 한심하기까지 한 느낌이다. 우리는 언제쯤 이 좁은 틀을 벗어나 세상을 넓게 보고 살 수 있을 것인가?

이제 요즘의 회식 문화에 대한 이야기를 해 보고 싶다. 요즘은 회식에 나가도 서로 얼굴을 본다거나 이야기를 나누는 시간보다 스마트폰에 얼굴을 박고 있는 시간이 압도적으로 많은 것이 현실이라 한다. 아직 의대 사회에서는 그런 일이 용납되지 않지만 여기라고 별 수 있겠는가? 곧 그 물결이 밀려들 것으로 생각된다. 다른 사람과의 만남보다 자신만의 세계로 몰입해 가는 현대적인 추세가 바로 나타나겠지.

이 스마트폰은 단절이란 부작용 외에 또 다른 문제를 야기하기도 한다. 바로 이런 것이다. 예전에는 좌중에 높으신 분이 말씀을 하시면 그게 옳건 그르건 다 수긍을 하는 게 당연한 일이었다. 혹여 팥빙수를 메주콩으로 만든다고 하시더라도 옳다고 (치고) 넘어가 줄 줄 아는 아량이 젊은이들에게 있었다. 정말 마음에 들지 않다거나 그 문제를 학문적으로 해결하지 않으면 '팥빙수에 대한 죄책감'으로 잠을 못 이룰 것 같다는 느낌이 들면 간혹 집에서 책을 찾아본다거나 그런 것으로 학문적인 갈증을 해소하곤 하는 것이 보통이었다.

그러나 요즘은 다르다. 간혹 고의성 없이 단순한 기억력의 아주 작은 오류에 의한 '삑사리'일지라도 삭막한 젊은이들은 바로 스마트폰을 들고 검색을 한 뒤, "어? 선생님, 그거 아닌데요? 이건 ○○가 어떻고 어때서 그런 ○○ 하는 거라는데요?" 하고 1초의 망설임도 없이 바로 태클을 건다.

독자 여러분도 이런 '싸가지', '버르장머리'에 관련된 여러 감회가 있으리라 생각한다. 허나 어쩔 것인가? 이래서 요즘 나는 어떠한 것도 정확하지 않으면 한마디도 나서지 않는 습관이 생겼다. 내 비록 아는 것은 많으나(?) 한마디 삐끗했다 구차하게 변명하는 꼴을 당하고 싶지 않은 까닭이다. 이 모든 것 역시 우리를 이루는 사회의 한 단면이리라. 물론 적응을 해야겠지만 씁쓸한 느낌이 드는 것은 무슨 연유일까?

회식이란 하나의 문화다. 세월이 흐르면서 변화하고 있지만, 결국 그 문화를 이룩하고 향유하는 것은 바로 우리 자신이란 것을 깨닫는 것이 중요하겠다. 우리의 문화이니 우리 자신들의 이야기로 꾸며 나가야 하지 않겠는가?

동헌일지東軒日誌

때는 바야흐로 오월, 녹음이 방창하고 만물이 약동하는 계절이라 고을의 기운이 화창하고 민관이 화합하는 호시절이렸다. 마침 단오절을 맞아 자못 달뜬 마음을 진정키 어려운 것은 설레는 청춘뿐만 아니라 신임 관장 변 사또 역시 그러하였다.

그러나 평온하고 안락한 봄기운을 깨뜨리는 일성이 있었으니,

"사아또오~! 억울하옵니다. 사아또오~! 굽어살펴 주옵소서, 사아~또오~"

"여봐라, 게 누구 없느냐? 왜 이리 소란스럽단 말이냐?"

"네이~. 여기 이방 대령하였나이다. 사아또!"

"그래. 아침부터 이 무슨 소란인가?"

"사아또, 어제 있었던 폭력사건을 고하고자 하는 백성이 소란을 피우고 있나이다."

"무슨 일인지 자세히 고하라."

"네이, 어제 저 아래 새말新村에 있는 의원醫院에서 의생醫生들끼리 폭행사건이 있었다 하옵니다. 피해를 당했다는 자가 아침부터 억울함을 고하고자 소란을 피우는 것이옵니다."

"그래? 어허 그것 참, 이런 일까지 본관이 나서야 한단 말이냐? 어쨌든 이렇게 소란을 일으킬 정도로 억울한 일이 무엇인가? 고소인을 들라 하라!"

잠시 후 갓은 비틀어지고 찢어졌으며, 의복은 흙투성이가 되고 얼굴에 피멍이 들고 코를 틀어막은 의생이 절름거리며 동헌으로 들었겠다.

"고소인은 어디 사는 누구인가?"

"예에, 사아또오! 소인은 배꽃말梨花村 사는 정길동이라 하옵니다. 새말 의원에서 인돈引頓으로 일하는 자이옵니다, 사아또오~."

"그런데 이방, 이게 무슨 말이냐? 인돈이라니?"

"니에, 사또. 의원에 처음 들어가면 의술을 배우고 잔심부름을 하는 초보 단계를 말하는 것이옵니다."

"그럼 저 명칭에 뜻이 있을 것 아닌가?"

"니에, 원래는 참을 '忍'자를 써서 돈수백배하듯 참으라는 뜻이었으나 뜻이 너무 참혹하다 하여 당길 '引'자로 바뀌었는데, 뜻은 별반 다를 것이 없어 끈덕지게 붙어 있으란 의미라 하옵니다."

"흠, 그렇다면 그 일 자체가 참을 일이 많고 힘들다는 뜻이 아니겠느냐?

"그러하옵니다. 사아또."

"의생 정 가는 듣거라! 네가 고하고자 하는 억울함은 무엇이냐?"

"사아~또오~ 억울하고 억울하고, 억울하옵니다. 소인이 아침에 잠을 자고 있었사온데 느닷없이 이렇게 폭행을 당했나이다! 제가 이렇게 이유 없이 운신을 못할 정도로 흠씬 두드려 맞았사온데, 새말 의원의 상관과 동료들이 나 몰라라 하고 방치하는 통에 억울함을 풀 길이 없어 이리 고하려 하나이다. 통촉해 주시옵소서, 사아또오~."

"여봐라! 예방禮房 게 있느냐? 자고로 의원이라 함은 사람을 낫게 하고 치료하는 것을 의무로 하는 자이거늘 어찌 이리 사람을 해한단 말인가? 이런 행위가 법리에 어떻게 저촉되는지 상세히 고하라!"

(사또, 이것은 형방刑房이….)

(무엄한 놈! 이방, 네가 고하겠느냐?)

"예, 사또. 예방 대령하였나이다. 분부하신 바 예의범절로 따져도 풍속에 저촉되며, 더구나 의생이라면 엄히 다스릴 사안인 줄 아뢰옵니다."

"그래, 바로 내 의중과 같도다!"

(이자는 좀 쓸 만하군….)

"형방은 연루된 자들을 모조리 잡아들이도록 하라"

"네이~. 뭣들 하느냐? 모조리 잡아들이랍신다아!"

이윽고 새말 의원을 이불 호청 뒤집듯 하고, 해동청 보라매 병아리 낚아채듯 의생들을 포박한 나졸들이 굴비 두릅 엮듯이 두 줄로 엮은 오라를 끌고 동헌으로 들이닥쳤겠다. (얼쑤!)

"죄인들을 대령하였나이다."

"왜 이리 늦장을 부린단 말이냐? 벌써 해가 중천이거늘. 그래, 형방은 심리를 시작하라."

"네이~"

"죄인 김길동은 듣거라! 너는 작일昨日 아침, 새말 의생 중 인돈 정 가를 폭행하고 사람을 저 지경으로 만든 바를 인정하느냐?"

"억울하옵니다. 사아또!! 저는 다만 선배인 래지來智로서, 후배 의생을 교육하려 한 죄밖에 없사옵니다."

(이방, 이건 또 뭐냐?)

(사또, 이것은 인돈 바로 위 단계로 조금 시간이 지나면 의생으로 활동할 수 있는 자격이 주어지는데, '지혜가 쌓여 간다'는 의미로 만든 직책이라 하옵니다.)

(험험…. 그러한가? 무에 이리 복잡하단 말인가?)

"네 이놈, 사람을 이리 상하게 하는 것이 교육이란 말이냐! 네가 지금 어느 안전이라고 참람되게 망령한 입을 놀리는 것이냐? 고소인은 사또께 고하라. 이자의 폭행이 어떠하였는지."

"사아또오! 진정 억울하옵니다. 소인이 잠들어 있는 틈을 타 제 방으로 난입한 이자는 무방비 상태에 있는 소인을 세우더니 '돌려차기'로 얼굴을 가격하여 이 꼴을 만들었나이다. 아무런 교육이란 것은 없었나이다."

"무어라? 돌려차기? 그건 태껸이나 한다는 무식한 자들이 쓰는 무서운 살수殺手가 아니냐?"

"그러하옵니다, 사또. 과거 먼 외국에서는 살인 무기가 될 수 있다 하여 법으로 금지한 바 있는 무서운 초식이옵니다."

"역시 그러하도다! 네 이놈! 너는 어찌 후배를 교육한다는 빌미로 살수를 썼단 말이냐!"

"사아또, 진정 저는 억울하옵니다. 제가 물론 혈기를 이기지 못해 이자를 폭행한 것은 맞사오나, 이자는 의생으로서 의무를 위반하고 목숨이 경각에 달린 위급한 환자가 있었음에도 바로 그 옆에서 태연히 잠들어 해가 중천에 뜨도록 일어나지 않는 나태하기 이를 데 없는 자이옵니다. 소인은 이를 경계하고자 하였사온데, 조치가 조금 심하였던 것이옵니다."

"무엇이! 이놈이 감히 세 치 혀로 본관을 우롱하려 드는 것인가?"

"사아또! 아뢰옵기 황송하오나, 의가醫家에서는 규율이 엄격하온지라 이러한 일이 드물지 않사옵니다. 소인 역시 이런 일은 무수히 겪고서야 래지가 되었나이다. 진정 억울하옵니다. 사아또오~ 통촉하옵소서!"

"무어라? 드물지 않다? 그러면 이 집단에서는 폭행이 난무한단 말이 아니더냐? 여봐라. 이자의 상관들은 누구누구이냐?"

"예, 사또. 이자들의 상관으로는 집후集厚, 교주敎柱가 있나이다."

"뭐가 또 이리 복잡하단 말이냐! 각각 뭐 하는 자들인지 고하라!"

"집후는 이름대로 두터이 학식을 집대성하는 자라는 뜻으로 수련이 깊은 래지 중에서 선발된 자이옵니다. 래지들의 일을 총괄하고 환자를 보는 일을 계획을 세우고 관리하는 자이옵니다. 그리고 교주라는 자는 교육의 기둥을 세우듯이 중심에 있다는 뜻이옵고, 학식과 의술이 경지에 이르러 직접 환자를 보고 처방을 하며, 시술을 하는 자를 말하옵니다."

"그러하구나. 그러면 집후란 자는 이 일을 알고 있을 게 아니냐? 집후는 누구냐? 썩 나서 이 사건의 자초지종을 고하라!"

"예, 사아또, 집후 박길동이옵니다."

"잠깐, 이 의원의 의생들은 이름이 왜 이렇게 똑같은가? 이 무슨 일이냐?"

(저, 소인이 잠시 나서도 되겠사옵니까?)

(뭐, 그래 보던가….)

"소인 이방 아뢰옵니다. 다름이 아니오라, 요즘 실명을 쓰면 신상정보 누출로 법적 책임을 질 수 있사온지라, 가명 처리를 한 것이옵니다."

"으음…. 그래? 거 참…. 살기 복잡한 세상이구나. 그래, 어쨌든 계속해 보라."

"예, 집후 박길동 다시 아뢰옵니다. 이번 사건은 래지 김 가가 인돈 정 가를 훈계함에 있어 정도를 지나친 면은 다소 있사오나, 인돈 정 가는 단순히 잠을 자다 일어난 것이 아니오라 일을 태만히 하고 환자의 용태가 나빠지는 것을 방치하는 용납할 수 없는 규율 위범을 하였나이다. 이 일은 의가에서는 파문에 해당하는 일이오나 한 번 더 기회를 주기 위해 그냥 체벌을 주기로 하였나이다. 허나 이 일을 맡은 김 가가 성격이 급하고 손이 지나치게 빨라 일을 그르친 것이옵니다. 부디 살펴 주옵소서."

"손이 아니라 발을 썼다지 않느냐? 그것도 돌려차기, 그 살수를!! 이런 천인공노할 '발'을 쓴 놈을 두둔하는 게냐? 그리고 네 말대로 네놈이 명한 것이렸다! 이런 방자한 놈, 그러고도 네놈이 본관에게 '해설'을 하려 드는 것이냐?"

"사아또, 이 결정은 제가 내린 것이 아니오라 새말 의가 전체가 암묵적 동의를 한 것이로소이다."

"어허, 이놈이 어디서! 네가 지금 수년 전에 유행하던 암묵적 살인이니 미필적 고의니 뭐니 하던 요망한 말을 늘어놓는 것이냐?"

(사또, 그 어휘에는 그다지 문제가 없사온데….)

(이방, 네 이놈! 네가 정녕 내 인내가 어디까지인지 확인하고 싶은 것이냐?)

"여봐라! 이 요망한 집후놈을 당장 하옥하라!"

"하옥 하랍신다아~!"

"그리고 총괄을 하고 있다는 우두머리가 더욱 책임이 크다 하겠다! 여봐라, 아까 그… 뭐라나 하는 그자를 대령토록 하라!"

(사또, 교주이옵니다. 교주! 좀 아시고 말씀을 좀….)

(시방 죽고 싶으냐 이방?)

이때 새말과 근동에 이름난 의원인 교주 이길동이 대령하는데, 중인中人임에도 챙 넓은 갓을 썼으며 양반 못지않은 도포 자락에 비단을 휘감은 선풍도골의 자로서, 초로에 접어들었을 법한 얼굴에는 고운 수염이 자못 기품 있는 선비의 풍모였다.

"소인 새말 의원 말직末職 의생 이길동, 변 사또를 뵈옵니다."

(뭐야, 이자는? 중인이 아닌가?)

"흠흠… 어서 오시오. 이 교주. 이자들이 귀 의원의 소속이 맞소?"

"예. 그러하옵니다, 사또."

"그럼, 작금의 이 사태에 대해 교주는 잘 알고 있을 터, 사건의 책임에 대해 묻고자 하오."

"하문하소서."

"이 일은 의가에서 논의된 바 허가된 폭행이라 하는데, 맞는 것이오?"

"결단코 아니옵니다. 이 일은 새말 의원에서는 아는 바가 없습니다. 의원의 하급 의생들이 벌인 일인지라 저 역시 지금에서야 통지를 받았나이다."

"어허, 이 무슨 해괴한 일이오? 아는 바 없다니? 의원의 일을 통괄한다는 자가 어찌 발뺌을 한단 말인가? 그리고 부하의 일을 어찌 상관이 모른다 할 것인가? 설령 모른다 한들 그게 자신의 의무를 방기한 것이 아니고 무엇이란 말인가?"

"사또, 고정하옵소서. 사또의 말씀 역시 마땅하다 아니할 수 없는 일이오나 의가의 일은 일반 정치가들이 보기엔 사뭇 다른 점이 있는지라…."

"이런 고약 자를 보았나? 네가 감히 본관을 우롱하려는 게냐? 뭐, 일반 정치인? 네 눈에는 이 자리가 '나이롱뽕' 쳐서 올라온 자리로 보이느냐? 아니면 내 장인이 호조참판에게 상납하여 올라온…."

(헉, 사또! 사또!! 제발….)

(허억!! 지금 내가 무슨 말을!)

"흠, 흠… 어쨌든… 네 감히 관을 우롱하고 살아남고자 하느냐?

그리고 네놈은 중인이 분명할 터, 어찌 법도에 어긋나게 비단 도포며 말총갓에 옥 장식을 단단 말인가? 네놈이 작은 재주가 있다 하여 지엄한 반상班常의 법도를 넘본단 말인가?"

"사또께 아뢰옵니다. 소인 의생 이길동은 분명 중인이옵니다. 허나 반상의 법도를 어긴 바 없으며, 의복은 제 집에서 갑작스레 나포되는 바람에 미처 법도를 차릴 여유를 주지 않은 관의 잘못이 크다 할 것이며, 또한 수령께서 말씀하신 대로 제 능력이 양반의 그것과 견주어 졸렬하기 이를 데 없어 의원에서 일어난 모든 일을 다 알 수 없는 터라 이 사건에 대해 아는 바가 없사옵니다.

높으신 양반님네들은 이해가 안 되실 수 있사오나 저희 '잡것들'은 참으로 수긍이 가는 일이옵니다. 허나 저 또한 따르는 자가 수백이요, 인심을 잃지 않고 있사오니, 어찌 타당하지 않은 핍박이 민심을 거스르지 않는다 할 수 있겠사옵니까?"

"무어라? 이자가 정녕 지엄한 국법을 우롱하고 그것도 모자라 요망한 언변으로 고을 수령을 겁박하려는 게 아닌가? 무엇들 하느냐? 당장 이자를 형틀에 달아 매운 벌로 다스려…."

(사또, 사또!! 고정하소서! 고정하소서!!)

(너 왜 이래?)

(사또, 저자는 바로 아까 말씀하신 호조참판의 서자로서, 그뿐만 아니라 좌의정 대감의 부인을 쾌차시킨 후 의정부 고위 관료 거의 대부분과 인맥이 닿아 있는 자이옵니다. 다소 아니꼽더라도 그냥 두심이….)

(그래? 끄응….)

"엄한 벌로 다스리는 것이 마땅하나 내 부임한 지 얼마 되지 않아 상서롭지 않은 일을 벌이는 것이 내키지 않아 관용을 베풀 것이다. 네 오늘 운이 좋은 줄 알아라!"

"네에, 네, 사또. 황감할 뿐이로소이다."

(으윽! 이자가 비웃는 것 맞지?)

(그래도 참으셔야 합니다…. 참을 인忍 자 셋을 되뇌십시오, 사아또!)

"그래, 그럼 교주는 책임이 없다는 것이오?"

"그러하옵니다, 사또. 여태 제가 그 말씀을 드린 것이온데, 이제
야 요해了解가 되시나 보옵니다."

"그거 괴이한 일이 아니오? 그럼 이 일은 누가 책임이 있다는 것
이오? 어디 잘난 교주가 한번 말씀해 보시오. 아니면 잘난 이방이
하든지."

"소인 예방 아뢰옵니다!"

(흐음. 예방, 역시 기백이 있어….)

"그럼 예방 말해 보거라."

"의생 이길동은 교만하기 이를 데 없는 자로서 교묘한 말로서 국
법과 공맹지도孔孟之道를 농락하고 있나이다. 어찌 작은 기관이라
한들 기강이 없겠사옵니까? 이러한 폭력사건을 오불관吾不關하고
책임을 회피하니 이 어찌 지도자라 할 것이며, 후학을 지도하지 못
한 책임 역시 막중한데 이를 부인하니 어찌 스승이라 할 것이옵니
까? 일벌백계하시어 작은 고을에서도 나라 법이 지엄하고 또 지엄
함을 알게 하소서!"

"사또, 소인 이방 아뢰옵니다. 비록 이길동이 소인배이오나 고

을 백성에 베푼 온정으로 생각하면 너그러이 용서하심이 가할 줄 아뢰오. 지금껏 수많은 백성을 질환에서 구해 온 공적이 있으며, 근동에 이만한 의원이 없으므로 부디 그의 몸을 보존하여 그 의술이 많은 사람에게 미치게 관용을 베풀어 주시길 간청하나이다."

(이방, 너 뇌물 먹었지? 아무튼 너는 나중에 따로 조사하겠어!)

"아까 하옥시킨 집… 뭐라나 하는 그자를 끌어 오너라!"

"사아또, 집후 대령이오."

"내 다시 묻겠다. 네 아까 암묵적 동의가 있었다 했는데, 그건 어디서 어디까지 알고 동의했다는 말이냐?"

"사아또…. 그것은…. 명기된 규율은 없으나 의술을 다루는 자는 엄격하게 자신과 동료를 다스려야 하기에 의가에서 자생적으로 발생한 내규로서 그 법도는 자못 지엄한 것입니다. 그래서 엄히 다스리려는 과정에서 교훈을 주는 범위를 좀 넘었던 것입니다."

"그럼, 여기 교주는 그 사실을 알았느냐?"

"아니옵니다. 이런 사소한 일은 그리 높은 선까지 올라가지 않사옵니다. 모든 책임은 제게 있사옵니다. 저를 벌하여 주옵소서."

"네가 지금 '총대'를 메려 하는 것 아니냐?"

"네? 무, 무슨 말씀이시온지…"

"뭐 이런 것도 못 알아듣느냐? 아, 아니다. 되었노라. 그럼 래지에게 묻겠노라. 너는 이런 일을 수도 없이 당했다며?"

"예에…. 그러하옵니다. 저 역시 모진 수련을 쌓은 연후에야 지금 이 자리까지 올 수 있었사옵니다."

"그럼 너는 그 시간 동안 원망이나 후회가 없었느냐?"

"왜 없었겠사옵니까? 눈물이 마를 날이 없었사옵니다."

"그런 자가 후배를 그렇게 다루었단 말이냐? 어찌 그런 흉악한 수를 쓸 수 있단 말이냐?"

"예, 그 점은 깊이 뉘우치고 있사옵니다. 그러나 인돈 정 가도 많은 반성이 필요하옵니다. 만약 제가 또다시 그런 일을 목도한다면, 결단코 또 엄히 문책을 할 것입니다. 아! '살수'는 쓰지 않겠사옵니다. 결코!!"

"도대체 이 사건은 어떻게 해야 한단 말이냐? 그럼 인돈 정 가는 말하라! 너는 이 일이 처음과 같이 억울하고 또 억울한가?"

"사아또오~ 제가 업무를 소홀히 하였다는 말은 맞는 것 같사옵니다. 다만 흉악한 수에 당한 것이 억울하였사온데 이제 말을 듣고 보니 제 불찰이 큰 것이라 사료되옵니다."

"후회한단 말이냐?"

"예… 뼈저리게 후회가 되옵니다."

"그럼, 네 송사를 취하하겠단 말이냐?"

"그… 그게….."

"말하라. 눈치 보지 말고."

"제가 만약 이 일로 허물이 잡히지만 않는다면…. 그래서 다시 한 번 의생이 될 수 있다면 모든 것을 다 되돌리고 싶사옵니다."

(이런 줏대 없는 놈을 보았나!)

(사또… 이쯤에서 접으시는 것이 장인 어르신과 호조….)

(너, 조용히 해, 임마!!)

"되었다! 이제 본관이 판결을 내리겠노라."

"에이~"

"이 사건은 이 화창한 봄날에 벌어진 것으로는 너무나 수치스러운 일이다. 광명천지에 서 있는 네놈들 모두 부끄러움을 알아야 할 것이다."

"예에, 사아또."

"우선 법은 지엄하니 각자에게 형을 내리겠노라! 업무를 충실하게 수행하지 못하고 기관의 기강을 어지럽힌 인돈 정 가는 태형이 적당할 것이나 이미 신체적 타격을 입은 바, 한 달 보름간 근신을 명한다. 그리고 이 사건의 직접적인 원인인 래지 김 가는 후배를 잘 이끌어야 함에도 폭력을 행사한 바 씻을 수 없는 오명을 남겼다. 또한 용납하기 힘든 초식을 행사한 바 하옥하여야 하나, 역시 환자를 위한 마음이 기특하여 한 달 하옥에 '집행유예' 하노라. 역시 근신, 또 근신토록 하라."

"명판결이시옵니다. 사아또!!"

"아직 끝나지 않았노라! 집후 박길동은 동헌에 이르러 판관을 우롱하고 국법을 훼손하였으며 간사한 논리로 죄를 숨기려 하였노라. 이 죄는 이미 하늘에 닿았다 해도 과함이 없으리라! 허나 의기기 높고, 깊은 수련을 쌓아 곧 나라에 쓰임이 있을 자를 벌하여 상하게 하는 것은 차마 할 수 없는 일이라…. 본관, 국법에는 맞지 않으나 이자의 몸을 상하게 하지는 않으리라. 대신 수련을 다 쌓은 후 헐벗고 굶주린 자들에게 의술을 베풀어 속죄를 하도록 하라. 저 지리산 자락 버려진 고을에 삼 년을 근무토록 하고 이자의 모든 진료 기록을 고을 수령에게 낱낱이 보고하도록 하라.”

“감읍, 또 감읍하옵니다. 사아또오!!”

“그리고 마지막으로 의원 교주 이길동은 듣거라!”

“하명하소서.”

(넌 그 젠체하는 게 마음에 안 드는 거야, 알아?)

“의생 이길동은 명성이 자자한 의원으로 많은 사람에게 갱생의 기회를 준 것은 인정하는 바이다. 그러나 자신의 업적을 내세운 나머지 본분을 잊고 교만하며, 교활한 세 치 혀로 관민을 모두 욕보였노라. 또한 강상綱常의 도를 훼손하고, 의가 내에서나 통할 어처구니없는 권위를 내세워 나라 법과 상도常道에 도전하는 참람한 죄를 범했노라! 그리고 네 아무리 당상관堂上官의 자손이라 하나 엄연히 법도가 있음을 잘 알 터, 그럼에도 불구하고 오히려 이를 무기 삼아 호가호위하는 어리석음까지 범했노라. 따라서 본관은 이자를 벌해 일벌백계의 교훈을 세우려 한다.

그러나 재주를 아깝게 여기고 그의 쓰임을 중히 여기는 것이 선조들의 아름다운 법임을 생각하여 이자에게 갱생의 기회를 주고자 하노라. 이날로부터 교주 이길동의 직위를 박탈하고 백의종사하게 하여 일 년간 인돈직을, 사 년간 래지직을 다시 수련하여 마음부터 다시 닦도록 명하노라.”

　(이구동성으로) “명관이시옵니다, 사또.”

　“오늘 일은 부끄럽고 참람한 일이나 사람을 상하게 하는 일은 상서롭지 못하니 여기 모든 사람은 명심, 또 명심하여 차후에는 이런 일이 없도록 하여라. 또한 이 기록은 후대에 길이 남겨 매서운 교훈이 되도록 하라!”

　“예이~ 사아또오!!”

　그리하여 녹음 방자한 오월 단오날의 고을 동헌 판결이 마무리되었겠다. 이 일로 신임 변 사또는 명성이 하늘을 찌를 듯 높아졌으며, 후일 한미한 가문 출생이란 장애를 딛고 중앙 정계에 진출하여 올곧고 아름다운 이름을 널리 남겼다. 그러나 앙심을 품은 자들의 소행으로 상관도 없는『춘향전』에 등장하여 욕을 보는 보복을 당하게 되었다는 전설이 전해져 내려오고 있으니, 인생은 참으로 어렵고도 알지 못할 것이 아니겠는가?

외과의사 L 이야기

그는 일제강점기에 명맥만 남은 양반 가문의 염세적인 한량의 아들로 태어났다. 집안에서 그다지 중요하지 않은 인물의 소생으로 주목 받지 못하고 자라 소학교를 졸업할 무렵 광복을 맞게 되었고, 당시 신여성으로 교편을 잡고 있던 고모의 영향으로 서울로 유학하게 되었다. 중학교 무렵부터는 잘나가던 서울 유학생이었고, 야구부에서 1루수, 4번 타자인 꽤 훌륭한 선수였으며 그림도 잘 그리고 공부도 잘하고 싸움도 곧잘 하는 소위 멋진 청(소)년이었다고 한다.

어느 날 그가 야구 경기를 하다 공을 복부에 맞고 쓰러졌는데, 심각한 복통을 호소했지만 당시는 적절한 검사를 할 수가 없어 집에서 쉬면서 며칠을 그냥 보내게 되었다. 하지만 회복이 되지 않고 점점 배가 아프면서 복부가 팽창하고 열이 나는데, 여러 병원을 전전했지만 도무지 병명을 알지 못한 채 시들시들 생명이 꺼져 가는 채로 방치되었다.

맏아들이 죽어 가는 것을 보다 못한 부모들이 온 서울을 수소문하다 당시 세브란스 병원을 찾아가 외국인 의사에게 부탁을 했다고 한다. 한 번만이라도 아들을 봐 달라고, 죽어도 좋으니 실험 대상으로라도 써 달라고 애원하고 매달린 끝에 겨우 진찰을 받게 되었다. 의사들은 이미 희망이 없고 여명이 한 달도 남지 않았으니 가족들이 좋은 시간을 보내고, 아이를 맞난 것이나 실컷 먹여 원이라도 없이 가게 하라고 했다 한다.

그 말을 들은 소년은 침대에서 겨우 몸을 일으켜 자기 배꼽 아래 부위를 가리키며 "선생님, 여기가 너무 아프고 답답합니다. 여기를 째면 죽더라도 답답하지 않겠습니다. 아무리 아프고 죽어도 좋으니 여기를 째 주세요" 하고 뒹굴면서 애원을 했다.

소년의 호소를 너무 가엾게 여긴 의사들이 서로 상의를 하고 죽어도 좋다는 서약서를 써야 수술을 하겠다고 결정을 했다. 다만 당시에는 구경하기조차 힘든 페니실린을 구해 와야 한다는 조건이 달렸다. 소년의 아버지는 우여곡절 끝에 페니실린을 소량 구할 수 있었고, 드디어 목숨을 건 수술을 받게 되었다.

당시 마취가 허술했는지, 아니면 너무 혈압이 낮아 척추마취를 했는지 소년은 수술 과정을 대부분 기억하고 있었다. 웅성거리는 소리, 경악하는 소리가 들리더니 배에서 뭔가 '피식' 하고 빠져나가는 느낌이 들면서 아프고 힘들던 느낌이 사라지고 너무나 편안해지더란다. 그리고 비릿하고 고약한 냄새가 진동을 하는데 그제야 스르르 잠이 들었다고 한다. 고름을 두 대야쯤 배에서 퍼냈고, 장을 1미터쯤 잘라 낸 뒤 겨우 수술을 마쳤다. 하지만 집도의는 아마도 환자가 살기는 힘들 것이란 선언을 했다. 당시는 수술 후 환자를 보존적으로 치료하는 방법이 발달하지도 못 했고, 설령 방법을 안다 하더라도 물자가 빈약한 해방 후 시절에 이런 환자가 살기는 거의 불가능한 일이었다.

희망 없이 거의 시체처럼 시들어 가는 아들을 데리고 고향인 개성으로 돌아간 부모들의 심정은 오죽했으랴. 학업은 꿈도 못 꿀 상황에서 그저 목숨 줄을 잡고 버티는 아들을 애끓는 마음으로 지켜만 보고 있었다. 어두운 그림자가 깊게 드리워진 집 안에서 온 가족이 다가오는 죽음의 공포에 짓눌려 있던 무렵, 민족상잔의 비극 6·25가 터졌다.

송악산 아래 집이라 맨 처음 쳐들어온 북한군을 맞게 되었는데, 소년의 어머니는 아침 반찬을 장만하러 간 오이밭 근처에서 서성대고 있는 이상한 복장을 한 군인들을 만나게 되었다. 전쟁이 발생하는 그날 새벽 남한으로 내려온 북한군을 본 것이다. 초기에는 인민군도 순진했던지 친절하게 밭의 작물을 피해 가면서 인사도 건네며 지나쳐 갔는데, 그게 바로 전쟁의 시작이었다. 바로 인민군의 점령지가 된 개성에서 미처 피난할 시간조차 없이 갇힌 소년의 집안은 하루하루가 위험천만한 가시밭길일 수밖에 없었다. 소위 부르주아로 분류된 소년의 아버지는 산속의 피난처로 피신을 하고 소년은 와병 중에 있고 어린 동생들은 철모르고 칭얼대는 동안 어머니만이 가정의 모든 일을 책임지게 되었다.

전쟁은 점점 급박하게 돌아가기 시작했다. 한 달 이내 통일을 이루겠다고 호언하던 남한 정부는 한반도의 최남단으로 쫓겨났고, 북한군 역시 속전속결을 예상하고 준비했던 물자와 인력이 탕진되어 가고 있었다. 일제강점기 말기에 전쟁물자 수탈하듯이 인민군은 혈안이 되어 물자를 약탈했고, 13~14세 이상 되는 모든 남자들을 징발하기 시작했다. 그 손길이 소년의 집을 지나칠 리 없었다. 물자는 이미 다 약탈을 당했는데 문제는 소년이었다. 소년은 나이보다 키가 크고 골격이 커서 누가 보아도 징발 대상이었다. 하지만 집안으로 들이닥친 인민군이 보기에 이 녀석은 데리고 가면 바로 죽을 것 같은 시체처럼 보였나 보다. 몇 번이고 들이닥친 인민군들 모두 소년을 포기하고 떠난 것은 그야말로 천운이 아닐 수 없었다. 그 당시 소년은 어느 정도 죽음의 공포로부터 벗어나 서서히 삶을 향해 조금씩 회복되는 중이었다. 하지만 그걸 알 리 없는 그들은 소년의 목숨을 유예해 주었다.

전쟁의 양상이 바뀌고 있었다. 연합군이 인천에 상륙하고 기세 등등하던 인민군과 청년단들은 마지막 발악을 시작했다. 마을의 모든 '반동분자'를 학살하였고 조금이라도 사용 가능한 인력은 모두 끌고 가서 소용이 없어지면 바로 총살했다. 이 와중에도 소년은 목숨을 부지할 수 있었다. 누가 보아도 총알이 아까운 '시체'였던 것이다. 한국이 통일될 것만 같던 무렵, 중공군이 무지막지한 인력을 동원해 전쟁에 개입했다. 순식간에 기가 꺾인 남한군은 퇴각을 거듭했고, 처음엔 피난을 하지 못한 채 전쟁의 소용돌이 한가운데 휘말렸던 소년의 가족은 바로 남쪽을 향해 피난길에 올랐다.

이미 모든 재산을 빼앗긴 채 정처 없이 떠나면서도, 소년의 어머니는 곧 돌아올 줄 알고 겨우내 광에 저장해 둔 무와 시래기 같은 잡다한 것까지 손질하고 오로지 집문서 하나만 챙겨 집을 나섰다. 하지만 결국 다신 집으로 돌아갈 수 없었다. 다행히 걸음을 걸을 수 있을 정도까지는 회복된 소년도 함께 피난길에 올랐다. 그리고 길고 형언할 수 없는 고행의 길을 지나 한반도의 남쪽 부산에 도착했다. 사고무친한 부산에서 그들의 삶은 과연 어떠했을까?

소년의 아버지는 어찌어찌하다 한량 시절 갈고 닦은 그림이며 사진 솜씨를 발휘해서 사진관을 열어 겨우 집안을 회복하게 되었고, 덕분에 소년과 형제들은 중단했던 학업을 계속할 수 있었다. 이때부터 소년과 형제들은 타향의 피난지이지만 나름 안락한 생활을 할 수 있었다. 공부에도 꽤 소질이 있었던 소년은 당시에 공부깨나 한다면 누구나 그렇듯이 법대를 가서 '입신'하는 것을 꿈꾸게 되었다. 하지만 소년의 아버지는 "네 목숨을 살려준 은혜를 모든 사람에게 갚으라"고 하며 의대에 갈 것을 권했다.

당시 사회에서는 요새와 달리 아버지의 말씀은 법보다 한 수 위였다. 중간에 아프고 힘든 시기가 있기는 했지만 아버지의 '한량기질'을 물려받은 데다 요샛말로 약간 '날티'나던 소년은 전혀 적성에 맞지 않지만 울며 겨자 먹기로 의대로 진학했다. 한 1년만 다녀보고 적성에 맞지 않다고 때려치고 법대로 갈 요량으로 진학을 했으니 무슨 공부인들 제대로 했을까?

하지만 예과 1학년 시절 집안을 지탱하던 아버지가 병마로 쓰러진 후 사업도 망하고 집안이 풍비박산이 났다. 이제 청년이 된 그는 바로 학교를 휴학한 뒤 입에 풀칠할 걱정을 해야 할 지경에 이르렀다. 청년과 바로 밑의 동생은 집안을 위해 무슨 일이든 가리지 않고 했고, 겨우 돈을 장만하면 1년 학교를 다니고, 또 휴학을 하고 돈을 벌고 하는 힘겨운 삶을 이어 갈 수밖에 없었다.

그림에 솜씨가 있고 글씨도 잘 쓰던 청년은 당시 의과대학의 교과서를 번역하고 편찬하는 일을 얻게 되었다. 요즘과 달리 실크스크린지에 철필로 글씨를 쓰고 해부학적 그림을 그려 일일이 롤러로 밀어서 프린트하는 일이었다. 하지만 이 일을 맡게 되면서 의과대학 한 귀퉁이의 프린트실이지만 거주할 장소를 얻게 되었고 돈을 벌기 위해 계속 징검다리로 휴학을 하지 않고도 의대를 다닐 수 있게 되었다. 이렇게 힘든 과정을 거쳐 간신히 의대를 졸업하고,

당시의 대다수 장남이 그러하듯 집안을 일으켜야 하는 막중한 책임을 지고 세상에 나가 돈을 벌어야 했다.

그러나 학창시절에 만나 나중에 결혼을 하게 된 그의 부인(당시는 여자친구)은 그에게 전문의를 딸 것을 요구했다. 남자가 한 분야에 나섰으면 최고가 되어야지 지금 돈을 번들 그게 무슨 의미가 있겠냐는 것이었다. 갈등을 거듭하던 그는 우선 군대 복무를 먼저 하고 결정하기로 했다. 결국 군 생활 중에 결혼을 하고 철원에서 복무하면서 아들을 얻은 그는 아들을 위해 조금 더 고생하더라도 전문의 수련을 쌓기로 결정했다.

당시에 최고의 인기 과이기도 하고 자신이 의대를 가게 된 이유이기도 한 외과를 선택하게 되었다. 하지만 하늘을 찌를 듯한 인기에 엄청난 경쟁으로 인해 외과에서 일하는 것은 쉬운 일이 아니었다. 남편을 위해 간호사가 된 부인이 여기저기 알아본 끝에 당시 최고의 권위자이며 인격적으로도 명망이 높은 장기려 교수 밑에서 수련을 쌓게 되었다.

하지만 당시의 수련의 과정은 무보수에 근무시간이 따로 정해져 있지 않은 무지막지한 일이었다. 봉급이란 개념도 없고 퇴근이란 것이 무엇인지 몰랐으며 몇 개월에 한 번 정도 "자네, 집에 다녀오게" 하면서 교수가 건네주는 차비가 전부였다고 한다. 더구나 '의사가 부유하면 안 된다'는 철학을 가진 장기려 교수 문하생이니 오죽했을까? 당시 아이가 3명이나 된 집안은 오로지 부인이 벌어 오는 간호사 월급으로 꾸려지고 있었다. 재산도 없고 빈곤하기 그지 없는 환경에서 시골 바닷가의 '깡촌놈'처럼 자라는 아이들을 볼 때마다 그는 가슴이 무너지고 중도에 포기하고 싶어져서 나중에는 오히려 집에 오는 것을 꺼리게 되었고, 일에 더 몰두하게 되었다.

당시 장기려 교수 문하에는 기라성 같은 제자들이 많았다. 모든 가족들을 다 이북에 남겨 두고 큰 아들만 데리고 피란한 장기려 교수는 그들에 대한 죄책감과 강한 신앙심으로 스스로에게 엄격하고 모질었다. 환자들에게는 더할 나위 없이 자애로웠으나 제자들에게는 자신에게 그러한 것과 같이 무척이나 엄격한 스승이었다. 제자들도 그 성품을 물려받아 아주 엄격하고 기질이 강했으며 강한 기질만큼이나 수술 실력도 월등하였다.

하지만 세월이 흐르면 제자들이 성장하고 목소리를 높이는 시기가 찾아오기 마련이다. 장기려 교수의 정책은 참된 휴머니즘을 바탕으로 한 더할 나위 없이 숭고한 것이었지만 병원을 경영하는 문제에서는 도움이 되지 않는 측면이 있었다. 이에 수제자가 반기를 들었다. 경영 일선에서 물러나시란 것이었다. 재단을 등에 업은 그의 세력은 만만치 않은 것이어서 장기려 교수는 결국 실각하게 되었다. 오로지 환자만을 생각하고 제자 육성만을 생각하는 존경받는 의학자가 자신의 손으로 기른 제자에게 쫓겨난 것이었다.

이에 반감을 품은 모든 제자들이 다 옷을 벗었다. 그 역시 이 대열에 동참해 학문의 뜻을 접고 사회로 나섰다. 하지만 기본적인 자본조차 없는 그가 갈 곳은 없었다. 우여곡절 끝에 경남 밀양의 한 시골에 병원을 차린 그는 부인과 함께 진료를 시작했다. 겨우 수술실과 일본식 다다미 방 같은 수용소 수준의 입원실을 장만한 그는 험하고 어려운 수술을 마다하지 않는 시골 의사 생활을 시작했다.

처음에는 마을의 배타적인 사람들에 둘러싸여 온갖 험한 소문의 중심에 서 있던 그는, 부모에게 반항한답시고 감나무에 올라갔다가 떨어져서 간이 쪼개지는 바람에 죽을 지경이 된 마을 유지의 아들을 수술해서 살린 계기로 '산골의 명의'로 추앙받기 시작했다. 경남 근동에서 환자들이 물밀듯이 몰려들기 시작하였고, 실력이 월등했던 터라 치료 효과도 높아 몇 해가 지나지 않아 탄탄한 반석에 오른 듯 안정이 되었다.

이때부터 처가와 본가에 나누어 맡겨 둘 수밖에 없었던 아이들을 찾아오고 부산에 살 집을 마련하였다. 아이들은 부산에서, 부부는 경남에서 요샛말로 기러기 생활을 하게 된 것이다. 고달픈 그에게 한 가지 위안은 아이들이 공부를 잘해 주는 것과 가난한 데도 삐뚤어지지 않고 성장해 주는 것이었다. 그의 희망은 아이들만은 이런 생활을 하지 않게 하는 것이었다. 자신의 삶이 너무나 고달프고 또한 자신의 적성과는 너무나 동떨어진 것이었기에….

다행히 세 아이 다 감수성이 풍부한 데다 그림에 재주가 있어 문과로 보내면 될 것이라 생각했다. 그런데 큰 녀석이 어느 날인가부터 외과의사가 되고 싶다고 하는 것이 아닌가? 그러다 말겠지 했는데 점점 강도가 심해지는 것 같아 불러 앉혀 놓고 이야기를 해주었다.

"아버지가 얼마나 고생스러운 삶을 살고 있는지, 이게 얼마나 힘든 일인지 아느냐? 너처럼 나약한 심성으로는 결코 할 수 없는 일이 외과의사다. 나는 네 할아버지의 강요로 외과의사를 하게 되었다만 네게는 시키고 싶지 않구나."

아들 녀석은 고개를 숙이고 아무 말도 못하고 있었고, 그는 아들이 어느 정도 수긍을 하는 것으로 알았다. 하지만 아들 녀석은 결국 이과를 선택했고, '성적이 좋아서 어쩔 수 없다'며 기어코 의대 수험표를 내밀었다. 말문이 막힌 그는 어쩔 수 없이 한 가지만 약속한다면 의대에 가는 것을 허락하겠다고 이야기했다. 기대에 찬 녀석의 눈망울이 "외과를 선택하지 않겠다고 약속하면 의대 진학을 허락하겠다"는 그의 말에 일순간 흐려지는 것을 느꼈지만, 녀석은 의외로 선선히 "예, 아버지 싫어하시는 일은 하지 않을게요" 하고 그의 요구를 받아들였다. 반신반의했지만 아들은 약속은 지키는 녀석이라 서로 합의를 한 것으로 알고 의대에 진학시켰다.

하지만 녀석은 처음부터 작정을 하고 외과를 하기 위한 치밀한 준비를 하고 있었다. 그건 마치 그가 때려치울 생각으로 의대를 간 것과 아주 흡사한 것이었다. 결국 아들 녀석은 외과를 선택했다. 아들이 외과를 선택할 즈음에는 그의 마음도 많이 풀려서 외과의사가 되는 것을 기를 쓰고 반대할 마음은 없었다. 아들이 자신의 대를 이어 준다는 생각에 조금은 뿌듯하기도 했다. '아버지가 싫어하시는 일을 하지 않는다'던 아들 녀석의 교묘함에 걸려든 것이다. 물론 아들은 그 대가로 가시밭길, 험한 길을 걸었음이 분명하리라.

시간이 흐르고 아들이 자신이 장기려 박사의 대를 잇는 정통파 외과의사라고 스스로 자부심을 갖는 것을 보았다. 자신이 이룰 수 없었던 학문의 길에서 아들이 뜻을 이룬다면 그 역시 자신의 뜻과 장기려 박사의 뜻을 잇는 것이 될 수도 있겠다는 생각을 하게 되었다. 가끔 그는 생각하곤 한다. 과연 그의 부친은 그에게 어떤 삶을 제시하고 싶었을까? 스승님은 과연 어떤 철학을 내게 준 것일까? 그는 이 화두를 못내 무겁게 간직해 왔다는 생각이 들었다. 그리고 내 자신의 삶은 과연 어떤 삶이었을까?

장기려 박사의 자손과 제자들은 모두 의학에 헌신하는 삶을 살았다. 이제는 3세대가 주로 외과학 분야에서 활약하고 있다. 이야기의 주인공인 '그'는 장임수 박사이다. 그는 장기려 박사의 7번째 제자로, 탁월한 외과의사이자 엄격한 스승인 장기려 박사의 모든 것을 빼닮은 의사로 정평이 나 있다.

어릴 적 치명적인 사고를 당했으나 현대 외과학의 은혜를 입어 목숨을 건졌고, 전화를 피했으며, 그 인연으로 외과의사가 되어 평생을 살았다. 그 깊은 인연의 결과 그의 두 아들은 그의 목숨을 살린 세브란스 병원의 외과의사가 되었다.

아버지의 처방전

내 아버지는 외과의사다. 그는 젊은 시절 뜻하지 않은 계기로 의사가 되었고, 역시 의도하지 않았음에도 강직하기 이를 데 없는 스승을 만나 호된 수련을 쌓아 소위 3D 직업이라는 외과의사가 되었다.

나는 이런 아버지가 가장 혹독한 수련을 쌓고 있을 때 태어나 역시 어렵게 살림살이를 꾸려나갈 당시 천둥벌거숭이마냥 자랐다. 내게 아버지는 늘 어렵고 먼 대상이었으며, 어쩌다 한번 집에 오시면 다들 숨도 쉬지 못하게 하는 어머니 탓에 아버지 얼굴을 보는 것도 두려운 정도가 되었다. 물론 어머니는 아버지께서 얼마나 어렵고 힘든 일을 하시는지 아느냐, 너희가 다 아버지를 존경하고 편하게 해 드려야 한다 했지만, 우리는 아버지란 존재는 가족이라기보다는 뭐랄까 머나먼 저 하늘 언저리쯤 어딘가에 있는 그런 분이라 생각했다.

아무튼 나는 어린 시절 아버지에 대한 기억이 그리 두텁지 못하다. 고등학교를 다니면서야 겨우 한마디쯤 말을 주고받아 보았을까? 그리고 대학 3~4학년 정도 되어서야 소위 대화 비슷한 것을 할 수 있을 정도였다. 그러나 그렇게 대화가 가능해진 때에도 어린 시절처럼 '그분'은 여전히 하늘 언저리에서 내려오실 줄 몰랐다. 적어도 내 마음속에서는 말이다.

아버지께서 멀리 계셨던 것처럼, 나 역시 아주 멀리 달아나 있었던 것 같다. 시선을 피하는 것은 물론이고 아예 말이 섞일 기회를 만들지 않으려 애썼다는 것이 옳을지 모른다. 나 역시 땅 언저리 어디에선가 숨어 지내는 대척점을 유지하고 있었던 것이다. 지금에서야 인정하지만 나는 늘 부정父情에 대한 갈증을 느끼는 가련한 아들로 나 자신을 포장했고 스스로 피해자 아닌 피해자인 양했던 것도 사실이었다. 이것을 인정하는 데 참 오랜 세월이 걸렸다.

아주 필수적인 대화 외에 다른 대화를 시도했던 건 대학을 졸업할 무렵이었던 것으로 기억한다. 당시에 단 한 번도 흔들림이 없었던 내 미래 희망이 잠시 위기를 맞았다. 본과 4학년이나 되어서 난데없이 방사선과(영상의학과)가 내 눈앞에 나타났다. 엑스레이 필름을 보며 병을 진단해 내고 병의 원인을 유추하고 치료의 방향을 제시하는 방사선과가 내게 보여 준 매력은 실로 엄청난 것이었다. 내가 보기에는 '스마트'하다는 말이 절로 나올 정도로 예리하고 날카로우면서도 섬세한 감수성이 필요한 분야였던 것이다. 마치 영상을 보고 길을 알려 주는 예언자 같은 모습이었다고나 할까?

동료나 선배에게 조언을 구해 보았지만 아무래도 고민은 풀리지 않았다. 지금 생각해 보면 그들이 무슨 말을 할 수 있었겠는가? 아는 게 다 고만고만한 녀석들끼리 모여서 이야기해 봤자 다 도토리 키재기지…. 결국 아버지께 의견을 여쭤 보았다. 그러자 우리 부친, 역시 무뚝뚝함에서는 일가를 이룬 분이라 단 한마디로 김장 무 자르듯 말씀하셨다.

"엑스레이가 의사냐?"

예나 지금이나 외과의사들은 다른 과 알기를 뭐의 뭣처럼(차마 그대로 옮기기 힘든 점을 살펴 주시라) 여기는데, 아버지는 그들 중에서도 극상의 레벨, 외과의 극우에 해당한다 하겠다. 어쨌든 그 결과 나는 가던 길을 멈추지 않고 외과의 품으로 다시 돌아와 지금도 이 길에 있게 되었다.

내가 대학을 졸업하고 인턴을 마친 후 우여곡절 끝에 원하지 않게 군대를 가기로 결정했을 때, 그 지경에 이른 것에 대해 스스로에게 실망했고 가족들에게 미안하기도 했지만, 한편으로는 내 배경이 되어 주지 못하는 아버지를 적잖이 원망하기도 했다. 실력으로 이기고도 밀려나는 심정은 어린 나이에 받아들이기 힘든 일이었

장기려 박사와 동고동락하던 시절, 자신만만하던 젊은 시절의 장임수 박사

다. 사실 당시가 내게 가장 어려운 시간이었다고 해도 과언이 아니다. 억장이 무너지는 것을 추스르기도 힘들었고 엄동설한에 군대 훈련을 받을 생각도, 그리고 당장 하고 싶은 일들과 계획이 많았는데 그걸 다 접어야 한다는 것도 다 내겐 고난이자 형극이었다. 하지만 어쩔 것인가, 나라가 부른다는데⋯. 그나마 불손하고 나약한 모습을 보이는 것은 인륜에 위배되고 삼강오륜에 어긋난다는 생각이 조기교육을 통해 깊이 세뇌된 '장남'인 나는, 적어도 표면적으로는 '장남'으로서 할 도리는 하느라 애썼다.

비록 인턴 때도 집에서 떨어져 있기는 매한가지였지만 군대 입대를 앞두고 인턴 마지막 근무가 진주에 있는 병원 파견이었던 까닭에 주말에 가끔 집에 들를 기회가 있었다. 어쨌든 이 시기에는 아버지와 대화를 나눌 기회가 자주 있었다. 나도 의사가 되고 나서 좀 담대해졌고, 아버지 역시 내가 군대를 가게 된 것에 대해 안타까움이 있었기 때문이리라.

술도 대작하고 가끔 함께 노래도 부르고 아마 이때처럼 부자 간 사이가 돈독했던 적은 없었을 것이다. 그리고 이 시기에 아버지로부터 과거 당신이 겪으셨던 이야기들, 외과의사로서의 어려움과 고뇌, 그럼에도 불구하고 하늘 끝까지 드높은 자존심에 대해서도 잘 배울 수 있었던 것 같다. 아버지는 외과의사 '그 자체'였다고 기억한다. 군더더기가 하나도 없는 그냥 외과 그 자체, 게다가 스승 장기려 박사님으로부터 물려받은 '무한정한' 사명감까지.

그때서야 나는 내 아버지가 왜 그렇게 어려웠는지 깨닫게 되었다. 정말 하늘 언저리에 계셨던 것이다! 높은 이상에 매여 계시니 발이 땅에 닿지 않고 현실의 티끌을 경원하여 늘 '청빈'(요즘은 별로 좋은 말이 아님을 잘 안다. 하나 과거에도 가족에겐 그리 좋은 말이 아니었던 것도 분명하다)하시니 힘도 없고 아들을 돕기도 힘들었겠지. 하지만 나는 그때부터 정말로 아버지를 존경하기 시작했다. 같은 길을 걷는 동료이자 선배로서, 그리고 외과의 스승으로 존경하게 된 것이다. 요즘 내 동생들이 내게 점점 아버지를 닮아 간다며 진저리를 치는 데 대해 내 생각은 이렇다. "그렇다. 나는 외과의사다. 내가 가장 존경하는 분을 닮는 것이 뭐가 나쁘단 말인가?"

그 시절에 수련 병원이 아닌 외부로 첫발을 내디딜 초짜 의사인 아들을 보며 못내 불안한 심경을 감추지 못했던 아버지께서 내게 주신 것이 하나 있다. 얼마 전 서류더미를 정리하다 바로 '그것'을 발견했다. 내 기억으로는 나를 옆에 앉혀 두고 병원에서 쓰는 의무 기록지에 아버지의 휘갈긴 듯 날아가는 달필로 감기약 처방, 소화불량 처방에서부터 농약중독에는 뭘 써야 하고 등등의 내용들을 자세히 써 주셨는데, 그걸 다시 찾은 것이다! (아버지는 나와 달리 달필이시다. 내 부모님들은 내가 졸필인 것을 지금도 도무지 이해를 못하고 계시다. 누굴 닮아 그러냐고.)

나는 지금도 감기약이나 소화제 같은 기본적인 처방은 아버지의 처방대로 쓰고 있다. 사실 내가 처방하는 감기약은 잘 듣는다고 제

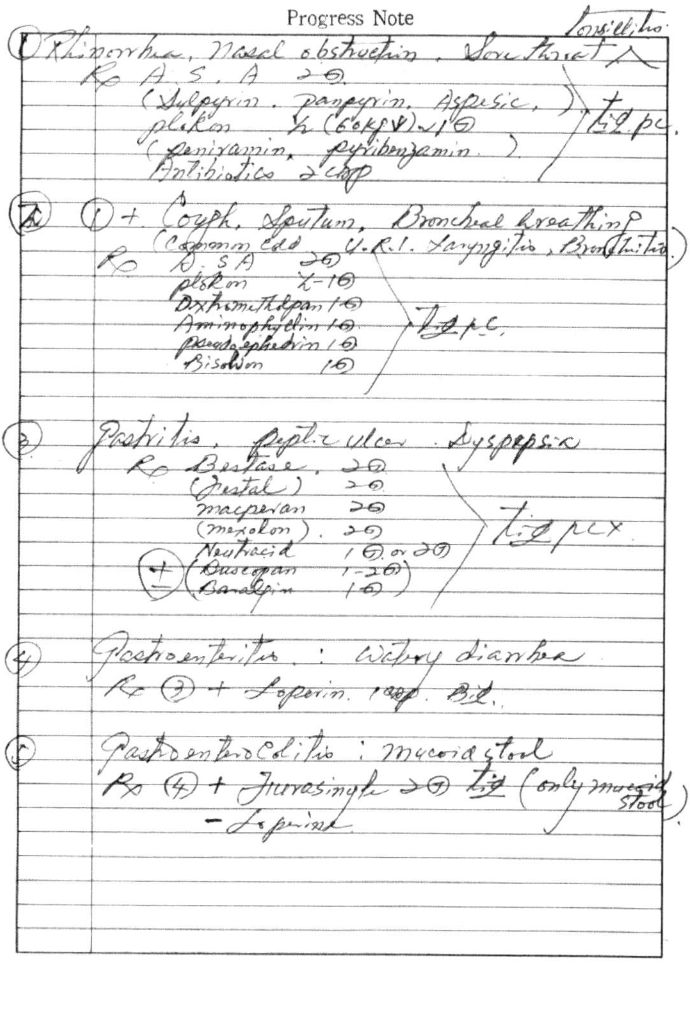
Progress Note

Tonsillitis

① Rhinorrhea, Nasal obstruction, Sore throat △
R A. S. A 2⊙
(Sulpyrin. panpyrin. Aspesic.)
plekon ½ (60kg↓)~1⊙
(peniramin, pyribenzamin.)
Antibiotics 2cap
t.i.d. p.c.

② ① + Cough, Sputum, Bronchial breathing
(Common cold, U.R.I. Laryngitis, Bronchitis)
R A. S A 2⊙
plekon ½-1⊙
Dextromethorphan 1⊙
Aminophyllin 1⊙
pseudoephedrin 1⊙
Bisolvon 1⊙
t.i.d. p.c.

③ Gastritis, peptic ulcer, Dyspepsia
R Bestase. 2⊙
(Festal) 2⊙
macperan 2⊙
(mexolon). 2⊙
Neutracid 1⊙ or 2⊙
± (Buscopan 1-2⊙)
(Baralgin 1⊙)
t.i.d. pcx

④ Gastroenteritis : Watery diarrhea
R ③ + Loperin. 1cap. B.i.d.

⑤ Gastroenterocolitis : mucoid stool
R ④ + Furasinyl 2⊙ t.i.d (only mucoid stool)
− Loperin

아버지가 적어 준 처방전

법 소문이 나 있다. 환자들이 다 타 가고 싶어 하는 약, 그 약이 바로 아버지의 처방이다.

나는 내일 몽골을 다시 방문한다. 작년과 마찬가지로 난치성 갑상선 암 환자를 수술하기 위해 치밀한 계획을 세웠다. 그리고 또 다른 꿈을 하나 실현할 수 있을 것 같다. 나는 평생 아버지와 함께 수술을 진행해 보고 싶다는 소원을 가지고 있었는데, 이번 몽골 방문에서는 가장 어려운 증례 한 건을 지금 나와 같은 병원에서 근무하는 내 동생 장호진, 아버지와 함께 셋이서 수술하게 될 것이다.

내가 아버지의 처방전을 받고 집을 나서 오늘에 이르기까지 오랜 세월을 걸어온 것처럼, 아버지의 길 역시 오래된 세월이 존재한다. 내가 이 처방전을 다시 찾은 것처럼 아버지의 길을 다시 한 번 만날 수 있게 될 것이다.

나는 희망한다. 내게 버팀목이 되어 주었던 그날의 감격처럼, 이제부터 그리 길지 않은 일주일이란 일정에 내일을 살아갈 새로운 의미를 찾게 되기를. 그리하여 내 마음을, 그리고 모두의 마음을 치유할 새 처방전을 갖게 되기를.

(이 글을 쓴 후 방문한 몽골 의료 봉사가 함께 동행했던 EBS 방송팀에 의해 〈명의-외과의사 삼부자의 여름〉이란 제목으로 방영되었다.)

외과의사 비긴즈

이 글을 처음 쓰기 시작한 것은 2006년, 뉴욕에 교환교수로 가 있던 때였다. 당시 다른 대학을 졸업하고 나와는 다른 길을 가고 있던 막내 동생이 어렵사리 의사가 되려는 뜻을 세웠고, 그중에서도 외과의사가 되겠다는 희망을 내게 전했다. 그 말을 듣고 나서 많은 생각이 머릿속에서 맴도는 데도 막상 뭔가 도움이 될 만한 말을 해 주기가 어려웠다.

그저 열심히 하라는 말만 해 주고 나서, 나이가 들어 의사의 길을 걸으며 고생이 자심할 것이 뻔한 그의 미래에 조금이나마 도움을 주고자 이 글을 쓰기 시작했다. 그리고 동생뿐만 아니라 다른 사람들에게도 세상에서 다 하기 싫어하고 기피할 만한 외과의사라는 직업을 가지고 살아가는 사람이 어떤 생각을 가지고 있는지, 우리의 애환은 무엇인지 솔직하게 이야기해 보고 싶었다.

이 책은 그렇게 시작해 10년 넘게 시간을 쪼개어 써 왔던 많은 글들 중에서 발췌한 일부의 내용을 담고 있다. 너무 아프고 쓰린 기억이나 신각한 이야기보다는 조금 재미있고 추억이라 할 만한 아련한 느낌이 담긴 글들을 주로 모았는데, 이는 솔직하지 못한 것이 아니라 안 그래도 재미없고 각박한 요즘에 괜히 품위 있는 척을 한다거나 젠체하는 글을 던지는 일은 자칫 심한 만행일 수 있다고 생각했기 때문이다. 그리고 이런 책으로 말미암아 내 세대를 끝으로 하강곡선을 그린 후 다시는 떠오르지 못하고 최저점에서 겨우 명맥만 유지하고 있는 외과의 인기도에 찬물을 끼얹는 일은 차마 하지 못할 일로 여겨졌기 때문이기도 하다. 혹시라도 이 책을 읽는 사람들이 외과에 관심을 가질 수 있다면 내 시도가 의미 있으리라 생각한다.

마지막으로 이 글에 의도치 않게 등장하여 '의문의 일패'를 당했던 분들, 그리고 비록 이름을 숨기느라 나름 노력은 했지만 아는 사람들은 다 안다는 식으로 노출이 되고만 분들께는 이 자리를 빌려심심한 사죄의 말씀을 드리고자 한다. 그저 기억력 나쁜 사람이 거친 재주를 부리려다 생긴 일이려니 하고 너그러이 용서해 주시기를 바라는 바이다.

도곡동 연구실에서 장항석